あのこは美人

フランシス・チャ

北田絵里子 訳

If I Had Your Face

早川書房

あのこは美人

IF I HAD YOUR FACE
by
Frances Cha

Translated by
Eriko Kitada
First published 2022 in Japan by
Hayakawa Publishing, Inc.
This book is published in Japan by
arrangement with
Corycian Content, LLC
c/o Park & Fine Literary and Media
through The English Agency (Japan) Ltd.

装画／深川優
装幀／早川書房デザイン室

夢を持ちつづける術《すべ》を教えてくれた母に

アラ

スジンは何がなんでもルームサロン嬢になるつもりでいる。廊下の向かいに住むキュリをわたしたちのちっぽけな部屋に招いて、三人で小さな三角形を作って床にすわり、バーの点在する通りに面した窓の外を眺めている。スーツ姿の酔っ払いたちが、どこかでもう一杯やろうと千鳥足で通り過ぎる。もう遅い時間で、わたしたちは小ぶりの紙コップで焼酎《ソジュ》を飲んでいる。

キュリはノニョンで最高級のルームサロン〈エイジャックス〉で働いている。男たちはそこへ顧客を連れていき、大理石のテーブルが置かれた細長くて薄暗い部屋で商談をする。そういう男たちがキュリのような若い女たちを隣にすわらせ、酒を注がせるためにひと晩にどれだけ払うかスジンが教えてくれたけれど、にわかには信じられなかった。

キュリと知り合うまではルームサロンなんて聞いたこともなかったけれど、どんな店構えか知っているいまでは、あらゆる裏通りでそれを見かける。外からは、ほとんど目につかない。

目立たない看板の出ている暗い階段をおりていった先に、男たちが金を払って傲慢な王のごとくふるまう地下世界があるのだ。

スジンはお金のために、その世界の一員になりたがっている。まさにいま、目の整形をどこでしたのかとキュリに訊いているところだ。

「あたしは清州《チョンジュ》にいたときにやったんだ」スジンは悔しそうにキュリに言う。「大まちがいだった。だってさ、これ見てよ」目をかっと開いてみせる。たしかに、右まぶたのひだを縫った位置がほんの少し上すぎるせいで、斜に構えたような、小ずるい目つきになっている。あいにく、左右非対称なまぶたを別にしても、実のところスジンの顔はかなりエラが張っていて、韓国の偽りない感覚でいう美人とは見なしがたい。下顎も出っぱりすぎている。

一方キュリは、はっとするほどの美女の部類に入る。二重まぶたの縫い目は見てわからないほど自然で、鼻は高くし、頰骨は先細にし、顎は骨格ごと整えてスリムなVラインに削ってある。消えないアートメイクのアイラインに沿って長い羽根のようなまつげが植えつけてあり、定期的にレーザー治療を受けている肌は乳白色の輝きを放っている。ついさっきも、首筋のたるみには蓮《はす》の葉のパックとセラミドのサプリメントが効くと力説していた。唯一いじっていないパーツは意外にも髪らしく、それは暗い川のように背中に流れ落ちている。

「ほんとばかだった。もっと大人になるまで待てばよかった」キュリの完璧な二重を羨ましげにまた一瞥《いちべつ》して、スジンはため息まじりに小さな手鏡を覗きこむ。「お金を捨てたみたいなもんだよ」

スジンとわたしがアパートの部屋をシェアするようになってもう三年経つ。わたしたちはチョンジュの中学と高校で一緒だった。高校は職業訓練校なので二年だけだったけれど、スジンはそれすらも修了しなかった。昔からソウルに行きたくてうずうずしていたスジンは、子供時代を過ごした孤児院から逃げ出し、高校一年を終えると理容美容専門学校での運試しに出た。でも不器用でハサミをうまく扱えず、安くはない練習用のかつらをさんざんだめにして、そこもやめてしまったが、その前にわたしを呼び寄せて自分の空きに入らせた。

わたしが一人前の美容師になったいま、スジンは週に数回、午前十時きっかりに、わたしの働くヘアサロンにやってくる。わたしが彼女の髪を洗ってブローしたあと、スジンはネイルサロンでの仕事に出かける。数週間前、スジンがわたしの新しい客にと言って、キュリを連れてきた。大きくはないヘアサロンにとって、ルームサロン嬢のような客を得るのは願ってもないことだ。毎日のヘアメイクをプロにまかせる彼女たちは、店にどんどんお金を落としてくれる。

キュリに関して唯一悩ましいのは、わたしに話しかける声がときどき大きすぎることだ。耳はしっかり聞こえていると、スジンが伝えているはずなのに。それに、わたしがほかの客の相手をしているとき、わたしの〝ハンディキャップ〟について小声で話しているのもよく耳にする。

悪気はないんだろうけど。

　スジンはまだまぶたのことをぼやいている。知り合ってからほぼずっと、まぶたについては満足していない――二重にする前も、したあとも。手術をした医者は、わたしたちがいた学校の先生の旦那さんで、チョンジュで小さな美容整形医院を営んでいた。先生が料金を半額にしてくれると言ったので、その年、生徒のほぼ半数がその医院で目を二重まぶたにした。わたしを含む残りの半数は、その金額すら払えなかった。

「やりなおしの必要がないのはすごく助かる」キュリが言う。「わたしの行ってる病院は最高だよ。狎鴎亭《アックジョン》の美容整形通り《ビューティ・ベルト》でいちばん古い病院で、ユン・ミンジみたいな歌手や女優が常連なの」

「ユン・ミンジ！　彼女、大好き！　めっちゃきれいだよね。見た感じ、すごくいい人そうだし」うっとりした顔で、スジンはキュリを見つめる。

「ああ」キュリは言い、その顔に苛ついた表情がよぎる。「悪くはないかな。彼女はただ簡単なレーザー治療を受けにきてるみたい、新番組のせいでそばかすだらけになってるから。あれだけ日差しのきつい田舎で屋外撮影してるでしょ？」

「うんうん、あたしたち、あの番組のファンなんだ！」スジンがわたしを小突く。「特にアラがね。あのクラウンっていうボーイズバンドの子に夢中でさ、出演者のなかでいちばん若い子。

毎週、番組が終わると夢見心地で部屋じゅうふらふらしてるんだから」

わたしはスジンを叩くしぐさをして、首を横に振る。

「テイン？　あの子はたしかに可愛いね！」キュリがまた大声でしゃべっているので、スジンは困った顔で彼女を見たあと、わたしに視線を戻す。

「彼のマネージャーがときどき〈エイジャックス〉に来るんだけど、見たこともないほどぴちぴちのスーツを着た人たちを連れてくるの。投資家だろうね、マネージャーがいつも、テインは中国で大人気だって自慢してるから」

「すごいね！　今度来たらぜひメッセージちょうだい。アラが何もかも放り出して一目散に駆けつけるから」スジンはにんまりする。

わたしはしかめ面でメモとペンを取り出す。携帯電話に文字を打ちこむよりこれがいいのだ。手書きのほうが肉声で話すのに近い感じがする。

テインは〈エイジャックス〉みたいな店に行くには若すぎる、とわたしは書く。

キュリが身を乗り出してわたしの文面を見る。「チョン・テインでしょ？　わたしたちと変わらないよ。二十二だもん」

だから若すぎるんだって、とわたしは書く。キュリとスジンがふたりしてわたしを笑う。

スジンがわたしにつけた愛称はイノゴンジュ、つまり人魚姫だ。なぜかと言えば、人魚姫は声を失うけれど、やがてそれを取りもどし、その後はずっと幸せに暮らすから、らしい。そうなるのはアメリカのアニメ映画版だけだと、スジンには言っていない。原作の童話では、人魚姫はみずから命を絶つ。

スジンと初めて会ったのは、中学の最初の年、一緒に焼きいも売りの仕事をあてがわれたときだ。それは冬のチョンジュでティーンエイジャーの多くが小遣い稼ぎをする手段だった——雪の街角に立って、小さめのブリキのドラム缶と炭火でさつまいもを蒸し焼きにし（横向きにしたドラム缶のなかに円筒状の抽斗がいくつかあり、そこにいもを入れる）、二、三千ウォンで売っていた。もちろん、こういうことをするのは不良だけだった。どこの学校にもいる非行グループ、イルジンに属する子たちで、ガリ勉たち——受験勉強に励み、母親が毎朝詰めてくれる愛情弁当を食べている——とはちがう。ただそうは言っても、焼きいもを売っていたのは不良のなかでもましな子たちだ。少なくともわたしたちはお金と引き換えに物を渡していた。ほんとうのワルはただお金を巻きあげていた。

いちばん儲《もう》かる場所をめぐって危険な争いがよく起こるので、わたしはスジンと組んでいてラッキーだった。いざとなれば非情にふるまえる相棒だ。

スジンから最初に教わったのは、爪の使い方だった。「目をつぶしてもいいし、なんなら、喉に穴をあけてやってもいい。けど、ちょうどいい長さと厚みを保っておかないとね、肝心なときに折れないように」スジンはわたしの爪をしげしげと見てかぶりを振った。「ああ、これじゃだめだ」と言って、爪を強くするビタミン剤と爪に塗る補強コートの商品名を教えてくれた。

それはわたしがまだしゃべっていたころで、スジンとわたしは冗談を言い合ったり歌ったりしながらいも焼きにかかり、道行く人に向かって思いきり声を張りあげた。「焼きいもは肌にいいよ！」と叫んだものだ。「健康にも美容にも！　おまけにこの美味しさ！」

月に何度か、わたしたちに縄張りを譲ってくれたナナという年長の女生徒が、場所代を回収しにきた。イルジンでは名の知れたメンバーで、伝説と化している一連の喧嘩でその地区一帯を征服していた。ただ、最後の喧嘩で小指を骨折したので、治るまでのあいだ自分の縄張りをわたしたちに預けていたのだ。

ナナは学校のトイレでほかの女子たちをよくビンタしていたけれど、わたしのことは気に入っていた。イルジンのなかで彼氏がいないのはわたしだけだという理由で。「人生で何が大切かをあんたはわかってる」ナナはいつもそう言っていた。「それに見るからに邪気がない、そこがすごいよ」わたしが礼を言って深々と頭をさげると、ナナはわたしに煙草を買いにいかせた。角の店の男が、ナナの顔が気に食わないとか言って、彼女に煙草を売ろうとしないからだ。

スジンがなぜあれほど見た目にこだわるのか、わたしにはわかる気がする。スジンは、チョンジュではだれもがサーカスと見なしているローリング・センター育ちだ。そこはただの孤児院ではなく、身体障碍《しょうがい》者のための施設でもあった。スジンからは赤ん坊のころに両親が死んだと聞いていたけれど、最近ふと、彼女はいまのわたしたちより若い娘に捨てられたにちがいないと思い及んだ。たぶんスジンの母親もルームサロン嬢だったのだ。

わたしはスジンに、だれにも付きまとわれずにすむから、センターに彼女を訪ねていくのはいやじゃないと話していた。食料品店から寄付された賞味期限切れの飲み物をあれこれ飲めるし、焼きいものカートを停めておいても何も言われなかった。でも実は、敷地をのろのろと徘《はい》徊《かい》する障碍者や、歌うような声で彼らに呼びかける介護士を見かけて、びくっとすることもあった。

「アラには言いにくいんだけど、テインもわたしの行ってる病院で大工事したんだよ。クリニックの事務長《マネージャー》の話じゃね」キュリはわけ知り顔でこちらを見て、わたしににらまれて肩をすくめる。「要するに、あそこには世界一の整形スタッフが揃ってるってこと。スターになりたいなら、あそこで顔を直さなきゃばかよ」ゆっくりと立ちあがり、猫のように伸びをする。

キュリを見ていたスジンとわたしもあくびが出てきたけれど、テインの顔に難癖をつけたキュリにわたしは内心腹を立てている。テインがラミネート・ベニア（歯の表面を削って薄い板状のものを貼りつけ、見た目を整える治療）を施した以外にどこかいじったなんて、とうてい思えない。二重まぶたでさえないのに。

「待って、いま言ってたの、シンデレラ・クリニックのこと？」スジンの目が糸のように細くなる。

　キュリがそうだと答える。

「ソウル大学校を首席で卒業した先生ばっかりなんだってね！」スジンが声高に言う。

「そう、先生がたの写真とソウル大学校も含む全経歴書が一面に貼ってある壁があるの。雑誌では〝美人工場〟って呼ばれてる」

「いちばん偉い先生はかなり有名じゃない？　シンなんとかって先生」

「シム・ヒョクサン先生」キュリが言う。「あの人に診てもらうのは何カ月も順番待ちなの。次に来る美容のトレンドとか、女の子がどんな顔になりたがってるかをばっちり把握してるから。それってすごく重要でしょ？」

「そうそう、その人！〈ビューティハッカー〉ってサイトの記事でいろいろ読んだんだ。先週、その先生を大きく取りあげてたから」

「素敵な人だよ。まちがいなく、腕はたしかだし」

　キュリが顔の前で手をひと振りしてウィンクする。体も少し揺れているので、あれっと思ってよく見ると、すっかり酔っているようだ。

「ほんとにその先生に担当してもらったの？」スジンが身を乗り出す。この話がどこへ向かうのか、わたしは知っている。

「うん。友達のひとりに紹介してもらったから、普通は取られる割増料金を払わないですんだんだ。その子は髪の生え際とふくらはぎを直したの」

「それいいね！」スジンが腰を浮かせる。「あたしのことも紹介できる？　あたし、本気でこの顎を直したいし、例の記事によると顎の手術がその先生の専門だっていうし」キュリにこの件をどうやって頼もうかと、スジンが何週間も——それどころか、たぶん初対面のときから——思案していたことはわたしだけが知っている。スジンはしょっちゅう、キュリの顎の輪郭はいままで見たなかで最高にきれいだと、わたしに話していた。

キュリが長いことスジンを見つめる。沈黙が気まずくなり、彼女はソジュを手ぶりで催促する。わたしは彼女のコップにお代わりを注ぎ、冷たくて甘いヤクルトを少し混ぜる。そうやって薄めたのを見て、キュリは不満げな顔をする。

「あのね、顎の手術したのを後悔してるわけじゃないよ。あれはわたしの人生の転換点だった。スジンの人生は変わらないなんて言うつもりもない——というか、絶対に変わるから。けどやっぱり、手術を勧めるとは言えない。それに、シム先生はほんとに忙しいし、あの病院はほんとに料金が高いの。ほんっとに高いんだよ、割増料金なしでも。先生は現金しか受けとらないしね。クレジットカードでもいいとは言ってるけど、現金払いの場合の大幅値引きを餌に釣ってくるから、ばかばかしくて現金以外でなんて払えない。とにかく高すぎるんだって、スジンが大手の芸能事務所と契約したての女優で、そこが費用を出してくれるとかじゃないかぎり」

キュリはソジュの残りを飲み干し、羽根のようなまつげをばさばささせる。「じゃなきゃ、どこかほかからお金を借りなきゃいけなくなる。そうなったら一生利息を払いつづけることになるよ」

「実はさ、人生最大の自己投資のためだと思って、しばらく前から貯金してたんだ」そう言いながら、スジンは顔をあげてわたしに一瞥をくれる。手術費用を貯められるように、わたしはスジンの髪をいつも無料《ただ》で整えてあげていた。わたしにできることはそれぐらいだから。

「いくら貯めたんだか知らないけど、最終的な請求額を見たらきっと目をむくよ。目的の一カ所の手術だけですむことなんてまずないんだから」キュリは言う。あとからスジンとわたしは、キュリがスジンに手術を受けさせたくなさそうな理由を勘繰ることになりそうだ——シム先生に無理を言いづらいのか、それともスジンが自分とそっくりになったらどうしようと思っているのか。なぜスジンの人生を変えたがらないんだろう？

　キュリはため息を漏らし、自分ももっと貯金ができればいいのに、と言いだす。スジンの話だと、ルームサロン嬢はなかなかお金が貯まらないらしい。常にカードの支払いに追われているし、仕事の鬱憤晴らしに〈ホー・バー〉（クラブミュージックがかかっていて踊れる、若者向けのバー）に行ったり、ホストにお金を注ぎこんだりもするからだ。「おおかたのルームサロン嬢がひと晩に費やすアルコール代で、二カ所の整形費用を払えるはずだよ」とスジンが前に言っていた。「あの子たちは毎週、桁ちがいのお金を稼いでは捨ててるんだ。なんとかしてあの世界に入らなきゃ。絶対入ってやる」あと一日、あとひと月どうやって乗り切ろうかなんて心配をしなくてよくなるまでお金を貯めつづけるんだ、とスジンは言っている。

そしてスジンがそういうことを言うときはいつも、彼女を信じていることが伝わるように、わたしはうなずいて微笑む。


ときどき、どうしてこうなったのかと人に訊かれると、ある男《ひと》のせいだと言っておく。**傷心のあまり声を失ったんです。**どう、ロマンティックじゃない？

いちいち文字を書くよりも、その文面をタイプしてプリントアウトした紙を用意しておこうかと真面目に考えた。でもすぐに、それでは地下鉄の車両にいる物乞いと変わらないと気づいた。

ごくたまに、生まれつきこうなのだと嘘を書いたりもする。でも、新規の客で気に入った人には、ほんとうのことを伝える。

生き残る代償だったんです、とわたしは書く。**ソウルの外はちょっと世界がちがうんですよ。**

正直なところ、耳も聞こえなくなっていたなら、もっとわかりやすかっただろう。殴打のほとんどは耳に受けた。そのとき鼓膜が破れたものの、それはほぼ完治したので、いまはちゃんと聞こえている。以前よりよく聞こえる気がすることもある。たとえば、風。前からあんなに多彩な音で吹いていたんだろうか。

月曜日、キュリが少し遅れてヘアサロンにやってくる。疲れた顔だが、彼女はメイクアップ用の席からこちらに手を振り、わたしは自分の持ち場で彼女のシャンプー&ブローの準備をする。わたしの隣の席で仕事をしている同僚がヘアスプレーを大量に使うので、きつい香りと霧で頭が痛くなるから量を減らしてくれるよう、何度もメモに書いて頼んでいるのに、彼女は平然とわたしを眺めるだけで、自分のやり方を変えない。

キュリの髪を洗ったあと、わたしは冷たいユジャ茶（ユズの砂糖漬けを湯に混ぜて作るお茶）を彼女に出す。キュリが椅子に沈みこむ。

「いつもどおりにお願い、アラ」お茶を口に運びながら、鏡を覗きこむ。「やだ、この目の下のくま見て。きょうのわたしは化け物だね。ゆうべ飲みすぎちゃった」

わたしは取り出したストレートアイロンをキュリに見せながら、両眉をあげる。

「ううん、ウェーブでいい」キュリはぼんやりと髪に指を通す。「言ってなかったかもしれないけど、実は〈エイジャックス〉での決まりなの。同じ髪型の子ばかりになるといけないから、季節ごとに髪型を割り当てられるわけ。わたしはウェーブに当たってよかった。男は巻き髪が好きでしょ」

鏡のなかのキュリに微笑んでうなずきながら、わたしはストレートアイロンを片づけてカールアイロンを取り出す。

「どの男にも必ず訊くの——ただ確実に知っておきたいから。そしたらみんな、ロングのウェーブヘアが好きだって言う。きっと、〈可愛い人〉に出てたチョ・セヒの影響よね。あの映画の彼女、すごくきれいだったじゃない？　それにあの髪はまったく自然のままだって知ってた？　シャンプリーンとの契約があるから、ここ十年カラーもパーマもしてないんだって」

キュリが目を閉じたままぺちゃくちゃしゃべるあいだに、わたしは彼女の髪を細かくブロック分けしてヘアクリップで留めていく。そして左下の髪から、リバースに巻きはじめる。

「もっと年上の女の子たちは髪にすごく手がかかるみたい。歳とるってつくづく惨めだね。うちの店の女主人《マダム》を見てると、ここまで醜い女、そうそういないって思う。わたしがあんなふうになったら自殺するだろうな。でも知ってる？　醜いマダムのいるルームサロンはたぶんうちだけ。まさにそのおかげで〈エイジャックス〉は目立ってる。それに女の子たちをよりきれいに見せてもいるのよね、マダムがあれだけひどいから」

キュリは身を震わせる。

「マダムの容姿のこと、延々と考えてしまうときもある。だってさ、なんで整形しないの？　なんで？　醜い人たちの考えってほんとわからない。お金を持ってる人だったら特にね。あの人たち、ばかなの？」キュリが鏡のなかの自分をじっと見ながら首をかしげるので、わたしは手で傾きを直す。「それか、マゾなの？」


自宅で、わたしがスジンとのんびりするのはいつも日曜日だ、わたしの休みは日曜だけだから。平日は、午前十時三十分に出勤して午後十一時にへとへとで帰宅する。だから日曜は、ふたりして部屋でだらだら過ごし、バナナチップスやラーメンを食べたりパソコンでテレビを観たりする。スジンのお気に入りは〈地獄から天国へ〉というバラエティ番組で、毎週、ひどく容姿の不格好な（あるいは単にひどく不器量な）人たちが数人登場し、そのうちのだれが国内最高ランクの医師による無料の整形手術を受けるべきかを、視聴者からの電話投票で決める。スジンは大変身のお披露目コーナーに目がない。選ばれて整形した人がカーテンの後ろから歩み出てくると、その家族――手術から回復する数ヵ月のあいだ、本人には会っていない――は、だれだかわからないほど美しくなったその姿を見て、歓喜の叫びとともに膝からくずおれる。すごく感動的だ。番組のＭＣはよく涙している。

いつもならスジンは何度も何度もその録画を見るのだけれど、きょうは気が昂《たかぶ》っていてそれどころじゃないようだ。

「やっとわかってくれてからは、キュリはほんとに親切だった。彼女がいつもバッグを売りにいってる店に、手術のためのお金をあたしに貸してくれるよう話してみるって言ってくれてさ。実はそれがその店の本業なんだって――ルームサロン嬢にお金を貸すのが！　でね、あたしがきれいになって準備万端整ったら、キュリが仕事を紹介してくれるんだ」

スジンが興奮のあまり震えているので、わたしはそっと腕を叩いてなだめる。「ああ、待ちきれない」スジンは言う。「あたし、これからはラーメンだけ食べて生きてくよ、利息が膨らまないうちにとっとと借金を返すんだ」

スジンは完全に舞いあがっている。「毎日、お金に全然困らずに寝起きできるなんて幸せじゃない？　けど無駄遣いはしないよ。絶対しない。貧乏人の心を持ちつづけるんだ。それが金持ちでいる秘訣だから」

わたしには何を買ってくれる？　とわたしは書く。スジンは笑ってわたしの頭をぺしっと叩く。

「人魚姫にはねえ」スジンは一瞬考える。「心からの望みをあげる」そう言って鏡のほうへ歩み寄り、指先で自分の顎にふれる。「そのときまでに、それがどんなものかわかっておいてよ」


スジンの手術の日、病院に向かう彼女に付き添って手術前にシム先生と話せるよう、キュリは早い時間にヘアサロンにやってくる。わたしはきょう、午後五時に退勤して、スジンが麻酔から覚めるとき、そばにいてあげるつもりだ。

あんなすごい先生をスジンに紹介してくれてありがとう、とわたしは書く。**きっと美人になるね。**

キュリは虚ろな表情になるが、すぐ笑顔に戻って、この世に美人を増やす手助けができたと思うと嬉しい、と言う。「ほんのちょっとの割増料金で、ああやってスジンの手術を予定に入れてくれるなんて、先生も気前がいいよね。超多忙だから、普通は何ヵ月も待たされるのに」

わたしはうなずく。シム先生によるカウンセリングで、スジンは、二重まぶたの手術をやりなおすのは問題ないし、両顎の骨切りとエラ削りの手術をぜひともするべきだと言われていた。上顎と下顎の骨を切って位置を整えたあとで両端を削れば、男っぽい顎の輪郭とさよならできるという。さらに、頬骨を小さくして、軽く顎の脂肪を吸い出す施術も勧められていた。それらすべての手術は五、六時間かかる予定で、スジンは四日間入院することになる。

シム先生は、スジンの顔がすっかり自然な見た目になるのにどのくらいかかるのか、はっきり言おうとしなかった。「おそらく六ヵ月以上」というのが、わたしたちのもらえたいちばん具体的な答えだ。回復にかかる期間は人によってだいぶちがうらしい。けれど、いとこが整形したというヘアサロンの同僚によると、見た目の違和感がなくなるまでに一年以上かかっていたそうだ。そのいとこはいまだに顎先の感覚がなく、嚙《か》むのに苦労しているものの、一流複合企業の営業職に採用されたという。

キュリの髪を巻き終わると、わたしはカールをふわっとほぐし、特に高級なつや出しオイルを手のひらにとる。それをこすり合わせた両手の指を、そっとウェーブに通す。ペパーミントとローズのような、いい香りが漂う。

軽く肩を叩いて仕上がったことを知らせると、キュリはすっと立ちあがる。いつもの〝鏡の目つき〟で、まつげをばささせながら自分を見つめ、頬をすぼめる。流れるようなウェーブヘアと入念なメイクをした彼女は、息を吞む美しさだ。隣に並ぶと、平凡な顔と平凡な髪をしたわたしは、普段にも増して影が薄く見える。クォン店長からも、もうちょっと華やかな格好をしろといつも言われている。

「ありがとう、アラ」ゆっくりと、感謝の笑みを浮かべながらキュリが言う。そして鏡のなかでわたしと目を合わせる。「気に入った。まるで女神だね！」ふたりで一緒に笑うが、わたしの笑いには音がない。

病院で、スジンが頭にぐるぐる巻きにされた包帯からまつげと鼻と唇だけを見せて、しくしく泣いている。わたしはその手を握っていることしかできない。

その夜、帰宅すると、テーブルに紙切れが載っている。スジンの遺言状だ。わたしたちが読んだ整形患者の記事のなかには、顎の骨の小片が動脈に刺さっていたせいで、睡眠中に血が喉に詰まって窒息死した例がいくつもあった。スジンには最初の一、二本でやめさせたけれど、わたしはこっそり全部読んだ。

〝わたしはすべての所有物をルームメイトのパク・アラに遺します〟とそこには書いてある。

原作の人魚姫は、言語に絶する痛みに耐えて人間の脚を得る。海の魔女は警告する——その新しい足で歩く感覚はよく研いだ刃の上を歩くも同然だろうが、どんな人間もいまだかつて踊ったことがないようなダンスができるはずだ、と。だから人魚姫は魔女の秘薬を飲みくだし、それは剣のごとくその体を切り裂く。

ただ、わたしが強調したいのは、人魚姫が千のナイフの痛みを感じながらも、その美しい脚で神がかったようなダンスをしたということだ。歩くことや走ること、愛する王子のそばにいることができたし、彼とうまくいかなくなったときでさえ、それは問題ではなかった。

そして最後には、王子に別れを告げ、海の泡と化すことを承知で海に身を投げたあと、人魚姫は光と空気の子供たちによって運び去られる。

ね、美しいお話でしょう？

キュリ

午後十時ごろ、従業員じゃない若い女がルームサロンのわたしたちの部屋に入ってきた。鳥の模様のしなやかなシルクのワンピースに、ミンクの毛皮で縁取られたハイヒールという、値の張る服装をした小柄な女だ。《ウィメンズ・ラブ&ラグジュアリー》誌の最新号にまったく同じ服が載っていたけれど、一年ぶんの家賃ぐらいの値段だった。すました顔に冷笑を浮かべたその女は、そこで立ち止まった。

テーブルでは五人の男性客それぞれにひとりずつ女の子がついていて、入口の女は興味津々に目を輝かせながら、わたしたちを順番にじろじろ眺めている。男たちのおおかたは飲んだり大声でしゃべったりしていて、彼女が入ってきたのに気づいていないようだが、わたしたち従業員は凍りついた。ほかの女の子たちはさっと目をそらしてうつむいたけれど、わたしは視線を受け止めて見つめ返した。

その女は無言で、室内のあらゆるものをじっくり見ていった――暗色の大理石の壁、ボトルやグラスや果物を盛ったクリスタルの皿がごちゃごちゃと載っている細長いテーブル、隅のバスルームから漏れている明かり、曲の途中で停止されたカラオケ装置（大事な仕事の電話を受けたブルースが、面倒がって室外に出なかったせいだ）を。ウェイターに案内されてこなかったということは、どの部屋に来ればいいかを具体的に――地下の廊下は迷路並みに複雑に造ってあるから、簡単にはたどり着けない――だれかから聞いていたということだ。「チ、こっちこっち！」わたしの客のブルースが、こちらの視線の先に目をやり、テーブルの下でわたしの内腿《うちもも》を荒っぽくつねりながら、女に声をかけた。「待ってたよ！」

チと呼ばれた女はゆっくりとわたしたちのほうへやってきて、ブルースが勧めた席にすわった。近くで見ると、顔を整形していないのがわかる――目は一重まぶたで鼻も低い。そんな顔で外をうろうろするなんて、わたしにはとても考えられない。けれど明らかに、その女は歩き方や頭をつんとあげた様子からして、うなるほどお金のある家に生まれたようだった。

「ちょっと、もう」女がブルースに言った。「酔ってるの？　なんでわたしをここへ来させたわけ？」こんな場所に呼ばれたことに困惑しているふうだが、本心はきっと逆だろう――ルームサロンのなかがどうなっているのか、その目で見られて満足そうだ。ごく稀《まれ》にだが、女性がここを訪れると、たいていぽかんと口をあけてわたしたちを値踏みする。こんなふうに思っているのが見え見えの表情で――〝女を売りにしてお金をもらうなんてよくできるわね。それもたぶんハンドバッグを買うだけのために〟

女の客と男の客、どっちがひどいかはよくわからない——というのは嘘、ひどいのはいつだって男のほうだ。

半分空いたウィスキーのボトルがテーブルのわたしの前に置いてある。いつものように、ブルースはいちばん広い部屋を予約し、メニューにあるいちばん高い酒を頼んだが、今夜は彼もその友人たちも、それを飲むのに普段の集まりのときより時間がかかっている。ブルースはうちのルームサロンが最近捕まえた大物だ——いいところのお坊《ぼっ》ちゃんであるうえに（父親は清潭洞《チョンダムドン》で幹細胞クリニックを経営している）、彼自身もゲーム制作会社を立ちあげていた——ブルースが毎週ここへ来るようになってもう二カ月だが、マダムは大喜びしている。「あなた目当てに来てるのよ、キュリ」数日前の夜、マダムはヒキガエルみたいな顔を盛大にほころばせて言った。わたしはただ笑みを返した。たまたま知っているのだが、ブルースのオフィスからはこのルームサロンがいちばん近いというだけのことだ。

「もちろん酔っちゃいない」ブルースが女に言い返す。「ミエが口をきいてくれないからきみを呼んだんだ」

ミエなんて人のことはいま初めて聞いたけれど、まあわたしが知っている筋合いでもないか。

「また喧嘩《、、》したの？」女が言った。ぶるっと震えながら、バッグから砂色のカーディガンを引っぱり出して袖を通す。それ自体がまた、わたしたちをばかにした行為だ。スーツを着た男たちの快適さを優先するマダムが冷房をきつくしているものだから、ミニドレスを着たわたしたちはひそかに鳥肌を立てている。

「きみが話して、実社会はこういうもんだって目を覚まさせてやってくれよ」ブルースは眼鏡をはずして目をこすった。苛ついているときにする癖だ。眼鏡をかけていないと、迷子の少年みたいな顔をしていて、ブルースという呼び名が滑稽《こっけい》に見える。わたしが彼のことをそう呼びはじめたのは、十五になる前にテコンドーの三段をとったと聞かされてからだ。わたしたちはホテルにいて、わたしは彼の細っこい腕のことをからかっていた。その夜はくたくたに疲れていてセックスしたくなかったから、そうすればやる気をなくしてくれるかと思って。

男の子はいつごろクソ野郎になるんだろう――少年時代、ティーンエイジャーのころ？　まともにお金を稼ぎはじめるころ？　父親とか、父親の父親とかによるのかもしれない。祖父というのはだいたい、クソ野郎中のクソ野郎だ、わたしの祖父が目安になるとすれば。近ごろの男たちは実のところ、前の世代に比べればずっとましになっている――愛人を家に連れこんで、その不義の子の世話を妻にさせていたような連中よりは。自分の家系のいやな話をさんざん聞かされたので、わたしは端《はな》から幻想なんか抱いていなかった、ルームサロンで働きはじめる前でさえ。あいつらは早死にでもしなければ、子供と莫大《ばくだい》な養育費で女をがんじがらめにして、どうしようもなく凡庸《ぼんよう》な、いろんなやり方で女を虐《しいた》げつづける。

紳士なんてテレビのドラマでしか見たことがない。ドラマに出てくる男たちは優しい。女を守ってくれるし、女のために泣いたり、家族に歯向かったりする。もちろん現実なら、家の財産を放棄してほしくはないけれど。貧乏な男は、自分自身を救えないとわたしのことも救えない。昔、貧乏な男に恋したことがあるから知っている。彼はわたしと一緒に過ごすお金がなかったし、わたしは彼と一緒に過ごす暇がなかった。

「そんなに喧嘩ばっかりしてるカップル、あなたたちくらいよ」女が言った。「このへんで、すっぱり別れるかプロポーズするかしたら」そう言いながら、わたしの頭から足先までを無遠慮に眺めた。

最低の女、と思いつつ、ミニ丈のドレスの裾を引っぱりたいのを必死にこらえた。

「わかってる」ブルースは言い、ボトルに手を伸ばした。わたしは手を貸さず、お代わりを勝手に注がせた。もしマダムに見られていたら、何か言われるところだ。「それこそがここ最近の喧嘩の種なんだ。おれは準備できてない、まだ二十三なんだ。友達だってだれも結婚してない。女友達でさえな。まあ、女どもの考えてることは、おれには理解不能だけどな」彼は眉をひそめた。「きみは別だよ、チ、もちろん」急いで付け加える。「きみはどう見てもなんの心配も要らないよな」

女は顔をしかめた。「わたしだって家族がせっせとお見合いのお膳立てしてきて、ほとほとうんざりよ。いつの時代だっていうの？」

その悩みを聞いて考えこむみたいに、ブルースが真顔になった。わたしは目だけで呆れ顔をしたけれど、幸いだれにも気づかれなかった。

「祖母はもう結婚式の日どりを選んじゃってるの」女は続けた。「来年の九月五日だったかな。あとは花婿だけというわけ。どのホテルで式をするか決めるのにもけっこう時間がかかるそうよ、どこにせよ祖母が選ばないホテルのオーナーの機嫌を損ねたくないらしくて」

わたしはコンパクトを取り出してメイク直しをはじめた。人が生きていくうえでのつまらない悩み事も、これだけ見事にちがっていると笑えてくる。もっと昔のわたしなら、この女に見つめられているあいだ、恥ずかしさと居心地悪さでもじもじしていただろう。いまはただ、その顔を平手打ちしたいだけだ。ついでに、ここへこの女を呼んだブルースの顔も、思いっきり。

「ともかく、あなたがそれだけミエに動揺させられてて、彼女のことで心を痛めてるのはいい兆候だと思う」女は言った。それからいきなり早口の英語でしゃべりだし、大げさな手ぶりを使う。英語を話す人たちがそうするのが、わたしは前から気になっていた。しゃべりながら両手を大きく振りまわし、頭をしきりに動かす。ばかみたいに見える。

「ブルース、何事だよ？」女が英語を話しているのを聞いて、ほかの男たちがいっせいに顔を振り向けた。そこでやっと、外の世界の女がひとり交じっているのに気づく。

「どうなってんだ？」わたしの向かい側にすわっていた、太めで汗っかきの男が言った。いつだったか、その男が自分の選んだセジョンという女の子に、〝一流企業の顧問弁護士〟だと自慢していた。それを聞いたセジョンはげらげら笑いどおしで、彼はティーンエイジャーみたいに赤面していた。

そのまるい顔をいま険しくしかめながら、彼はブルースからその女へ、それからまたブルースへと目を移した。

「みんな、こちらは友達のチヒだ、前にミエの誕生日パーティで会ってるだろ？」ブルースはにかっと笑って、怪しいろれつで言った。男たちがいっせいに、ブルースをにらみ返す。この女はたぶん、彼らの姉妹や妻や同僚の三分の一ぐらいは知っているんだろう。たぶん彼らの両親も。

女は席に深くすわりなおし、できるだけ無害そうに見せた。帰る気はないのだ、明らかに。沈黙が流れたが、わたしたち従業員はだれひとり助け船を出そうとしなかった。悪いのは不文律を破ったブルースだ。しかし男たちは彼にずっと腹を立てているわけにもいかなかった。本人が酔っ払って頭がまわっていないこともあるけれど、それより何より、いつものようにこをひと晩借りきる代金を払っているのはブルースだからだ。請求額はおそらく彼らの月給の半分にあたる。だから男たちは、それまでよりはるかに行儀よくではあるが、自分の女の子のほうに向きなおった。

ほかのたいていの夜なら、わたしは席を立って別の部屋へ行っていただろう。常連客に同時に指名されて、部屋から部屋へと渡り歩くこともよくあるからだ。とはいえブルースは特例だし、きょうは客の入りの悪い火曜日だ。おまけに、わたしは空腹で、だれもつまみを盛った皿に手をつけていなかった。店のポリシーに反するのでいままでは見向きもしなかったけれど、わたしはドラゴンフルーツをひと切れつまんで食べはじめた。果肉は柔らかかったが、ほとんど味がしなかった。

「で、どういうきっかけで喧嘩になったの？」女が尋ねた。

「ミエが今夜、彼女の弟の新しい恋人と四人で夕食をとろうって言いだしたんだ」ブルースは言った。「おれは新規株式公開《IPO》の準備でずっと忙しくて、夜な夜なデスクで寝てるっていうのに、ミエのばかな弟が三流大学で知り合った田舎娘とテーブルを囲むなんて冗談じゃない。おれの知ったことかよ」

　ブルースはウィスキーをちびちび飲みながら考えこんだ。わたしのことは完全に無視している。二日前の夜に椅子の上でわたしとヤってなんかいないみたいに。

「あなたがミエの家族に無関心だからそういう手に出るのよ。もっと気遣ってあげなきゃ」

　ブルースは鼻で笑った。「ミエの弟はマジでおれに小遣いをせびってくるんだぞ？」げんなりしたふうに顔を突き出す。「当然、そのうち仕事もくれと言ってくるだろうな、うちの会社はトップの三校からしか人を雇わないのに。それか最低でも韓国科学技術院《KAIST》の出身者だな。それか、両親がうちに援助できるほどの有力者じゃないと」

「ミエのお父さんは何してる人だっけ？　聞いた気がするけど覚えてない」

「ソウルと呼べるかどうかも怪しい、聞いたこともない地区にちっぽけな事務所を構えてるただの弁護士だよ」

ブルースはいまいましげだ。

「だったら、別れちゃえばいいじゃない」もはやじれったそうに、女は言った。「ミエはいまやわたしの友達でもあるから、彼女のために言ってるのよ。新しい相手を見つけなきゃいけないとなれば、時間を無駄にさせちゃだめ。だれかと出会うのにまた一年、付き合いだして結婚話が出るまでにもたぶん一年、それから数ヵ月後に結婚して、子供を持つまでにまた一年。そしたら彼女、もう三十よ！」

「ああ、わかってる」ブルースは憂鬱そうに言った。「だからうちの両親と会わせるって言ったんだ。ディナーの席を用意して。それでまさにいま、びびってるわけさ。おれの慣れ親しんだ生活は三月一日に終わる。独立運動記念日の、午後七時に。きょうだいまで勢揃いする」悲《ひ》愴《そう》な顔つきだ。

「ええっ？」女とわたしは同時に言った。それからブルースは面白そうに、女は見くだした目で、わたしを見つめた。

「両家の顔合わせ？」女は続けた。「それ、プロポーズより決定的ね」

それを耳にしてなぜこんなに動揺しているのか自分でもわからないが、わたしはからかうような笑みをこしらえ、冗談を言った。「あなた結婚するの？　じゃあもっとちょくちょく顔を見せてもらえそうね！」

「だからこんなに頭にきてるんだ」わたしの言葉など聞こえなかったみたいに、ブルースは続けた。「そのディナーにはミエの弟の彼女を同席させたくない——そんな娘がうちの家族と親戚になるかもしれないと思ったら、母さんはその場で心臓発作を起こすよ。それでなくたっていろいろ厄介なのに。けどミエは、その彼女を除け者にしたら弟が怒るって、譲らないんだ」

「どうしてそんなに先なの？」女が尋ねた。「三カ月も？　場所はどこ？」

「〈ソウル・クック〉の個室を予約してある、〈レイン・ホテル〉の」ブルースは言った。「ミエの母親が当初からやたら強引で、うちの両親もとうとう承諾したんだ。両親とも予定が空いてるなかでいちばん早いのがその夜ってだけさ。それに、できるだけ先延ばししたがってもいる。実を言うと、こんなことになってるのは、母さんが占い師のところへ行ったせいなんだ。ミエは義理の娘にするにも、息子の妻や孫の母親にするにも申しぶんないって言われたらしい。参ったよ」情けない顔で首を振る。「おれ、こんな決断していいのかな」

「もうぐじぐじするのやめたら」女がたしなめる口調で言う。「ご両親だって遅かれ早かれミエの家族に会わなきゃ」

ブルースは低くうめき、ぴかぴかの腕時計のバンドをもてあそんだ。

「少なくともミエはちゃんとした家の子だし」女はひと呼吸置いて言った。「下手したら、ずっとひどい相手だったかもよ」

その声の調子だけで、わたしのことを言ってるんだとわかった。

実のところ、わたしはちゃんとした家どころか、いわゆる良家のことをよく知っている。姉のヘナが、けっこう裕福な家に嫁いだからだ。

姉はソウルで最高ランクの女子大の幼児教育学部を出ていて、学歴のみに物を言わせてその結婚に漕《こ》ぎつけた。ソウルの最高級ホテルで開かれた結婚式では、新郎側の招待客が八百人を超え、黒のスーツにフェラガモの動物柄のネクタイを締め、白い封筒入りの御祝儀を手にした面々が主に集まった。格下の家との縁組みだとばれないように新婦側の席を埋めるため、新郎の家族はやむなく偽の招待客を雇った。

姉は離婚してもう一年になるが、まだうちの母にはそのことを伝えていない。

元夫のチェサンは、秋夕《チュソク》（旧暦の八月十五日を含む三日間に祖先祭祀や墓参りをする祭日）や旧正月といった大きな祝祭中の一日だけわたしたちの家に来て家族のふりをしていたが、最近ではこちらの親戚のだれの結婚式にも出席しようとせず、ヘナをうろたえさせている。金持ちの義理の息子を見せびらかすのが、夫に先立たれた母の生きがいなのに。

チェサンの両親は離婚のことを知っていて、世間に恥をさらすのはためらわれるし、でも息子には早くましな後妻を見つけてやりたいしで、どうしていいか迷っているようだ。あの人たちがうちの母と会ったのは、二年の結婚生活を通して二度だけだから、そこから話が伝わる恐れはなかった。

ヘナは、チェサン名義のままの、江南《カンナム》のマンションに住みつづけていた。チェサンの物がいまもさりげなくあちこちに置いてあるのは、大切な義理の息子に食べてもらう手料理をかごに入れて母が訪ねてくるときのためだ。

「あたしが彼にしてあげられるのはこれぐらいだもの」チェサンはめったに家で食事しないからとヘナがいくらことわっても、母は譲らない。「あんたのためを思ってやってるのよ」だからヘナは黙って料理を受けとる。


あれは去年、姉のことで母からまた気の滅入る電話(「キュリちゃん、チェサンの誕生日に何を買ったらいいと思う? あんたも早めにプレゼントを送ってカードを書くのよ」)があった日のことだった。廊下の向かいに住んでいる女の子ふたりを、三人で部屋飲みしないかと誘った。しばらく前からその子たちと話してみようとは思っていたのだけど、やっとその余裕ができた。

そのふたりと話したくなったことからしても、わたしがどんな精神状態だったかわかりそうなものだ。どちらも見た目はぱっとしないし、面白い仕事とか今っぽい趣味とかを持っているようでもない。そう、わたしの興味を引いていたのは、いつ見てもふたりが仲よさそうなことだった——すごく気が合っていて、一緒にいて心地よさそうなのだ。エラ張り顔の浮ついた子と青白い顔の内気な子、とわたしは心のなかで呼んでいた。ふたりで歩くときは腕を組んでいて、近所で見かけたときには、街角の屋台で一緒に何か食べたり、コンビニでソジュを買ったりしていた。エラ張り顔のほうはいつもにぎやかで、ふたりとも優しさの塊のようだ。風を通すために部屋のドアを開け放していることがあって、ふたりがパジャマ姿のままくつろいでいたり、眠そうにドラマを観ながら、青白い顔の子がエラ張り顔の子の髪をいじっていたりするのが見えたものだ。〝姉妹みたい〟、と沈んだ気持ちで考えている自分がいた。

姉とわたしは、互いの人生にあまりかかわらない――できるかぎり母を守るという、ひとつの目標のために歩調を合わせるとき以外には。

ヘナがチェサンの〝愛人〟の存在を知る何年も前から、彼がルームサロン業界でけっこうな噂になっているのをわたしは知っていた。三年前、当時働いていたカンソのルームサロンで、チェサンが目を覆うような醜態をさらしているのをわたしは見てしまった。それは両顎の骨切り手術を受ける前のことで、わたしの勤め先は上階のホテルと提携している店だった。

わたしがほかの女の子たちの後ろから部屋に入っていくと、奥の隅の席にいるチェサンの姿が見えた。向こうに気づかれる前に、逃げ出してマダムを探しにいった。わたしがひどく取り乱しているので、騒ぎになっては困ると思ったのか、今夜はもう帰っていいとマダムは言った。そしてみずからチェサンのもとへ挨拶にいき、ひと晩じゅう賓客扱いしたうえで、これからは毎回、来店前に電話をくれるよう約束させた。そうすればわたしが知らずに彼の部屋へ行かされることはなくなる。「うちで働く女の子にいやな思いをさせたくないから」マダムはそう言って、わたしの頬を軽くつねった。いかにも気遣ってくれているふうなその言いぐさに吐き気がした。わたしがどれだけ売上に貢献できているか毎晩死ぬほど心配させておきながら、よく言えたものだ。

もちろんヘナにはずっと黙っていた。普段は分別ある姉は、三成洞《サムソンドン》のルームサロンで働く夫の愛人のことを知ったとたん、愚かなふるまいに出た。けれども、姉が騒ぎ立てたせいで離婚に至ったのではない。チェサンはその愛人に惚れていたわけでもなんでもなかった。そのころにはヘナへの愛情が冷めていて、恨み言を並べる妻に耐える必要も感じなかったというだけだ。そしてうちは、ヘナとの離婚をためらわせるような家柄でもなかった。

ここ最近は、ありがたいことにやっと〝十パーセントの店〟――業界で上位十パーセントに入る美女を雇うとされているサロン――で働けるようになっている。そういう店のマダムは、〝リピーター〟にさせるために客とセックスするよう露骨にせっついてきたりしない。稼ぎに関してはやはり厳しいが、プレッシャーのかけ方にまだ品がある。わたしがマダムに腹を立てるといつも、あの人はそう悪くない、以前の店のマダムを思い出してみて、とほかの女の子たちが小声で言ってくる。わたしたちはみんな、人を人とも思わないマダムの下で苦労してきているから。

わたしたちの母も秘密を持っているけれど、害のないたぐいの秘密だ。

「キュリ、あたしはね、どんなおかずにも隠し味にスモモのソースを入れるんだよ」深いしわの刻まれた額に汗をにじませながら母は言い、砕いたピーナッツとスモモのシロップと一緒にカタクチイワシを炒める。「あんたもなんにでも入れるといいよ、とっても健康にいいからね！」

全州《チョンジュ》（清州と書くチョンジュとは別の市）の実家に帰ると必ず、母が弱った手首でフライパンをあおるのを眺める。わたしにはコンロに近づかせもしない。おかげでヘナとわたしは料理を一品も作れないし、炊飯器でお米を炊くことすらできない。

「あんたたちふたりとも、将来はきっと、嫁ぎ先でこき使われる主婦よりいい生活をするんだよ」母は少女時代のわたしたちに言った。「料理なんか覚えなくていいからね」

母の体は、父を亡くしてからというもの、衰えていく一方だった。三十五年間、豆腐を売っていた市場の一画も手放してしまった。二年前には右の乳房に大きな腫瘍《しゅよう》がふたつ見つかって摘出した。ふたつとも良性だったものの、危険な大きさだった。母はすれすれのところをうろついている糖尿病予備軍で、骨粗鬆症《こつそしょうしょう》にもなりかけている。左手は六カ月前に感染症にかかって、いまだにスポンジのように膨らんでいる。会いにきたときにはいつも、わたしはその手を何時間もマッサージする。来月は、最短で診てもらえる日を予約したセオリム病院の外科医のところに母を連れていくつもりだ。

わたしみたいな本物の孝行娘にはいままで会ったことがないと、スジンは事あるごとに言い、アラも同意のしるしに熱心にうなずく。「ルームサロン嬢がこんなに立派な娘だなんてだれが思う?」とスジンは言う。持っているバッグはひとつも自分では買っていないし、稼ぎはすべて母に送っているから全然お金がないとわたしが話したせいだ。


母がわたしをヒョニョ――孝行娘――と呼びながら、愛情深く髪をなでてくれると、胸がつぶれそうになる。でもときどき、母は発作的にわたしへの不満で身を震わせる。

「行き遅れるほど惨めなことはないよ!」母は言う。「あんたが一生独り身で、子供も持たないかと思うと心配で心配で。あたしがこんなに老けこんでて病気がちなのはそのせいだよ」

わたしは秘書をしていることになっているのだが、その職場でいくらでも出会いはある、と母には言っておく。あとはそのなかからぴったりの男性を見つけるだけだ、と。

「そのために手術であんなつらい思いをしたんじゃなかったのかい?」母はわたしの頬を指でつつきながら言う。「きれいな顔をしてたって、それを活かす術《すべ》を知らないんじゃ意味がないだろうに」

少女のころでさえ、顔を変えることでしか自分はチャンスをつかめないとわかっていた。鏡を覗きこみながら、これは全取っ替えするしかないと思っていた、占い師にそう言われるまでもなく。

顎の手術を受けた夜、ようやく目を覚まして麻酔の効き目が薄れてくると、わたしは激痛のあまり叫びだしたが、口が思うように開かず、声は出てこなかった。何時間も苦しみつづけたあと、頭に浮かんだのは、死んで痛みから逃れたいということだけだった。身投げできそうなバルコニーは見あたらず、尖《とが》った何かかガラスを、シャワーヘッドに吊るせるベルトを半狂乱で探した。もっとも、あとで聞いた話では、病室のドアにすらたどり着けなかったそうだが。その夜、顔を覆った包帯を涙でぐしょぐしょにしているわたしを、母はずっと抱いていてくれた。

母が死んでしまうのが怖い。ぼんやりしているとき、腫瘍が母の体じゅうに毒を運んでいくさまをわたしは思い描く。

この前、行きつけのクリニックで、わたしがこの顔のモデルにした女の子の実物をついに見かけた――チャーミングというガールズグループでリードボーカルをしている、キャンディだ。わたしが入っていくと、ぼさぼさの髪に黒のキャップをかぶった彼女が、待合室の隅の椅子にだらしなくすわっていた。

どれだけキャンディの顔に近づけたかたしかめたくて、わざわざ隣にすわった。シム先生との最初のカウンセリングに、わたしは彼女の顔写真を持っていった。キャンディの鼻は先端がやや上向きなのだが、そこに個性が表れていて、はっとするほど美しい。彼女の鼻をその形に整えたのはシム先生で、だからわたしは彼を選んだのだ。

間近で見ると、キャンディの目は泣いていたみたいに充血していて、顎にひどいニキビができている。彼女はさんざんな一年を過ごしていた。グループの新メンバー、ズナをいじめていたという噂が飛び交っていたし、新しい彼氏と遊びまわってリハーサルをすっぽかすこともたびたびあった。インターネットのポータルサイトのニュース記事に、おびただしい件数の中傷コメントが書きこまれていた。

わたしの視線に気づいて、キャンディはキャップのつばを引きおろし、指輪をひねりまわしはじめた——十本の指全部に、細いゴールドの指輪をはめている。

看護師に名前を呼ばれ、立ちあがって診察室に入っていくとき、キャンディは振り返ってわたしと目を合わせた。まるでこちらの心の声が聞こえたかのように。

わたしは両手を伸ばして、彼女の肩を揺さぶりたかった。ばかみたいに遊びまわってちゃだめ、と言いたかった。あなたはいろいろ恵まれてて、やりたいことをなんだってできるんだから。

わたしがその顔の持ち主だったら、あなたよりずっと上手に生きていくのに。

ウォナ

わたしの祖母は去年、水原《スウォン》の高齢者向け病院で死んだ。死んだときはひとりだった――つまり、家族のだれも付き添っていなかった――ため、隣のベッドの老女が、亡骸《なきがら》がにおいだしているから運び出してほしいと看護師に言ったらしい。

その知らせを聞いたとき、わたしはひどく心乱され、勤め先を早退して帰宅するなり寝こんでしまった。

訃報を電話で知らせてきたのは父だった。「葬儀には行かなくていいからな」と父は言った。子供のころ、そして大人になってからも、わたしは祖母の死をよく夢想していた。葬儀に行く気はないと、父には伝えた。

父が海外で働いているあいだ、わたしが祖母と暮らした子供時代の数年間のことを、父とはほんとうに一度も話したことがない。たまに、どちらかが祖母にまつわる物のことをなんの気なしに口にした――「あの男は、おれの中学時代におまえのばあちゃんが家に連れて帰ってきた犬に似てる」だの「あの小屋、おばあちゃんちの屋外トイレみたい」だの――けれど、ふたりとも返事を期待してはいなかった。

夫はその日、早く帰ってきた。きっと父が彼の職場に連絡したのだ。わたしが目をあけたまま横になっている寝室に入ってくると、夫はわたしのかたわらに腰をおろして手を握ってくれた。

夫はわたしがどんな心境でいると思っていたのか。わたしが祖母のもとで子供時代を過ごしたことも、祖母の話を絶対にしないことも、一度も会いにいっていないことも、夫は知っている。だから何かあるとは思っているはずだ。だけどたぶん、わたしの過去の話を夫に聞いてもらうことはできない。善意に満ちたそのまるい顔が不憫《ふびん》そうにゆがむさまが目に浮かぶし、わたしはきっと逃げ出したくなるだろう。

「人生のつらい出来事ならぼくも経験してるからね」初めてわたしに子供時代のことを尋ねようとしたとき、彼はそう言ったのだが、わたしはただ床を見つめて黙っていた。彼が話していたのは、自分の母親を亡くしたことだ。それはほんとうに気の毒だし、同情を誘うほどの傷を心に負ったにちがいないが、祖母との暮らしでわたしがどんな思いをしてきたか、彼にはわからないだろう。おおかたの人は、ほんとうの闇を理解する力を持っていないのに、それでもなんとか手助けしようとする。

夫は、自分が親切だからほかの人も親切であることを期待する人だ。お酒を飲んだり映画を観たりしているとき、彼はこちらが照れてしまうほど感傷的なことを言いだす。それがグループでいるときだったりすると、わたしは恥ずかしくて居たたまれなくなる。彼と結婚したのは、わたしが人生に疲れていたからで、それでもすでに手遅れだった。まだじゅうぶん若かったのだけど。

夜、夫と並んで眠っていると、わたしはよく閉所恐怖に襲われるので、仕方なく階下へおりていってこのオフィステル（住宅機能と事務所機能を備えた多目的ビル。各部屋はワンルームマンションの仕様）の表の階段に腰をおろす。夜中でもにぎやかな通りを眺めているうちに、頭がすっきりしてくる。

平日だと、上階に住んでいる女の子たちが午後十一時ごろにぽつぽつと帰宅しはじめる。どんな天気の日もむっつりと寒そうにしていて、わたしを見ると軽く会釈して小声で挨拶していく。わたしは挨拶を返すときもあれば、目をそらすときもある。わたしがみんなの帰りを待っていたなんて、あの子たちは知らない。

週末には、彼女たちが出かけていくのをときおり目にする。だけどいちばん好きなのは、互いの部屋をノックしてメイク用品を借りたり、おかしな時間に一緒にフライドチキンを注文したりしているのを聞くことだ。

彼女たちが帰ってくるまで、わたしは表の階段にすわって道行く人を眺める。日中は、積みあがったゴミや、クラクションを鳴らす車や、目立たない角に駐車しようとする車が目障りな、ほこりっぽくて冴《さ》えない通りなのだが、夜になると、連なるバーがネオンサインやテレビの映像で華やかに輝く。夏には、青いプラスティックのテーブルとスツールで屋外席が設けられるので、飲んでいる人たちの会話がところどころ聞きとれる。たいていは、前回一緒に飲んだときの逸話で盛りあがっている。男性が付き合っている女性の、あるいは女性が付き合っている男性の話をしていることもあるが、とにかく多いのは、テレビ番組の話題だ。だれもかれもがあんなにテレビの話をしているのにはびっくりする。

子供時代をほぼずっとテレビなしで過ごしたせいかもしれない――ひどい癇癪《かんしゃく》持ちの祖母が、あるとき家のテレビを叩き壊したのだ――が、いまだにわたしはドラマや俳優の話には加われないし、リアリティ番組で交わされる冗談もさっぱりわからない。初対面のとき、夫はわたしのそういうところが面白いと思ったらしく、いつもいい加減にやめてと言うまでその手の会話に引きこもうとしたものだ。ただ、わたしについてのそんな小さな事実を耳にした人はみんな、両親が教育熱心だったせいだろうと決めこんだ――近ごろでは子供のためを思って、家でテレビを観せない若い親がけっこういるらしい。リアリティ番組を見すぎると頭が悪くなりそうだとはわたしも思う。笑い声をかぶせた落ちの場面をあんなふうに何度も何度も再生されたら、だれだっておかしくなる。でもわたしの卒業した地方の大学の名前を聞くと、みんな顔を見合わせる。まるでこう言ってるみたいに――な、これだから進歩的な子育てってやつは当てにならないんだ。

たぶんもうだれかが言っているだろうけど、人があんなにテレビを観るのは、そうでもしないとしんどくて生きていけないからだと思う。財閥の家に生まれるとか、両親が数十年前にカンナムの土地を購入したすばらしく幸運な少数だったとかでもないかぎり、家を買うどころか託児所の費用もろくに払えない給料のために働きづめに働かなくてはならない。デスクにすわりどおしで背骨は悲鳴をあげ、上司は無能なくせに仕事中毒で、そんなこんなに耐えるべく仕事終わりには酒を飲まずにいられないのだ。

でもわたしの場合、耐えられる生活と耐えられない生活とのちがいを知らずに育ち、そんなものがあると気づいたときには、もう遅すぎた。

八歳になるまで、わたしはソウルの北東、ナミャンジュにある小さな石造りの家で祖母と暮らした。まわりを囲う低い石塀と、雨漏りする屋外トイレがあり、玄関脇には、祖母がかつて金魚を飼っていた脚付きの瓶《かめ》が一対置いてあった。

祖母は自分の部屋で眠り、わたしは居間の床で眠った。そのかたわらに小さな白い聖母マリア像が置いてあり、頬には流れる血の涙が描かれていた。世界じゅうが寝入っている夜中には、その像が光を発し、黒い涙を流しながらわたしを見おろしているように見えた。教会の祈禱《きとう》グループの会合を家でするとき、祖母はときどき、わたしがマリア像の頬から血をこすり落とそうとしたせいで涙を描きなおすはめになった話をした。

教会の女性たちはくすくす笑ってわたしの頭を軽く叩いた。でも祖母はその出来事の続きを話さなかった。その夜、庭の木の枝でわたしの脚の後ろをぶって、一週間経っても消えない切り傷を負わせたことを。わたしはあの木が大好きだったのに。

冬場、その家はひどく寒くなるので、わたしはセーターを三枚も四枚も重ね着して、ブランドのタグがついたまま吊るしてある祖母のコート類の下にもぐりこんだものだ。毎年秋に、わたしのおばとおじが祖母への贈り物としてアメリカから冬用のコートを送ってくるのだが、現地の最小サイズの製品にもかかわらず、どれも祖母には大きすぎた。祖母は客が来るとそれらのコートを出してきて見せびらかし、いいわねと言われると肩をすくめ、でもサイズが合わないからだれか買ってくれないかねと持ちかける。餌に食いつく人がいるんじゃないかといつもはらはらしたけれど、みんなアメリカ製のコートなんて高くて手が出ないと思うようだった。

あのあたりは裕福な地域ではなかったが、学校に通う子供たちはたいていこぎれいな服装をしていて、兄弟姉妹がいて、店で散髪していて、文房具店で使う小銭を持っていた。当時は意識していなかったが、子供時代の数少ない写真を見ると、わたしは祖母の使い古しの肌着を着せられていて、いかにもみすぼらしい。子供らしい色の服を着た写真は一枚もなかった。わたしは着るものに困ってもいなければ、ほしがってもいなくて、気にしてさえいなかった。ほかの子たちはわたしをいじめはしなかったけれど、友達になろうともしなかったので、おのずと学校帰りには小川のほとりか教会の庭で、ひとりで遊ぶようになった。修道女のひとりがあてがってくれた庭の一角で、わたしは野菜を育てた。礼拝で毎週祖母と顔を合わせる修道女たちは、祖母の人となりをおおかたの人よりよく知っていた。

アメリカからその手紙が届いたのはたしか、気持ちのいい春の日だった。その週の初めに庭の塀の上で桜の花が一気に咲き、祖母とわたしは数日おきに歩いて飲み水を汲《く》みにいく山の井戸から戻ってきたところだった。郵便配達員が門前にいた。

「アメリカの息子さんからお手紙ですよ」わたしたちの姿を見て、彼は手を振りながら声をあげた。

「そうかい？　あの子はまめに便りをくれるからね」祖母は愛想よく言った。わたしとは何日も口をきいていなかったくせに、他人には不機嫌をうまく隠すのだ。

手紙の内容も自慢したいものだから、祖母はこれ見よがしにその場で封を切った。

「この夏こっちへ来るそうだよ」祖母はゆっくり目を通しながら言った。「女房と子供たちも連れて」

「それはそれは！　楽しみですね。息子さんがアメリカへ発って以来でしょう？」郵便配達員は、近所のほかの住民たちにたがわず、おじのことを知っていた――裕福な家の大切なひとり娘だったおばとの結婚後、アメリカのシンクタンクでの職を得たエリートとして。

祖母はむっとして口をすぼめ、「そうだね」と言い捨てて、さっと門のなかへ消えた。困惑顔の配達員を残して。

わたしは慌てて祖母に続いた。いとこたちが遊びにくる！　そう思うだけでめまいがした。いとこのソミンとヒョンシク。おばとおじからの手紙を読んで、ふたりのことはなんでも知っていた。わたしが八歳だったそのころ、それぞれ六歳と三歳で、ワシントンの、ほかにアジア人がだれも住んでいない通りに住んでいた。ソミンはアメリカ人の子供と同じ学校に通いながら、バレエとサッカーとヴァイオリンという素敵な習い事をしていて、ヒョンシクは幼児向けの体操教室に入ったところだった。

祖母は手紙が来るたびに鬱々とした不満をくすぶらせていたが、わたしはおばが美しい筆跡でしたためた文面を夢中で読んだものだった。おばはよく小包や手紙にわたしへのちょっとした贈り物を同封してくれたし、花や動物が描かれたアメリカ製のバースデーカードを毎年送ってくれた。ソミンのバースデーパーティの写真も送られてきたが、そこには必ず、フリルの服を着てパーティの三角帽をかぶったソミンがろうそくを吹き消すところが写っていて、そのまわりを囲む女の子や男の子のなかには、黄色かオレンジ色の髪や紙のように白い肌をした子もいた。

「子供にこんなばかげた贅沢《ぜいたく》をさせて！」祖母は腹立たしげにそう言ってごみ箱に写真を投げ捨てたり、とりわけ黒々とした気分にとらわれているときは、ハサミで写真を切り刻んだりしていた。

わたしは幼いほうのヒョンシクにはあまり期待していなかった――三歳半の子の身体能力などおぼろげにしか想像がつかないし（もうしゃべれるんだっけ？　それすらわからないし、どうでもよかった）、たぶんソミンとわたしが遊ぶ邪魔になるだけだろう。でもソミンを教会の庭に連れていってわたしの野菜畑を見せるのは待ち遠しかった。あの祖母にさえ美味しいオイジ（キュウリの漬物）になると言わしめたキュウリがそこで花を咲かせている。

それがうまくいったら、市場の隣の文房具店にもソミンを案内する。その店先のベンチは近所の子たちのたまり場になっている。ウォナのアメリカ育ちのいとこが、どんなに可愛くて興味をそそるか、みんながひそひそ話しはじめるのが目に見えるようだ。

このごろはそのことばかり夢見ている。

わたしの父は三兄弟の次男だが、アメリカで大きな家に住んでいるおじは三男だった。祖母は話題にのぼるたびにおばのことをけなし、アメリカからおじが送ってくる贈り物を、来客があるときは必ず家のなかの見える場所に出していた。黒光りするカメラは台所のテーブルに置きっぱなしにし、化粧品入りのポーチは居間の床に放り出しておくという具合に。
あるとき、客たちが帰ったあと、祖母は化粧品のポーチのなかをかきまわして、だれかに金のクリームを盗られたと言った。そのころ、それは祖母のいちばん高価な持ち物だった――おばが前月に送ってきた、金色の蓋のついたどっしりした容器入りのフェイスクリームだ。〝えすてぃ・ろーだー〟とかいう会社の製品らしかった。祖母はわたしの小さな戸棚をくまなく調べて、わたしがくすねていないのをたしかめると、今度はチュ夫人のしわざにちがいないと言いだした。あそこの娘がうちの息子たちのだれにも相手にされなかったのをずっと恨んでいたはずだからと。祖母はその気の毒な夫人のことを何日も口汚く罵《ののし》っていた。その後もそうそう耳にしないほどの罵詈《ばり》雑言《ぞうごん》だった。チュ夫人は二度とわが家に顔を見せなくなり、わたしはそれが悲しかった。ハンドバッグに飴の包みを忍ばせているタイプの人で、いつも母のような優しい笑顔をわたしに向けてくれる、村では数少ない女性のひとりだった。一度、わたしが通りの反対側から文房具店をじっと見ているのを目にしたその人は、いきなりわたしを抱きしめて五千ウォン札をくれた。

祖母はしょっちゅう、お金のことで揉めていた。揉める相手は祖母の万引きを見咎《みとが》めた店主のこともあれば、祖母と顔つきもしゃべり方もそっくりで、負けず劣らず意地の悪い姉か妹のこともあった。ひとりだけいる弟――四人きょうだいの末っ子――は、貧しい家の娘と一緒になり、結婚して最初の数年に祖母たち小姑《こじゅうと》がさんざん嫁いびりをしたせいで、夫婦で中国へ逃げてしまった。

対照的に、アメリカのおじは裕福な家の娘と結婚したうえに、祖母の息子たちのなかでただひとり高収入を得ていた。祖母はほかの息子たちを能なし扱いしていた――長男であるおじが何を生業《なりわい》にしていたのか、わたしはいまだに知らない――が、いい大学を出たのに下水処理会社に勤めているわたしの父には最大級の軽蔑を抱いていた。あたしにいちばん恥をかかせた息子の子供を引きとるはめになるなんて、皮肉にもほどがある、と祖母はよくわたしに言った。お粗末な仕事選びをしたうえに、父は妻選びで最大の親不孝をした。〝礼儀知らずの、思いあがったあばずれ〟というのが祖母によるわたしの母の評価だった。「あんな嫁、ずっと前に川に突き落としとくんだったよ、あんたがお腹にいたころに」とまで言われた。

何年ものあいだ、わたしはこう思っていた。母方の家族はまずいことに、婚約中にずっと祖母がほのめかしていたミンクのコートやハンドバッグを持参金に添えて送らなかったのだろうと。母はまた、祖母と同居していた新婚の年のあいだじゅう、〝受け入れがたい、傲慢な〟表情を顔に浮かべていたそうだ。

わたしの面倒を見ているわけを人に訊かれると、祖母は、息子が南米で仕事をする数年のあいだ、この子を預かってもらいたいと両親から頼まれたのだと言っていた。「父親が国際的な事業をまかされてるんですよ。野生動物だらけのジャングルに小さい子を連れてけないからね！」

わたしが利かん気を見せると、祖母は隣町の孤児院送りにすると言ってわたしを脅した。そうしたってだれひとり――わけてもわたしの両親は――気にも留めないだろうと。「男の子が生まれたら、娘なんか冷や飯同然になるんだ」祖母は言った。「捨てどきってことさ」

そういうことを口にするとき、祖母は目を細めて笑顔になった。


いとこたちがついにやってくる週、祖母はおばとおじが数年のあいだに送ってきた贈り物をすべて隠した。いったいどこにしまったのやら――きっと姉と妹の家に運んだのだろう。祖母は生来こんなふうだったのか、それとも祖父が早死にしたせいで正気を少し失ったのか、わたしにはわからない。


ともあれ、わたしがどんなにわくわくしていたことか！　いとこたちが到着する予定の日は、目覚めるなりこの小さな体じゅうを震えが走った。いまにも足音が聞こえるかと思いながら、わたしは朝から何時間も庭で待っていた。が、午後になってとうとう家のなかに戻ったとき、ようやく門の外で車の音がした。

窓越しに、わたしは一家が門をあけて石の小道を歩いてくるのを見つめた――お洒落《しゃれ》な若いおばが、もう赤ん坊でもないのにヒョンシクを抱っこしていて、お陽さまの色のワンピースを着たソミンは、敷石から敷石へとぴょんぴょん跳ねている。その三人——おばと、ヒョンシクと、ソミン——には、家のなかからでさえ独特の明るさが見てとれた。幸せな人たちはどこかがちがう——目が澄んでいて、肩に力が入っていないのだ。

けれども、おじは——門を閉めて家のほうを見やったその顔つきからして——わたしたちの側の人に見えた。しばらく門のところにたたずんでいたおじは、見るからに入ってきたくなさそうだった。

その日いとこが着ていたひまわり柄のワンピースを、わたしはいまでも覚えている。それまで見たこともなかった、ウエストから裾にかけて広がった形で、お揃いの黄色と赤のヘアバンドには小さなひまわりの飾りがついていた。それにあの金色の靴！　服装に圧倒されて言葉を失ったのはあれが初めてだったと思う。

おばがアメリカから持ってきた贈り物入りのスーツケースをあけているあいだ、祖母の顔には、わたしの知っているひどく不穏な表情が浮かんでいた。

「教会にあるわたしの野菜畑をソミンに見せてあげてもいい？」わたしは急いで訊いた。おじはいいよと言って、わたしの頭をぽんぽんと叩いた。どうやら、わたしのことをとても哀れんでいるみたいだ。

「そんなに遠くないのよね？」少し心配そうに、おばが訊いた。「この子たちだけで大丈夫かしら」

「ここはアメリカじゃないよ」祖母が冷たい声で言う。「銃を持った危ない人間なんかいやしない。子供たちだけで平気さ」

「ぼくも！」ソミンの手を引っぱりながら、ヒョンシクが言った。

「ああ、おまえもな」そう言って、おじは慈しみ深いまなざしを息子に向け、わたしは思わず目をそむけた。それからおじはわたしと目を合わせ、これからひと悶着《もんちゃく》あるぞと無言で伝えてきた。そのとき子供たちには外にいてもらいたいようだ。

「じゃあ行こう」すっくと立ちあがって、わたしは言った。

わたしは教会まで行くのに遠まわりをした。家の裏の小高い丘をのぼり、通りの端の店々の前を通っていく経路だ。なるべく長く外にいて、上等な服を着たいとこたちをなるべく大勢の目にふれさせるのが狙いだった——こんなふうに考えるようになったのは、たぶん祖母の影響だ。

がっかりしたことに、すれちがったのは二、三人の知らない人だけで、目当ての人にはひとりも出くわさなかった。わざわざ遠まわりをしたのに、ただヒョンシクを疲れさせただけだった。

「足が痛いよう」縁石を蹴りながら、ヒョンシクは哀れっぽく言った。「パパのところへ帰りたい。こんなのつまんないよ」

そんなヒョンシクを見ていると、胸に憎しみが湧いてきた。これまでのところ、何ひとつわたしの期待どおりになっていなかった。教会の修道女たち、特にわたしのお気に入りのシスター・マリアのことをおずおずと話しても、ソミンはなんだか上の空だった。それよりヒョンシクを行儀よくさせることに気をとられていた。ヒョンシクはまっすぐ歩こうとしなかった――よろめきながら何歩か進んだかと思うと、今度は左右にふらふらしだす。「見て、ぼくは死んだゾウだよ」きゃっきゃと笑いながらそんなことを言う。あげくにまた疲れたと音《ね》をあげる。

弟を怒鳴りつけもせず、ソミンも笑っていた。なぜそんなに優しくしてやれるのか、わたしにはわからなかった。ヒョンシクが振りほどこうとしたときでも、ずっとその手を握っているし、それでふざけたりもする。「ほら、つかまえた!」と言って。

弟にかかりきりのソミンに話しかけるのはあきらめて、わたしはむっつりと教会への道をたどった。ようやく教会の庭にたどり着いたときには、ほっとして叫びだしそうだった。わたしの小さな区画はいちばん隅の、川の土手沿いにあり、そこをキュウリとピーマンとカボチャが幾何学模様に並んだ美しい見た目に整えるのに、ひと夏まるまる費やしていた。

「ここよ」とわたしは言い、誇らしげに腕を振って披露した。前の週、蔓《つる》一本にこんなにたくさんのキュウリが実をつけているのは見たことがないと、シスター・マリアに褒めてもらっていた。

「あなたの庭ってこれ？」ソミンは片眉をあげてわたしを見ていた。「これのためにわたしたちをあんなに歩かせたの？　ワシントンのわたしの庭はこれの二十倍はあるよ」と言って笑いだす。わたしの顔を見て、すまなく思ったのか口をつぐんだが、ヒョンシクもげらげら笑いだし、ソミンの手を振りほどいて、植わったキュウリめがけて全速力で駆けだした。

「キュウリィィィ！」ヒョンシクは叫びながら、わたしが何日も大事に育てていた特大のキュウリに手を伸ばし、それを思いきりつかんだ。表面が棘《とげ》だらけなのには気づいていなかった。痛みは遅れてやってきたにちがいない。ヒョンシクは何秒かしてからいきなり叫びだし、棘々したそのキュウリをいっそうきつく握りしめるのが見えた。

わたしたち——ソミンとわたし——はそちらへ駆けだしたが、わたしが先に着いて、ヒョンシクの手をキュウリから剝《は》がし、シャツの後ろをつかんで自分のほうへ引き寄せた。すると彼がいっそう大きな悲鳴をあげたので、わたしはびっくりして手を離してしまい、つまずいたヒョンシクはキュウリの上に顔から倒れた。

あの場面——あの空も、あの庭も、ヒョンシクの両目も、いくつもの深い傷も、何ひとつ欠けることなく目に浮かぶ——に、わたしはたびたびさいなまれる。あの恐怖の一部始終。なかったことになどできない。

ヒョンシクが起きあがり、狂ったように泣きながら顔をあげると、血が流れているのが見える。わたしが蔓を支えるのに使っていた針金が刺さったのだ。ヒョンシクが両手で顔をさわり、その手についた血を目にする。わたしがまた近寄ろうとすると、彼はなおも泣き叫びながら、後ずさりしていく。

ずいぶん前、わたしが大学三年のころ、実は父に連れられてメンタル・クリニックへ行った。梨泰院《イテウォン》の、木立で遮蔽された米軍基地から通りを隔てたところにある、二階の小さな診療室だ。当時のイテウォンにはまだ街娼《がいしょう》や行商人がいて、深夜の殺人も起こっていたが、現金払いを受け入れ、保険だの患者の名前だのについて質問しないひと握りの精神科医がいるのはその界隈《かいわい》だけだった。

空きを見つけるのにぐるぐるまわったすえに、父はやっとホテルの駐車場に車を止めた。そんな父を見るのはそのときが初めてだった。それは、その午後に大枚をはたくことを覚悟しているしるしだった。

父は、わたしが講義に出るのをやめてしまって、代わりに漫画喫茶でコミックの山に埋もれて日々を過ごしていることを知ったばかりだった。わたしのことを告げ口したのは、隣のスーパーマーケットで働いている女性のひとりだった——同じアパートに住んでいる人で、わたしがホームレスみたいに四六時中ぶらぶらしていると父に話したのだ。

なぜ講義に出るのをやめたのかと両親から尋ねられ、やがて怒鳴られたとき、わたしは何も答えを返さなかった。「どれだけ授業料を払ってるか、わかってるだろう！」父は怒りで言葉を詰まらせた。「そんなふうに金を無駄にする余裕があるとでも思うのか！」内心うろたえている継母は、体を前後に揺すっていた。

わたしはもう大学に行く気がなかった。わたしの専攻はジョークで、大学もジョークだった。仕事を見つけるのも無理だろう。父が五十五歳で会社を退職させられたので、就職には欠かせない〝コネ〟がもうないからだ。だからどうしろと？

ほっといてよ、と言いたかった。それに、あなたはわたしに借りがあるでしょ、と。でもそうは言わなかった――手加減なく顔をはたかれ、髪を剃《そ》り落とすぞと脅されても、何も言わなかった。

夜、両親の寝室で、ふたりが声を落としてわたしのことを話し合っているのが聞こえた。それから一週間ほどしたころに、イテウォンのある人のところへ連れていって、わたしの話を聞いてもらうと父から言われた。

「英語をしゃべらなきゃいけない？」わたしは訊いた。建物の英語の看板と、〝心の健康のカウンセリング承ります〟と書かれたドアから出てきた大柄な金髪のアメリカ人女性を見て、もしやと思ったのだ。

「韓国語を話す女性だ」父は言った。「おれはあそこで待ってる」通りの向こうのファストフード店を指さす。「支払いの段になったら電話しろ」

そのまま立ち去ろうかと思ったが、結局は好奇心に背中を押された。セラピストにはかかったことがなかったし（その後もない）、どんな魔法に対して法外な料金を請求するのか知りたかった。

それでセラピストとわたしは、向こうが果敢に踏みこんでは、あえなく引きさがるばかりの一時間を過ごした。そのセラピストは見た目も話し方も期待はずれだった――安物のナイロンのセーターに色褪《あ》せたパンツという、安心感はおろか、敬意もろくに抱かせない服装で小さな部屋に入ってきた瞬間から。

「学校のことを話しましょうか。なぜ講義に行けないと感じているんですか？」

「わかりません」

セラピストはメモ帳を見ながら言った。「あなたが子供のころ、いとこが失明したことについては話せそうかしら？　不慮の事故だったのは承知していますけど」

「は？　いやです」

父は一時間ぶんの料金を現金で払った。その一万ウォン札のぶ厚い束を見てわたしは身がすくんだけれど、父はほっとした面持ちだった。それだけのお金と引き換えに、充実した治療がおこなわれたはずだと思っているのだ。この先、友人たちにもここを薦める父の姿が目に見えるようだった――即刻解決だよ！　さすがはアメリカで教育を受けたセラピストだ！

二回目のセッションの日程はいつになさいますかと受付係に尋ねられても父は返答せず、今週のうちに電話で予約しますとわたしが言った。

なぜ夫と結婚したのかと訊かれたら、彼の母親が亡くなっていたから、とわたしは言うだろう。

そのことを知ったのは彼と二度目に会ったときで——最初はブラインド・デートだった——母親の脳に腫瘍が見つかって、放射線治療もむなしく転移に至り、最後は病院のベッドで子供たちに囲まれて死を迎えた話をしていたとき、わたしの目にひらめいたはずの光を彼は見ていない。彼がパスタの皿を前に、母親と自身の苦痛について語りながら悲しみにうなだれているあいだ、わたしは興奮しながら耳を傾けていた。

その日わたしの心を動かした決め手が、実はもうひとつあった。彼がわたしの都合を考えてわたしの家に近いレストランを選んでくれたことだ。ブラインド・デートといえば、男性の職場に近いか、男性の行きつけのバーに近いか、最悪の場合、男性の自宅に近いレストランであることが多かった。書類上よさそうに見える男性ほど自己中心的だということぐらいは、わたしも知っていた。

でもこの人は、優しいうえに、母親を亡くしていた。子供ができても——赤ちゃんという、完全に自分のものになるちっちゃな存在がわたしはほしかった——義母が子育てに干渉してくることはない。わたしからその子を奪ったりすることもない。夢のような好条件だ。

そう、たいていの女性が結婚してから実生活で学ぶ事実をわたしはとうに知っていた――義理の母たちが義理の娘たちに抱く憎しみが、この国に生まれるすべての女性の遺伝子に組みこまれていることを。その憎しみは心の底に沈滞し、じっとそこに潜んでいて、婚期に達した息子が妻を迎えると、押しのけられたことへの恨みや、息子の愛情を独占できない憤りとなって表出する。わたしの祖母にかぎったことでもなく、たびたび目にしてきた。あらゆる韓国ドラマの筋書きのなかでそこだけは、わたしにも感覚として理解できた――枝葉の部分はあまりぴんと来ないにしても。だからわたしは無気力状態から覚めて、嫁いびりを免れるチャンスに飛びついた。

わたしにとってそれ以上に重要なことはなかったのだ。そのときは。

ミホ

屋根を叩く雨の音で目が覚めた。ニューヨークに戦前からある防音仕様の学生用アパートで数年暮らしたあとでも、その音を聞くと子供時代を過ごしたローリング・センターの部屋を思い出す。そこでは、わたしのベッドは窓際にあり、歩道を叩く雨音を聞きながら眠りに落ちることが多かった。いまわたしが住んでいるのは、造りが安っぽくて小規模な、四階建てのオフィステルの最上階だ。外壁の塗装はグレーで建物名は白で書かれているにもかかわらず、カラー・ハウスと呼ばれている。どの階にも色は微塵《みじん》も見あたらず、賃料は格安だけれど、それはここ四階だけだ。数字の四を忌み嫌うのはアジアだけの迷信だということを、アメリカに行って初めて知った。向こうでは数字の十三を忌み嫌うが、それはピエロの出てくるホラー映画の影響らしい。いや、吸血鬼だったかな。とにかく、ここの家主は、高層マンションではよくあるようにエレベーターのボタンの三と五のあいだを飛ばすといった形で四階建てのビルの四階をないことにしていないので、わたしはこの階の小さな二室に住む数人の女子のひとりとして、ここの郵便番号と二ブロック先の地下鉄の駅をありがたく利用している。

子供のころは、ソウルでも特ににぎやかな区域に——きらめく摩天楼が空にそびえ、どのビルの外にも警備員よろしく奇抜な彫刻が立っているような場所に——いつか住むことになるなんて、想像もできなかった。使い捨てカップ入りのコーヒーを手に、社員証を首からぶらさげて大理石のロビーを出入りする同年代の人たちの満ち足りた様子が、わたしにはいまだにまぶしく見える。

ニューヨークへ行く前のわたしが知っていた世界は、花咲く野原の端っこの小さな食堂、それから森のなかにある孤児院と、山のなかにある地方の芸術学校だけだった。

ニューヨークでの奨学生生活が終わったら、戻ってきて一緒に住まないかとスジンが手紙をくれたとき、わたしはその申し出に飛びついた。スジンもわたしの少し前にローリング・センターを出ていて、それからは何年もせっせと文通をして、ソウルとニューヨークの情報を交換していた。過去のことはあまり話題にしなかった。

オフィステルと言っても、自分の住んでいるところはとても小さい——普通は何百室もある、密集した高層ビルだから——とスジンが言ってきたので、連絡をもらいしだい航空券を予約するから、部屋に空きが出ないか気にしておいてほしいと伝えた。

ニューヨーク暮らしのあとだからここでは期待はずれなんじゃないかとスジンは心配してい

たが、わたしはこの建物が気に入ってると彼女に言ったし、それは嘘じゃない。ここは自由人向きの住みかだ。

主な住人は若い女性だった――三階の部屋に住んでいる夫婦は別にして。一日じゅう、こぎれいで素敵な服装をした女の子たちが出入りしている。このオフィステル全館で、フルメイクをしていなくて髪を染めてもパーマをかけてもいないのはわたしだけだと思う。アラはわたしの髪を初めて見たとき息を呑んでいたし、その後もわたしを見るたび我慢できずに髪をさわってくる。わたしはそれをお愛想だと受けとっていた（アメリカではたいてい、大げさなほど髪を羨ましがられていた）のだが、それも彼女がこの髪に手櫛《てぐし》を通しながらスジンに悲しそうに首を振るまでのことだった。**ほったらかしすぎ**、とアラは小さなメモ帳に書いた。

わたしの寝室は部屋の戸口の横にあり、戸口は反響のひどい階段の横にあるので、下の階の夫婦が出かけるときの会話が毎朝聞こえた。ふたりはほかの住人より年長の三十代で、夫は一生懸命妻に愛情を示しているが、妻のほうはいつもどこか上の空だ。

「ウォナ、きょう店で何か買ってこようか？」夫が気をきかせて尋ねる。「何か特にほしいものある？」三秒後に妻が答える。「え？　ああ、なんでもいいよ」そんなやりとりのあと、夫婦はガンガン音の響く、世にもやかましい階段をおりていく。

ときどき、夜遅くにアトリエから戻ってくると、妻のほうがひとりで表の階段にすわっていることがある。わたしが横を通っても顔をあげもしない。すごく失礼だと思うけど、慣れてしまった。

もうしばらく雨音に耳を傾けながら、けさはなぜ普段より心がざわついているのか考えた。そしてじわじわ思い出した――きょうは恋人のハンビンとランチをとることになっているのだ。彼の実家で。

大きな含みを持つ重要イベントだ。

彼のお母さんは家にいるはずだし、もしかしたら――不安が増すのであまり考えないようにしているけれど――お父さんもいるかもしれない。いつもはゴルフだの外国から来た名士との会合だので忙しい人ではあるけれど。

「きみに例のイシイを見せたいんだ、先週やっと届いてさ」ゆうべ、大学のアトリエにわたしを訪ねてきたハンビンは言った。イシイの魚の彫刻をいつでも好きなときにさわれるよう自宅に置くというのは、なんだか俗っぽい感じがする。わたしがいままでイシイの作品を見たのは二度きりで、ニューヨークのガゴシアン・ギャラリーでは離れたところからだったし、ワシントンDCのナショナル・ギャラリーでは、ルビーが見たがったので膀胱《ぼうこう》がぱんぱんなのを我慢して二時間も行列に並んだあとだった。

「緊張しなくていいよ、チェさんもいるから」ハンビンはわたしの顔色をうかがって言った。チェさんというのは彼の母親付きの運転手で、何度かわたしたちを迎えにきたことがあるが、いつもわたしに愛想よく接してくれた。わたしは呆れかえって、ハンサムで、自信満々で、ものを知らない恋人を見つめた。この人は、家族の年配の運転手が家宝のまわりをうろうろしていれば、わたしが気を張らずにすむと思っているのだ。

わたしは腰をあげた。「仕事に戻らなきゃ」わたしたちは階下のがらがらのカフェにいた。アトリエにはハンビンを入れないことにしているからだ。韓国に戻ったこの年にわたしが創ってきた作品を、彼はいっさい見ていない。

「ぼくも見にいっていい？」ハンビンは言った。「見せてくれないなんてどうかしてるよ」

わたしはしかめ面で首を横に振った。

「だめ、いまはね」わたしは言った。「それに、同僚もアトリエで作業してるし、ほかの人をなかに入れたら彼女が怒るのよ」

これは嘘だった。アトリエを共同で使っていた女の子は別の大学の奨学金を受けて数ヵ月前に出ていった。その子がまだいたとしても、訊きたいことだらけの格好いい年上の男の子と噂話をする機会をふいにするわけがなかった。制作中——たいていは新羅《しらぎ》王朝時代の王冠や帯を、見たところ何も考えずに、蛍光色で複製していた——もずっとしゃべっている子だったので、学部長に苦情を持ちこもうとした矢先、本人から、いまの大学より一千万ウォンも多くもらえる奨学金の申し出を受けたと言われた。彼女は嫌味のつもりで自慢していたのだが、まもなくお別れできるのを喜んだわたしが心からのハグをしたので、向こうは見るからにまごついていた。

「じゃあ、あしたね」わたしはきっぱりとハンビンに言った。

「きみのアパートまで迎えにいこうか？」彼は訊いた。わたしがオフィステルにも寄りつかせないのを知っているのに。彼をほかの女の子たちに会わせたくないのだ、特にわたしのルームメイトには。

「いいよ、そんなの。景福宮《キョンボックン》で待ち合わせにしよう、そこで拾ってくれればいいから。わざわざ南まで来なくていいって。時間の無駄だよ」

ハンビンはため息をついてわたしの手をとった。

「きみには参るよ」彼は言った。「ぼくはきっと病的なマゾヒストだな、こんな深みにはまって」

たしかにそのとおりだから、わたしは何も言わない。彼はルビーともそんなふうだったのだ、わたしと付き合う前は。


居間で、整形しすぎのルームメイトのキュリが、大好きなドラマを観ている。そのメイクと髪からすると、前夜からまだ寝ていないのは明らかだ。赤いラム革のばかでかいシャネルのバッグを仔犬みたいに膝に載せてなでながら、充血した虚ろな目でテレビを見つめている。おかしな習性だ――キュリはいつもバッグにカバーをかけてクローゼットにしまいこんでいて、差し迫った場合でなければめったに持ち出さない。

「それ、素敵ね」わたしは自分のカップにコーヒーを注ぎながら、バッグに目をやって言う。

「またプレゼント?」

「そう、ゲーム制作会社のCEOからのね」キュリはテレビから目を離さずに言う。「豪華でしょ?」

キュリはだれから何をもらったかわからなくならないように、贈り物とそれにどれくらいの値がつくかを几帳面《きちょうめん》に記録している。アックジョンロデオ通りの角にある高級品のリセールショップの一軒とは取り決めができている――双方の信用のもと、キュリは完全に未使用のバッグを持ちこみ、店側はその品に近辺のどの店よりも高い値をつけるのだ。そしてときたま、贈ったもののことを尋ねてきた客に会う必要が出てくると、その店に駆けこんでひと晩だけそのバッグを借り出す――そういう客が女の子に贈るたぐいのバッグなら、常にあらゆる種類の在庫が揃っている。このごろはどの客にもまったく同じものをねだるようにしていて、そうすれば記録しておくにも混乱が少ないし、ひとつだけを手もとに置いて、新たにもらった残りを売ることができる。

少しでも地位のある人はだれでも、彼女と一緒にいるところを見られるのは死んでも避けたいと思っているだろう。でもキュリは、どうやらほかのルームサロン嬢とはちがって――というか、これに関してはわたしたちの年ごろのだれともちがって――たくさん稼いでたくさん貯めてもいるので、その点では尊敬しないわけにいかない。キュリは〈スターバックス〉の飲み物すら買わない。

ルームメイトとして、わたしたちはかなりうまくいっているけれど、それは何より、あまり顔を合わせないせいだ。日中わたしはたいていアトリエにいるし、キュリはヘアメイクをしにサロンに行ったあと午後遅くに出勤する。彼女が帰宅するとき、わたしはまだアトリエにいるか眠っているかのどちらかだ。

一度喧嘩になりかけたのは数ヵ月前のことで、そのときは週末にふたりで飲んでいて、わたしはキュリからこう責められた——整形してなくてもきれいだからって優越感を持たないでよね、と。

「あのさ、そういう顔が最近の流行りなのは、ただ運がいいだけだよ」怒りと飲みすぎで焦点の合っていない目をして、キュリは言った。「なのにそうやって手術と縁がないのを鼻にかけることないでしょ」

身に覚えがないと言い返すと、キュリは、一緒にドラマを観ていてわたしが俳優をけなした言葉を次々と挙げだした。

「あれはジョン・ソウルのことだよ！　そっちもうなずいてたでしょ！」わたしは言った。

「あの新しい鼻はマイケル・ジャクソンのみたいだって言ってたじゃない！」

「ううん、わたしにはお見通し」キュリは言い、片腕の上に突っ伏した。「あんたが何考えてるかぐらいわかるもん。うぬぼれ屋の、やな女」

キュリはテーブルで寝入ってしまい、わたしは頭にきていたのでベッドに連れていきもしなかった。翌朝、キュリは言い合いしたのを覚えていなくて、氷嚢《ひょうのう》を持っていないかわたしの部屋に訊きにきた——夜中に椅子から転げ落ちた彼女は、お金のかかったその顔に痣《あざ》をこしらえていた。


でも、整形したのかと人に訊かれて堂々と否定するとき、ちょっといい気持ちがするのはたしかだ。わたしの髪はいまや腰まで伸びて実際扱いに困っているのだが、切らないことを学部長に約束までさせられた。学部長なんかどうでもいいから、切ってしまいたいとわたしが言うたび、ハンビンはわたしの髪を両手に握って、脅された子供でも相手にするみたいに髪に話しかける。「ぼくが思いとどまらせるから、安心して」と甘い声で言うのだ。そしてキュリは、わたしのことを漏れなく〝生まれながらに美しいアーティスト・イン・レジデンス（招聘された芸術家）〟と紹介してある、わたしの作品の記事や批評を読もうともしない。

「きょうね、ハンビンの実家で彼のお母さんとランチすることになってるんだけど」やめたほうがいいかなと思いつつ、わたしはキュリに話す。「何着ていけばいいかわからなくて」

キュリはしゃきっとすわりなおし、赤い目をにわかに輝かせる。

「ほんと？　あのお母さんには嫌われてるもんだとばっかり！」

わたしは顔をしかめる。

「まあね、ありそうにもないことだけど、一応、そういう予定なの。わたしの黒い長袖のワンピースだと……地味すぎるかな？」コーヒーをひと口飲んで、わたしは訊く。

キュリはかぶりを振る。「黒だからどうとかじゃなくて――あれ、イテウォンの市場で買ったんじゃなかった？　ちゃんとした高い服を着なきゃ。着るときの心構えはもっと大切。高級なものを身に着けることで、自信を持たなきゃだめ」

キュリは立ちあがり、これから出かけるみたいにシャネルのバッグを肩にかける。

「わたしの服をどれか貸してあげる！　いまどんなのがあるかたしかめさせて」

仕事で着るものに関しては、キュリはルームサロン嬢専用のレンタルドレス店を利用している。つまり、ミニスカートやぴったりしたポリエステルのドレスばかりということだ。わたしの着たいような服があるのか大いに疑問に思いながら、部屋までついていくと、キュリはクローゼットから驚くほど上品なワンピースを三着出してくる。どれも老舗《しにせ》のジョイ百貨店の値札がついたままだ。

コバルトブルーのすとんとしたハイネックのワンピースに、わたしはうっとりと指を走らせる。これはだれの趣味？　まちがいなくキュリのではない。でも本人が説明しないので、わたしも訊かない。

「これなんか申しぶんないと思うけど」キュリは言って、キャップスリーブでシフォンのベルトがついたオリーブグリーンのシルクのワンピースを掲げてみせる。「襟だけじゃなく袖もついてるし」

それを手にとって鏡の前で当ててみると、たしかに着映えしそうだ。が、値札を見て震えが走る。「やだ、これに何かこぼしたらどうするの？」

キュリは上向きの完璧な鼻にしわを寄せる。「そんなのいいって――ここいちばんって局面でしょ！　ミホにはぜひイム・ガユンの息子と結婚してもらって、わたしはセレブをじゃんじゃん紹介してもらうんだ」

キュリはわたしがいやな顔をしたのに気づきもせず、そのワンピースをハンガーごと渡してよこす。

「まあ着てみてよ、そのあいだにわたしは顔洗ってくる。皮膚科の予約に遅れないように支度しなきゃ」キュリはそう言ってバスルームへ向かう。

わたしは思わず笑う。キュリはまた一からフルメイクするつもりらしいが、美容皮膚科に着いたら、一連の美顔術を施す前に看護師がすっかり洗い落としてしまうのだ。それに引き換え、そばかすだらけで、日ごろから肌にかまわず、彼女のように十ステップもあるお手入れを朝晩続けるなんてとうてい無理というわたしは、キュリに呆れられている。スジンも最新のパックや美容液をキュリと試し合うのが好きだ――キュリのドレッサーには化粧品のボトルやジャーが百個は載っている――けれど、わたしは寝る前に顔を洗うのすらよく忘れてしまう。

パジャマを脱ぎ捨て、ワンピースを着て背中のボタンを留めているところへ、しっとりつややかな顔をしたキュリが戻ってきて、ボタンを最後まで留めてくれる。「どう、気に入った?」キュリは訊き、ドレッサーの前にすわる。「すごく似合ってる」ありとあらゆる形と大きさの小瓶やパックの箱のコレクションが映った鏡越しにわたしを見て、太鼓判を押す。そしてふわふわのヘアバンドで顔まわりの髪を押さえ、美容液を数滴、指先で肌に伸ばすところから儀式をはじめる。それから小さなスポイトを取り出し、ハチミツ色の液体を押し出して顔に塗りひろげる。

「それは何?」わたしは尋ねる。キュリのスキンケアへの時間のかけようには感心するばかりだ。

「幹細胞エキスのアンプル」キュリはさらりと言う。「きのう飲みすぎたせいで、けさはすごく肌が乾燥してて。このアンプルはクリニックで美顔のフルコースを受けるまでのつなぎ。ねえ、けさはミホも一緒に来たほうがいいよ、彼のお母さんに最高の姿を見せられるように。わたしは上得意だから、もうひとりぶん予約をねじこめると思う」

そう言うキュリの肌が曇りのないガラスみたいにぴかぴかなので、そそられはしたものの、施術台にじっと横になることを思うと一気に不安になる。わたしは首を横に振る。キュリはわたしの顔を見てため息を漏らし、アイクリームを目もとに薬指でちょんちょんとつけていく。「それでずっとぴりぴりしてたわけか」キュリは言う。「実はさ、この週末にでも飲ませて元気出させなきゃと思ってたんだ。そのぴりぴり感のおかげで部屋じゅう重苦しい雰囲気になってたの知ってる？　そうだ、そのワンピースに合わせて、このボッテガ・ヴェネタはどう？」帯状の革を編みこんだデザインのバッグがクローゼットから引っぱり出され、わたしの手に押しつけられる。

ハンビンの母親、つまりイム・ガユンとして全国に知られているその人は、一九七〇年代の〝三人組〟――その十年間の映画やドラマやコマーシャルのほとんどに主演した、元ミス・コリアの女優たち――のひとりだった。三人のなかではいちばん年長で、いちばん出演作も多かったのは、人気のドラマ・シリーズ〈わたしの名はスター〉で元修道女のファム・ファタルという当たり役を得たおかげだ。〈わたしの名はスター〉の放送時間には国じゅうの道路から車が消えると言われたものだった。年下の共演俳優との短くも印象の悪い恋愛沙汰のあと、彼女は世間から姿を隠していたが、数年後に出てきたときには人妻となっていた。極秘結婚の相手は、水槽や暖房器具を製造する二流の複合企業、ＫＳグループの社長の次男だった。それから十年後、彼女はキョンボックンの近くにアート・ギャラリーを開き、韓国のセレブ界とアート界とを橋渡しする初のディーラーへと転身を遂げた。自宅を飾り立てたくて彼女のもとを訪れるセレブは引きも切らず、義理の父親よりも稼いでいるのではと噂されている。

これらはすべて、ネット上の記事や女性誌のゴシップ欄でハンビンの家族のことを読みあさって知ったことだ。記事のタイトルは〝イム・ガユンと夫が済州《チェジュ》島の土地をいちはやく購入〟というものから、〝イム・ガユンのギャラリーはセレブ向けの価格を吊りあげているか？〟

〝KSグループ内部からの告発――イム・ガユンの義弟は監獄送りになる？〟といったものまで幅広かった。たいていはパパラッチがとらえた、真っ白な毛皮にサングラスという姿でギャラリーの外につけた車からおりてくるイム・ガユンの写真が添えられていた。

わたしはこれまでに何度かあの人と会っている。最初はニューヨークで、ハンビンがコロンビア大学を卒業したときに。韓国に戻ってきてからは、ハンビンが二度母親を待ち伏せしている。一度目は、ギャラリーを売りこみに香港へ行ってきた母親を出迎える際、わたしを空港に連れていった。二度目は、彼の誕生日に〈レイン・ホテル〉の行きつけのレストランで三人でランチをとる手はずを整えた。最初のとき、彼女がわたしに言ったのは「あら、こんにちは」と「さよなら」だけで、車のなかでもハンビンの質問にそっけなく答えていた。二度目のランチのときは、わたしの家族についてやんわりといくつか尋ねてきたが、すでにわたしのことを知りつくしているのがわかる質問ばかりで、こちらも上品ぶるわけにはいかなかった。「それで、ご両親と最後に会ったのはおいくつのとき？」「おじさまは、その……タクシー運転手向けの食堂を営んでらっしゃった？（身震いしながら）」そして、とどめはこれだ。「近ごろではあなたのような人たちにもいろいろとチャンスがあって、なんてすばらしいんでしょうね。この国もずいぶん夢のある場所になったこと」

傷ついた顔か気に障った顔をしてもよかったのだろうが、へらへらしているのを自分の標準モードにしようとしばらく前に決めていた。ニューヨークにいたころ、一度ルビーに言われたことを覚えていたからだ。

「お金持ちって幸せのとりこなのよ」ルビーは言った。「彼らにとって幸せは苛立たしいものなの」

わたしはジョイ百貨店に立ち寄って、一階の花屋でミニ胡蝶蘭《こちょうらん》を買う。値段はアパート近くの花市場の十倍もするのだが、鉢にジョイ百貨店のロゴと名前が入っている。彼の家にいちばん近い地下鉄駅の外で落ち合ったとき、ハンビンはその紙袋を見て、手土産なんか要らなかったのにと言うが、満足そうなのが声でわかる。

ハンビンの家は目を瞠《みは》るほど現代的で――灰色のスレートとガラスと傾斜屋根だけでできている――ソンブクドンの丘の頂の、高い煉瓦《れんが》塀《べい》の奥に立っている。目の前で門があいたとたん、びっくりするほど心臓が暴れだし、わたしは息を呑む。ハンビンからは、住んでいて困る点しか聞かされていなかった。冬場はひどく冷えるとか、門の向こうを覗き見ようとする観光客や記者に周辺をうろつかれるとか、設計を担当した有名なオランダ人建築家の友人たちが、彼がアジアで初めて手がけた家を見物しにふらりとやってくるとか。その建物からわたしが連想したのは、大学の講義で知った、硬質な線と寡黙な美をたたえた日本の美術館の数々だ。

だがそれも、この足で芝生を踏みしめるまでのことで――だれもが羨む芸術地区の家は別にしても、ソウルのどこの家に〝本物の芝生〟があるだろう？――知らずしらずにわたしは、ハンビンに嫌悪を催している。もちろん彼の母親にも。

家のなかは、見たところ庭よりも多いくらい白い花であふれかえっている。蘭と芍薬《しゃくやく》を豪勢に生けた風変わりなアレンジメントがそこらじゅうにあり、わたしは自分の小さな鉢をしょんぼりと見つめる。

「お着きになったとお母さまに伝えて参ります」玄関ドアをあけてくれた男が言う。お辞儀をして、わたしのコートを受けとり、大理石のシューズクローゼットから革のスリッパを出してよこす。ハンビンにかしこまった話し方をしているわりに、服装はカジュアルだ――長袖のTシャツ（ストライプ柄！）に、しわの寄ったチノパンという軽装で、わたしが無意識に思い描いていたスーツとか制服とかではない。

「いや、いいよ――ぼくが自分で知らせにいく」ハンビンが言う。玄関ホールの左手のリビングルームで待っててとわたしに言って、右手の廊下を走っていく。

リビングルームはやたらに広い――バスケットボールコート並みの天井高と広さがあり、四隅のそれぞれに椅子とコーヒーテーブルのセットが置いてある。中央に、赤ちゃん象の大きさと色をした、イシイの魚が鎮座している――ぴかぴかに磨かれた美しい彫刻に、わたしは引き寄せられる。壁に掛かった芸術作品も日本の現代作家のもので、ツノダとオオヒラとサクライを混ぜ合わせた感じだ。いちばん奥の隅にある、暗雲の色をしたもうひとつのイシイの小品のかたわらに、わたしは腰をおろす。

ドアをあけてくれた男がトレーに載せたお茶を運んでくる。お茶には、水に浸すと開く小さな藤色の花が入っている。男は無言でコーヒーテーブルに飾ってある花の形を整え、わたしはハンビンが正しかったことに気づく。運転手のチェさんがここにいてくれたら、わたしも気が楽だっただろうに、彼はいない。

「実は母さんの具合がよくなくて、きょうはぼくたちだけになるよ」ハンビンがそう言いながら、わたしに近づいてくる。「ひどい頭痛がするらしくて、横になってるんだ」

それを伝えるハンビンの目には、ちょっと力が入りすぎている——わたしからなんとか目をそらすまいとしているみたいに。彼は嘘をついているか、母親の嘘に気づいているかのどちらかだ。わたしは動悸《どうき》がしてくる。苦々しさが体じゅうを駆けめぐる。ハンビンは、母がおりてこられないのを詫《わ》びているとは言わない。

「それは大変。早く回復なさるといいけど」ああもう、ほかにどう言えば？　わたしたちは冷めていくお茶にじっと目を落とし、やがて彼が咳払いする。

「ランチの用意ができるまで、庭を案内するよ。ケーキか餅《トック》菓子が食べたければそうしてもいいけど。お腹空いてる？」

わたしは首を横に振り、ハンビンはわたしの手をとってまた玄関ホールへ導く。リビングを出るとき、制服姿の女性がふたり、別の部屋の戸口からわたしのことを覗き見しているのに気づき、彼女たちが視界に入らないよう顔をそむける。玄関まで来ると、さっきドアをあけた男がどこからか出てきてわたしたちのコートを手渡す。

家を囲む一帯が庭になっていて、小さく凝縮された景色が順々に立ち現れる。わたしが気に入ったのは裏手にある松林で、剪定《せんてい》された松の木々が迷路のように注意深く配してある。その香りがわたしのささくれた心を癒やしてくれる。

木立を抜けていった先で、目の前に眺望が開ける。丘の上に立つほかの大邸宅がぽつぽつと見え、それらの下方に、その他大勢の住む街が広がっている。

低く垂れた枝の下をかがんで歩いていくハンビンの背後で、わたしは胸を焼かれている。この家も、あの母親も、芸術品も、とても手に負えない。この人、どういうつもりでわたしをここへ連れてきたの？

「あれは祖母の家」離れたところにある二階建ての白い家を指さして、ハンビンが言う。バラの茂みとやはり松の木立に囲まれた洋風の家だ。父方の祖母には認知症の兆候があり、最近ではお金を盗ったといって使用人を責めるようになっているという。

「で、あっちが、ルビーのお父さんの家だよ」ハンビンは言う。即座にわたしは、彼の指さしている、祖母宅の右方向に顔を向ける。遠目に見ても、それは要塞のように暗く陰鬱にそびえていて、庭も不気味な堀のようだ。でもそれは、ルビーの囁《ささや》き声を頭のなかで聞きながら見ているせいかもしれない。

わたしたちは言葉もなくそこにたたずみ、やがて彼のほうが先にまた歩きはじめる。

ランチ――すばらしく日当たりのいいダイニングルームで、ふたりの男に黙々と給仕される、ひどく気詰まりなひととき――のあと、わたしはアトリエまで送ってくれるようハンビンに頼む。彼は映画を観たがっていたはずだけれど、拒もうとはせず、車のなかではふたりとも黙りこくっている。

「ぼくも寄っていい？」大学のキャンパスに立ち並ぶアトリエの前に車を寄せながら、ハンビンはまたも訊いてくる。

「絶対だめ」わたしは言い、彼の頰にあっさりとキスして車をおりる。「いい加減あきらめてよ」

しかめ面をして、彼は走り去る。


アトリエでわたしは、そこに入っていくたびにどっと湧いてくる安心感を味わう。髪を後ろで束ね、バスルームに直行して作業着に着替え、キュリのワンピースを丁寧にドアに掛ける。

小ぶりの彫刻刀を手にとって作業台の前にすわると、ひどい動悸が静まってくる。わたしがこのところ形にしようとしている場面――頭のなかにはっきりと浮かんでいる光景――は、ボートに乗った少女のいる、夜の海だ。水の上に身を乗り出しているその少女は、垂れさがる長い髪で顔が隠れていて、透けるナイトガウンをまとい、左手の薬指に血のように赤いルビーの指輪をはめている。彼女は水のなかの何かに引きつけられている。

先週、わたしは石膏《せっこう》から彼女を削り出しはじめた。顔はいちばん簡単なパートだ――いちばん時間がかかるのは髪だろう。暗い海はダチョウの羽根で表現して、ボートは本物のボートを使うつもりでいる――イメージしているのは、赤い塗装の色褪《いろあ》せた、木の漕《こ》ぎ舟だ。

数時間彫りつづけたあと、わたしはやむなく彫刻刀を脇に置いて、同じ場面の水彩画を描きはじめる。そんな可能性は考えたくもないけれど、どこかひとつでも忘れてしまう前に、頭のなかにあるものを完成予想図にしておきたいのだ。これはルビーを題材にしたシリーズ六作目の、最新作になる。ほかの五作――絵も彫刻もある――はアトリエの奥の、人目につかないところにしまってある。それらはもちろん、わたしの頭のなかにあるイメージを感傷をこめて具象化したものだが、いまできる範囲での完成形にはなっている。

わたしのベッドの下に突っこんである靴箱に、モノクロの写真が山ほど入っている。あえてそんなふうに呼ぶとしたら、わたしのルビー・シリーズの第一作である。お気に入りは、ルビーが白い毛皮のコート――毛足の揃ったミンクにクリーム色のシルクの裏地と揃いの帽子の付いた、ばかばかしいほど豪華な代物――をまとっている一枚だ。大学図書館の表階段に立っている彼女の両脇には雪が積もっていて（ああ、ニューヨークの冬が懐かしい！）、窓には明か

て、楽しそうだ。
りが輝いている。彼女はコートの下に膝丈の漆黒のワンピースを着て、ストッキングに危なっかしいハイヒールを履いている。ルビーには珍しく、悪ぶった笑みで目をくしゃっとさせている。

わたしたちはその夜オープンするギャラリーへ向かう途中で、図書館に立ち寄ったのは、呼び物のアーティスト――ネオンカラーを帯びたカバノキを専門に描くドイツ人画家――に関する本がないかたしかめるためだった。「紹介文さえ読んでおけば大丈夫」ヨーロッパの区画で見つけた本の背を指先でなぞりながら、ルビーはその筋の人みたいに言った。「それだけでじゅうぶんよ」目当ての本を開くと、ルビーは紹介文をざっと二回読んで、その画家のいちばん有名な作品三点のタイトルをわたしに覚えさせた。

ハンビンがその夜、図書館の前でわたしたちを拾った。いや、ギャラリーに現地集合だったっけ？　とにかく、夜に出かけるとき、ほぼいつも彼はルビーとわたしを迎えにきていたし、その展覧会の会場にもたしかにいた。ハンビンはルビーのために絵を一枚購入し、ひと月後の彼女の誕生日にプレゼントして当人を驚かせた。展示されてたなかでいちばん安いのだよ、と彼はその誕生日パーティでわたしにこっそり言った。ルビーはその絵をとても気に入った――ショッキングピンクやイエローの線が走る、蛍光色のカバノキの森の絵で、金色の太枠の額には彼女の名前が刻まれていた。ルビー・ソウォン・イ。

あの絵はいまどこにあるんだろう。彼女の実家の壁に掛かっているか、秘密だらけのどこかの小部屋に眠っているのかもしれない。

このあいだ、ルビーの弟に関する短い記事を目にした――韓国のニュースではなく、アメリカのニュースで。彼の外車レンタルの新事業が、サンフランシスコで二番目に大きいベンチャー投資会社からの資金援助を受けたという。多くの理由でわたしは困惑した――なぜムチョンが資金援助など必要としているのか、イギリスでも同じことだけど、なぜアメリカでレンタカー会社みたいなくだらない事業をはじめようとしているのか、それに法学大学院《ロースクール》はどうなったのか。

けれどハンビンにそのことを尋ねても、彼はただ肩をすくめて「別にいいんじゃない？」と言い、それ以上の憶測をさらりと阻んだ。ハンビンはこうも言った――資金を募ったのは実際に必要としているからじゃなく宣伝のためで、シリコンバレーの投資家たちは、ムチョンが彼らを当てにする以上に、ムチョンのコネを当てにしているんだろう。彼は非嫡出の息子と言ってもやはり有力で抜かりない後継者で、じっくり時間をかけて慎重に釣りあげるべき大物なんだ、と。

ルビーのことを考えるとき、わたしがいちばんよく思い出すのは、彼女がトライベッカにある自分のアパートの白いソファでくつろぎながら、ありえないほど美しい物たちに囲まれて、その日に買ったジュエリーを愛《め》でている姿だ。ルビーはすばらしい審美眼を持った生まれながらのコレクターで、購入した無数の品々から調和を作り出すことができた。一緒にアンティークショップに入ると、ルビーは一見釣り合いのとれない、どきどきするほど贅沢《ぜいたく》な小ぶりの骨《こっ》董品《とうひん》――未加工の貴石をちりばめた百年前の黒檀《こくたん》の宝石箱、ロシア製の金縁のティーカップ、くすんだブロンドの巻き毛で憂《うれ》い顔をした十九世紀の人形と着せ替え用の精緻《せいち》なドレス一式といったもの――に目をつけるのだが、それらが彼女のアパートに収まると、まるで別々の美の種から蒔《ま》かれてそこで育ったかのように見えたものだった。そのアパートは、わたしが知らずに心に抱いていたものを膨らませた――対象物を見て、ふれて、堪能することへの荒々しい渇望を。

　ルビーの好ましいところは、わたしが彼女の物に見とれていても意に介さないことだった。すでに彼女の頭のなかでは、わたしはアーティストで、クリエイターで、美を愛する者としてきっちり分類されていたのだ。ルビーの趣味をわたしが賛美することで、彼女のコレクターとしての虚栄心が満たされていた。

「高価な物をどっさり買いこむだけじゃ、〝コレクション〟を持つことにはならないのにね」

ルビーは一度、中国の成金層による最近の〝爆買い〟を報じた《タイムズ》紙の記事を読みながら、軽蔑をこめて言った。

　でもわたしにはその気持ちがわかった。ルビーの審美眼は単なる才能というより、彼女にとっては憂鬱や不信と同じくらい馴染《なじ》みのある、本能に近いものだった。

わたしはニューヨークであの仲間たち——ルビー、ハンビン、その友人グループ——と知り合った。ニューヨークへ行ってスクール《S》・オブ・ヴィジュアル《V》・アーツ《A》での学生生活をはじめるのは、わたしには計り知れない一歩だった。飛行機に乗るのも初めてなら、故国を出るのも、ローリング・センターの保護下から足を踏み出すのも、人気者を追いかけるのも初めてだった。もちろん驚きの連続だったけれど、ニューヨークの通りやカフェやあらゆる店に——そしてＳＶＡの廊下や教室にも——あんなに慣れた様子の韓国人があんなにたくさんいるのには啞然《あぜん》とした。あの人たちにとっては、留学するのも、国と国とをひとりで行き来するのも当たり前のことなのだ。なかには、子供のころからそういうことをしてきている人たちもいる。

わたしはソウリム・ヴィジュアル・アーツ奨学金の受給生で、ルビーのギャラリーでのアルバイトの面接を受けたとき、その点を彼女に面白がられた。なぜルビーが笑ったのかわからなかったが、何カ月かあとに、同じ奨学金を受けているもうひとりの女子学生から話を聞いて、やっと合点がいった。ルビーの父親は、ソウリム・グループのＣＥＯにして韓国では指折りの名士、イム・ジュン・ミョンだという。ルビーと弟のムチョンは、イムのほかの子供たちより二十歳以上年下なので、ふたりはイム夫人の実子ではなく、ソウリムのオフィスビルの受付嬢が産んだ非嫡出子ではないかと噂されていた。

学部校舎の掲示板――金欠の教授がベビーシッター求むという広告をときおり張り出すだけの、見捨てられたすすかの四角いボード――で見つけた求人にわたしは応募した。どうしても仕事が必要だったので――奨学金でまかなえたのは授業料と部屋代と食事代、それに航空運賃ぐらいで、余裕はほとんどなかった――韓国語の求人広告は命綱のように見えた。わたしはそれを掲示板からむしりとって部屋に持ち帰り、じっくり眺めた。

内容もさることながら、その広告は見た目――オリーブ色の厚紙に金箔《きんぱく》押しの文字――もすばらしく、学生向けの広告ビラというより結婚式の招待状のようだった。

〝ギャラリーの新規オープンに向けてアート・アシスタントを求む〟という見出しの下には、小さい文字で〝現代アート全般の知識があり、韓国語と英語に堪能であることが望ましい〟と書かれていた。

その仕事をめぐってそう激しい競争はなかったと思うが、街じゅうのさまざまな大学から応募してきたほかの女子学生四人とともに自分が雇われたときは、有頂天になった。わたしはギャラリーの目録や宣伝ビラやポストカードのデザインをまかされた。印刷費用ひとつとってもぎょっとするような金額だったが、わたしが恐るおそる請求書を手渡すと、ルビーは額面をよくたしかめもせずに支払いをした。

三週間近くのあいだ、スタッフ一同は夜遅くまで働いた。ルビーとわたしがたいていいちばん遅くまで残っていたのは、わたしが何くれとなくルビーを手伝っていたからだ。コーヒーとクロワッサンを買いに走るようなこともあったが、もちろん、すべてルビーのクレジットカードで支払った。ほかのバイト生たちも彼女と親しくなろうとしていたが、ルビーは仕事と関係ないことには冷ややかにそっけなく答えるばかりで、反感を買っていた。あとで知ったことだが、彼女らはみんな裕福な家庭の子女で、わたしのようにお金を稼ぐ必要はなかったらしい――ルビーと会えるから、その仕事に就いたのだ。

ときどきわたしは、仕事をしているルビーにただ見入っていた。何をしていても、その姿は人目を引きつけた。アイラインはアートメイクを施してあるようだったが、口紅以外は化粧っ気がなく、服装はいつもあかぬけていて、型も裁断も一貫して美しいものを、ありきたりでない色の組み合わせで着ていた。ルビーは声が低く、ときたま彗星《すいせい》のように顔をかすめる程度にしか笑みを見せなかった。

「ルビーが学部長に気に入られてるのは、お父さんがあれだけ寄付してるからよ」パーソンズ美術大学に通うバイト生のひとりが、日曜の朝に出勤してほしいとルビーがみんなに頼んだあとで言った。「彼女が家族の伝統を無視して、スタンフォード大に入らなかったから、寄付でもするしかなかったのね」

「家名をずいぶん傷つけたって聞いたわ――ソウリム・ファミリーと縁があれば、義理のいとこの近所の子でさえみんなスタンフォードに入るのにね」ニューヨーク大学ティッシュ芸術学部に通う別のバイト生が言った。「それに実は、彼女はイェール大に行きたかったんだけど、彼氏の元カノがそこへ行くとわかって、腹いせにこっちに来ることにしたらしいよ」

「ちがう、ちがう、アシュビー・スクール（英国の寄宿制中等〜大学入試準備学校）であった、大々的なドラッグの抜き打ち検査のせいだよ」髪を払いながら、さっきのパーソンズ生が言った。「彼女は退学になるところだったんだけど、お父さんが新しい体育館を寄贈したから卒業させてもらえたの。アシュビーに行ってるわたしのいとこの話じゃ、その体育館の工費は二千万ドルで、ソウリムのあらゆる最新テクノロジーが装備されてるんだって」

　そこへルビーが入ってきて、室内を見まわしたのちにわたしに目を留めた。「ミホ、こっちへ来て、このビラの作業を手伝ってくれる？」ほかの面々にはひとこともなく、彼女はすぐさま出ていき、バイト生たちは見るからに不満そうな顔をした。いい気味だった。だってその子たちは、わたしが奨学生でアメリカの寄宿学校出身でもないと知って以来、ずっとわたしを無視していたから。

「聞いたことないなあ」わたしが韓国で通った公立中学の名前を告げたとき、もうひとりのSVA生はそう言った。「ええと、場所はどこって言った？」チョンジュだと改めて言うと、彼女は両眉を盛大に吊りあげ、そそくさと携帯電話に目を戻した。

　でもわたしは気にしなかったし、出身校を偽ればよかったとも思わなかった。数千万の国民がいながら国土は金魚鉢サイズの韓国では、だれかが常にほかのだれかを見くだしている。それこそがこの国の実態であり、出会ったばかりの相手に一連の矢継ぎ早の質問をする理由だ。

住まいはどのあたり？　どこの学校の出身？　勤め先はどこ？　だれそれさんを知ってる？　そうやって、相手が全国規模の地位のどこにいるかを特定し、一瞬でその人を吐き捨てるのだ。

ルビーの困ったところは、彼女に魅入られるのがわたしやほかの韓国人にとどまらないことだった。コーヒーショップはおろか図書館でも、ルビーと一緒にすわっていると、人がひっきりなしに彼女を盗み見る。何がそうさせるのか――ルビーの肌のつやなのか、選び抜かれた高級な服なのか、無表情な顔つきなのか――わたしにはよくわからなかった。ただ、ルビーに話しかけてくるのは、空気のまったく読めない男ばかりだった。一度、ルビーのアパートの近くに新しくできたサラダ専門店でわたしたちが夕食をとっていると、男が彼女に近寄ってきた。見たところ外国人――イタリア人？――で、若いのに仕立てのいいスーツをぱりっと着こなしていて、いかにもデスクで済ます持ち帰りの夕食を買いに出てきた金融マンといった感じだ。列に並んでいるときから男はこちらを見ていて、注文した品を受けとったあと、わたしたちのテーブルにやってきてかたわらに立った。

「すみません、お邪魔して」男は気障《きざ》にも自信満々にも見える顔つきで、やや訛《なま》った言葉で言った。「あなたはとても美しいと、どうしてもお伝えしたかったんです」

ルビーは料理から顔をあげもせず、ゆっくりと食べつづけ、ひとことも返さなかった。

「このあたりにお住まいなのかうかがっても？　ぼくの住まい兼職場はすぐそこなんです」あ

なたがたも知っておいたほうがいいと言わんばかりに、男はある建物の窓を指さした。

わたしたちのどちらも無反応でいると、男の笑みは徐々に消えていった。

「ま、いいですよ、素敵なディナーを」いまやむっとしながらそう言って、男は出口へ向かった。ドアをあけながら、〝クソ女〟と低くつぶやいたのがはっきり聞こえた。

「なんなのあれ！」わたしは軽い調子でルビーに言った。

「プロに頼んで抹殺したいくらい」目を険しく細めて、ルビーは言った。

わたしは笑ったが、彼女ににらまれたのですぐやめた。

「今度こういうことがあったら、写真を撮ってやって」ルビーは言った。「いきなり近づいて話しかけようなんてよく思うわね？」いまや目をぎらつかせ、歯嚙《はが》みしながら彼女は食事を続けた。

わたしはうなずき、ぼそぼそと同意した。ルビーといるとき何を言ってどう反応するべきか、まだ探っているところだった。


数カ月後、ギャラリーがオープンしてほかのバイト生たちがやめ、韓国人でない後任を探すことになったころ、わたしの立ち居ふるまいはもうじゅうぶん様《さま》になっているとルビーに言われた。

わたしたちはコリアタウンのバーで飲みながら、落ち合う予定のハンビンとその友人のひとりを待っていた。その日の夕方、ギャラリー・スタッフと記されて顔写真も入った本物そっくりの偽の身分証をルビーから無言で手渡されたのだが、わたしはニューヨークのバーで初めて大人の飲み物を注文した興奮で、まだくらくらしていた。そこは韓国とはまったくの別世界で、制限を守るふりを申しわけ程度にして、未成年の客にほいほいアルコールを提供していた。

「あなたの覚えが早いところ、好きよ」口の片端だけに笑みを浮かべて、ルビーが唐突に言った。

「なんのこと？」わたしは訊いた。

ルビーは軽やかな手ぶりでわたしの装いを示した。そのとき着ていたのは、ブルックリンの古着屋で買った黒のカシミアのセーターと、ロング丈の本革のタイトスカートだった。その店にデザイナーたちが先シーズンの商品見本の売れ残りを寄付していると聞いたので、わたしはブランド・タグがついたままのデザイナー物を探して、何時間もラックを漁ったのだ。

「ピンクのフェイク・スエードを着てたころのこと覚えてる？」ルビーは言い、笑い声をあげた。

わたしは赤面して、彼女の腕を叩くふりをした。「それが何？　いろんなデザイナーが毎シーズン、ピンクを使ってるでしょ！　そういう言い方、ろくでもないニューヨーカーそのものだよ」

「あなたってほんと、からかいがいがある！」さらに面白がって、ルビーはむせていた。そこへハンビンが、やはりハンサムで身なりのいいコロンビア大学の青年を連れて入ってきて、ありがたくも話はそれた。けれどあとになって、ルビーに笑われたことがまた思い出され、わたしは頰を火照らせて、真夜中のベッドでがばりと身を起こすはめになった。

当時、ハンビンはわたしたちトリオの三番手を占めていて、数歩先を行くルビーとわたしの後ろを歩いていた。彼はルビーにとって控えめだがよく気のまわる恋人で、いつもわたしたちをあちこちに車で送り、行列のできるクラブに入場させ、ルビーの観たがる芝居や展覧会やファッションショーの最前列のチケットを手配していた。ふたりとも人前で少しも愛情を示さず、一緒に写真を撮ることもなかったので、わたしはそれを変に思っていた。一度だけ、ふたりが抱き合っているのを見たのは、ある夜遅く、三人で映画を観終わったあと、わたしが彼女のアパートから帰るときだった。ドアが閉まらないうちに背後を振り返ると、ルビーがハンビンの胸に頭を預け、彼がルビーを腕に包みこんでいた。ふたりはこのうえなく穏やかで、お似合いで、完全に満ち足りて見えたので、ゆっくりとドアが閉まるまで、わたしは立ちつくしていた。ふたりのふれ合いを目にしたのはその一度きりだ。

わたしが展覧会に出品するたび――できるだけたくさん展示の機会を持つのが、奨学金受給条件の一部だった――ルビーとハンビンはふたりで顔を見せて長居していき、そのことはわたしにとって多大な意味を持っていた。わたしの作品が二点しか出ていなかった新入生発表会にまで、ふたりは来てくれた。ルビーは多くを語らなかった――ほかの学生たちの作品について質問をしただけだ――が、ハンビンはわたしの創作過程にえらく興味を示し、必ずこんなことを訊いてきた――「これにはどのくらい時間がかかったの？」とか「この作品は何から着想を得たんだい？」とか。わからないなりに的を射た質問をしようとするハンビンが愛おしくて、その眉間に寄った小さなしわにふれたくなるのを必死にこらえたものだ。

ときどき、そしてわたしはそういう瞬間のために生きていたのだが、ルビーが遅れてくるかメッセージ一本で予定をキャンセルするとき、ハンビンとわたしはいつも準備万端で彼女を待っていた。ハンビンは顔を曇らせて小さくため息をつき――しょっちゅうあることとはいえ、約束をすっぽかされると彼はまちがいなくがっかりしていた――それからわたしのほうを向いて、肩をすくめてこう言う。「じゃあ、よかったらぼくらだけでも何か食べにいく？」するとわたしは胸を高鳴らせ、やや乗り気すぎる感じでうなずいてしまい、あとで人知れず自己嫌悪に陥ることになった。

「うちは家族じゅうのだれにも芸術の才がないんだ、ギャラリーを営んでる母にさえね」かつてルビーと一緒にわたしの卒業課題の完成予想図を見にアトリエに来たとき、ハンビンはそう言った。

わたしは連作にするつもりでいる作品のスケッチを何枚か、彼に見せていた。

「きみのこの作品の表現、すごく好きだな」ハンビンは敬意をこめて言い、井戸のなかで両手を伸ばして上方を見あげている少女のラフスケッチを掲げてみせた。ほかのスケッチの山に埋もれていたもので、彼はわざわざそれを選び出したのだ。「これは実にすばらしいよ」

「いかにも病的でしょ」わたしは恥ずかしくて、ぼそりと言った。そのスケッチがそこに紛れているのを忘れていたのだが、改めて見ると、少女のまなざしはわたしが頭に描いていたものと全然ちがっていた。それは家族をテーマにした授業課題で、わたしは結局提出しなかったのだ。

「でもね、だからわたしたちはあなたが好きなのよ」隅にある盲目の子供たちの彫刻に見入っていたルビーが言った。「わたしは、かな」と続ける。「ほかの人が注意散漫なせいで見逃してしまうものを、あなたはしっかり見ることができるんだと思う」

どういう意味なのかよくわからなかったけれど、自分についてのそんな高尚な意見を無にしたくなくて、わたしは微笑んだ。

冬には、裕福な韓国の子女のあいだで、たとえそのだれもが素敵なアパートに住んでいても、ホテルのスイートルームをひと晩予約してそこで飲み明かすのが流行った。あるとき、わたしたちは車でボストンへ出かけた。ルビーが行きたがったからだ。「ここには飽きあきしちゃった」という彼女のひとことで、ハンビンと同じコロンビア大生でアップタウンに住んでいる、ルビーの弟のムチョンと、寄宿学校出身の何人かの友人が呼び集められた。そしてわたしたちは、ボイルストン・ストリートの〈コリシアン・ホテル〉に泊まってショッピングとクラブめぐりをする計画を立て、ボストンへ出発した。

ルビーは愛車の赤いマセラティを自分で運転すると言って聞かず、ハンビンが助手席に、そしてムチョンとわたしが後部座席にすわった。ムチョンが前夜からの二日酔いのせいで眠りこんでいたので、わたしは窓の外をびゅんびゅん流れていく、雪をかぶった木々を静かに眺めていた。

前の週に目撃した場面のことを、わたしは考えないようにしていた。ルビーはなぜ一週間以上も連絡をくれないんだろうと思いながら図書館を出たとき、SVAのまた別の韓国人学生——ジェニー——とルビーが、大きなショッピングバッグを抱えてタクシーからおりるのを見かけた。ふたりは笑いながら次々とショッピングバッグをおろしていて、運転手が手伝いに出てこなくてはならなかった。バッグのロゴを見て、その日は五番街に行っていたのだとわかった。その数週間前にも、ルビーはほかの留学生の友人たちを自宅に招いた夕食会にわたしを誘わなかった。わたしがそれを知ったのは、ルビーの雇った出張シェフのことを女の子ふたりが夢中でしゃべっているのを耳にしたからだ。

二度しか休憩せず、ずっとルビーの運転でボストンのコリアタウンにある小さなレストランまで行き、そこでわたしたちは夕食をとって飲みはじめた。店主はハンビンを知っていたので、グループのだれにも身分証の提示を求めなかった。酔った学生でいっぱいになるにつれ、店はどんどんやかましくなった。最初はわたしたち六人だけだったが、ほどなくほかの人たちが来店しはじめ、だれもが電話をかけたりボストンの友人からの電話を受けたりしはじめた。午前一時ごろ、わたしたちは持ち帰り用のソジュを追加で頼み、プラスティックボトルを手にして店を出た。ルビーはぎくしゃくと、のろのろ運転をした。

ホテルに戻ると、だれかが音楽をかけ、わたしたちは引きつづき飲んだ。わたしたちのスイートの番号を教えてあったレストランの客が、みんな飲み物を携えて、ふたりか三人で部屋にやってきた。同じ階の部屋をとってある人たちもいたので、わたしたちはふらふらと行き来しはじめ、飲み物を手に、廊下で囁き合ったり笑い合ったりした。新しく加わった人たちをわたしはだれも知らなかったけれど、みんなで浮かれて飲み騒いだ。微笑みながら彼らの冗談に耳を傾け、さらに飲んだ。隅でムチョンが、ウェルズリー大学の女の子に寄り添って寝はじめた。何時だったかわからないが――午前三時か四時に――わたしはスイートのひとつへ行ってベッドに横になった。頭がずきずきしていて、体は波間を漂いながら浮き沈みしているみたいに感じられた。部屋の外ではざわめきや音楽が聞こえていたが、とにかく目を閉じられてほっとした。

ドアが開け閉めされ、だれかの手がわたしの額をかすめた。それはハンビンで、わたしを上から見おろしていた。「頭が痛いの」わたしは言った。「何か鎮痛剤持ってる?」

彼は首を横に振った。

「じゃあ、こめかみをちょっと押さえてくれる？　こうやって」わたしは両方のこめかみの、脈を感じるところに指を置いた。

　ハンビンは大きな手をしていて、わたしの頼んだことを不器用にやろうとしたが、じきにただ髪をなではじめた。

　わたしが寝返りを打ってもう少し体を近づけると、ハンビンはかがみこんで、次の瞬間には、わたしにキスしていた。

　それは瞬く間に終わったけれど、ものすごく心地よかった。わたしの体に押しつけられる、彼のがっしりと幅のある体の感触が。肩はとても広くて好ましく、唇は温かかった。ハンビンは出し抜けに立ちあがり、一瞬わたしを見おろしたあとで立ち去った。あれからそのことについて話したことはないけれど、わたしは何もかも覚えている。


　二カ月後にルビーが自殺したとき、わたしはだれとも話すことができなかった。講義に出るのをやめた。自分の部屋から出ることもできなかった。どうやって生きればいいかわからなかった。

　ルビーが自分の家族のことや、毎日のように父親に感じさせられている苦悩や、彼女の受け継いだ悪魔について、もっとわたしに話してくれていたらよかったのに。ルビーがそういうことをほのめかしても、わたしはそれ以上訊かなかった。詳しく訊かなかったせいで、彼女の人生がわたしの人生に比べてどんなにすばらしいかを繰り返し伝えなかったせいで、彼女を失ったのだとわたしにはわかっていた。ルビーもそれはわかっていただろう。わたしと比べて自分は幸運だと思っていただろうし、だからわたしを友人としてそばに置いたのだろう。わたし自身の悲しい身の上話を、もっと彼女に聞かせればよかった。

そのうえわたしは、ハンビンを愛し、彼を奪うという最悪の形でルビーを裏切ってしまったし、その代償を来世で払うことになるのはわかっている。でもいまは、どうしようもない。いずれわたしの心が壊れて終わるとわかっていても、この道を歩みつづけるしかない。このすべて――ハンビン、わたしの仕事、すさまじい創作意欲――は、いっときだけのものだろう。わたしがルビーに差し出せるのは、彼女がいまなお、日々わたしに取り憑《つ》いているという証拠だけだ。

アラ

毎晩眠りに就く前に、わたしはスイッチボックスに電話して、クラウンの〝きょうのメッセージ〟を聞く――ティンの声が聞けないかと期待して。規定のうえでは、五日に一度はティンがきょうのメッセージを吹きこむことになっている。クラウンのメンバーは五人いるし、スイッチボックス開始時の記者会見で――その席でティンが履いていたルイ・ヴィトンの限定版ブロンズ・スプラッター・ハイカットスニーカーは、それから二十四時間のうちに世界各地で完売した――毎日ちがうメンバーがメッセージを吹きこむと彼らは約束していた。だが現実には、ティンによるきょうのメッセージは全体の十分の一ほどしかない。彼はいちばん人気のあるメンバーで、新たにはじまるテレビのリアリティ番組二本とのソロ契約や、やはりソロで出演するいろんなコマーシャルの撮影で多忙なため、事情はわからなくもない。

結局、ベスティの吹きこんだメッセージが最も多くなっている。彼はこのグループのだれより鬱陶しいメンバーなのだが、それは、いちばん人気がないのはもちろん、いちばん人気がないことを自覚していないようだからだ。本人はいつも国じゅうの女の子が自分におもねっているみたいに話すけれど、実際のところ、女の子たちが顔を見たり声を聞いたりしたい相手はテインと、たぶんJBだけだし、ベスティは穴埋め要員でしかないのだ。どうしてそのことに気づかないのか、さっぱりわからない――インタビューでもトーク番組でも、ベスティは貴重な時間をひとり占めしてしゃべりまくる。たまらずテインのファン掲示板にベスティについての不満をぶちまけると、テインのファン掲示板でベスティの話なんかひとこともするなとさんざん攻撃された。その掲示板にいる人は全員、盗っ人で真似っ子のベスティが大嫌いだ。現に、ここ三回のレッドカーペット・イベントでベスティが着けていた黒のタトゥー・チョーカーとゴールドのチェーン・ブレスレットは、テインが映画〈X‐MEN〉シリーズ最新作のプレミアに招かれ、ヒュー・ジャックマンと腕相撲をしてジャックマンに勝たせてもらったときに着けていたものだ。

これまでスイッチボックスに録音されていたなかでわたしが気に入っているのは、テインがツアー中のひとりの時間に何をするかを語ったメッセージだ。

「この仕事は外からはすごく華やかに見えるから、わかってくれる人は少ないと思うけど。たいていぼくらは朝から晩までコンサート会場でリハーサルと本番をこなして過ごしたあと、ホテルに戻って、それぞれの部屋に入ったらそのままどこへも行かずに、寝る時間までひとりでテレビを観てるんだ」その魅力的な太い声で、ティンは言った。「ちょっと恥ずかしいんだけど、ホテルの部屋で時代劇漬けになってるせいで、夢で見るのも時代劇になってきてる。この前なんか、時代劇口調でひとりごと言ってるのをベスティに聞かれちゃったよ！」

こうやって電話で彼の声を聞けるのは嬉しい。しかも、わたしが何も言葉を返せなくても大丈夫なのだ。

職場で、わたしは女の子たちとうまくいっていない――準備作業や洗濯や掃き掃除の担当で、わたしが別の客の対応に追われているときにはブローを手伝わせることもあるアシスタントたちだ。アシスタントはBGMのように目立たない存在であるべきで、だから店は全員に、女子学生の制服を真似た白いボタンダウンシャツに赤い格子縞《こうしじま》のミニスカートという同じ服装をさせている。

問題は、新しい女の子が入ったときにはじまった。アシスタントは入れ替わりが激しい――小生意気で、やる気がなくて、いつ呼ばれてもうつむいてぼそぼそ答える子たちだ。でもそのチェリーという子は、入ったときから目に悪意をちらつかせていた。そして彼女はわたしにあてがわれた。

チェリーが来る前にも、わたしはほかの美容師よりずっとたくさん、しなくていい雑務をしていた。わたしは声をあげて指示することができず、アシスタントをまず見つけてその肩を叩き、何をやってほしいか身ぶりで示さなくてはならないからだ。だからすぐにその子を見つけられないときは、なんであれ必要なことを自分でするはめになる。たいていの場合はそれでもいいが、何人かの客が立てつづけにやってきて、ただちに対応できないわたしに怒りだすような日は必ずある。そういうときにかぎってチェリーは姿を消し、困り果てたわたしは、ピンチしのぎにほかの美容師のアシスタントを数分だけ借りる。するとその美容師は、面と向かってはわたしに感じよく接しておいて、あとからクォン店長に苦情を言うのだ。

月曜日は特に大変だった。わたしのいちばん大事な客のひとり——ＫＢＣテレビのプロデューサー——がシャンプー＆ブローにやってきたのと同時に、わたしのいちばん古い客のオー夫人からカラーとパーマを頼まれた。オー夫人はいつも、うちのサロンではほかに聞かない、三万ウォンを下らないチップをくれるし、ＫＢＣのプロデューサーには、いつか〈ミュージック・ポップ〉の収録か、もっと欲を言うなら、年末の音楽賞番組の舞台裏に入れてもらえないかとずっと期待している。そのときもチェリーはどこにも見あたらず、わたしはふたりの席のあいだを駆け足で行き来して、ドライヤーをかけたり、染髪剤を混ぜ合わせたりしていたものだから、ＫＢＣプロデューサーのうなじに冷たい染髪剤をぽたりとこぼし、すばやく拭き取ったものの、びくっとさせてしまった。

筆談で人を叱責するのは難しい。

さっきはどこにいたの？　その夜の終業後、チェリーが床掃除をしているとき、わたしはメモ帳にそう書いた。紙の上のその文字は、わたしの感じている怒りを少しも伝えていなかった。

「なんのことですか?」ほんとうにわからないという顔で、チェリーは言った。「仕事してましたよ」呆れるに近いやり方で、ほかの女の子たちに視線を投げる。

二十分もいなくなってたでしょ!　〃二十分〃の下に三本線を引いた。

「たぶんあなたに頼まれたことをしてたんです」チェリーは言った。「あたしはずっといましたよ、ほかの子たちに訊いてみて」彼女がまた女の子たちを見やると、みんな力強くうなずいた。あの子たちをもうまるめこんだのだ、この小さな魔女は。

ほんの三カ月前にアシスタントを替えてくれるようクォン店長に頼んだばかりでなければ、チェリーを解雇してもらっていただろう。前の子は腐った卵ではなかったけれど、うすのろでへまばかりしていた。客にホットコーヒーをこぼす失敗が三度もあって、わたしは入れ替えを求めた。クォン店長はわかってくれたが、また同じ要求をしたらさすがに難色を示すだろう、ことにチェリーが、店長のいる前ではせいぜい如才《じょさい》なくふるまっている状況では。だれともうまくやっていけない人間と見なされたらおしまいだ。それでこの店を追われたら、いまのような仕事をまた見つけるのはまず無理だろう。ここで雇ってもらったのも、スジンが何カ月もわたしの試用を店長に頼みこんでくれて、そのチャンスを与えてもらった感謝のしるしに三カ月無給で働いたすえのことだ。虫の知らせでもあれば、あの無能なアシスタントで我慢していただろうに。

問題は、わたしがまだ声と自信を失っていなかった若いころ、チェリー以上に心がねじけていた自分を覚えていることだ。仲間とわたしは、お金の不安も将来の不安も知らずに、わが物顔で町を歩いていた。チェリーの考えがわたしには読める。そこが困るのだ。時間と、避けられない不運にしか彼女を変えることはできないと知っているから。わたしが昔つるんでいたあいう女の子たちはみんな、まちがいなく、やけっぱちでいまを生きている。あの子の行く手にどんな災難が待っているにせよ、なるべく早くそれに出くわすことを願うだけだ。


今週わたしの気分が晴れないのは、テインがチャーミングのリードボーカル、キャンディと付き合っているという噂のせいもある。もちろん、テインの交際相手については毎月のようにばかげた噂が立っているけれど、ここ二年、パパラッチの撮る写真にはいつも無名の日本人モデルが写っていて、テインが彼女にぞっこんというより彼女がテインを追いまわしているのが身ぶりや表情からはっきり見てとれるので、ファンはみんな黙認している。それに彼女は、離れすぎた目にフグよりもぼってりした唇という変わった顔立ちでもある。

でもキャンディとなると、話は全然ちがってくる。キャンディは無敵の美しさで人を不快にさせるタイプで、彼女がグループの新メンバーをいじめているのは周知の事実だ。キャンディはこのスキャンダルの前から嫌われていたし、クラウンのファン・サイトには信じられない思いと不安で緊張が走っている。〝テインがキャンディを選ぶなんてありえない――ほかのアイドル・スターと付き合う気はないってずっと言ってたし！〟〝一度イテウォンのレストランでキャンディを見かけたけど、マネージャーにわがまま言い放題だったよ〟〝今夜ＩＮＵエンターテインメントの本社に行ってキャンディの出待ちする人ほかにいる？　チャーミングはリハーサルしたあと、午後十時にゲスト出演するスター・プラス・ラジオへ向かうはずなんだけど〟

テインとキャンディが一緒に写った写真はまだ表に出てきていないものの、〈ラストニュース〉のホームページはここ数週間、同サイト史上最大のアイドル・スキャンダルをにおわせつづけている。ファン・サイトでは、写真を出すのにこんなに時間がかかっているのは、どれを公表するかを双方の事務所と交渉しているからだとみんな言っている。目に余る写真が多いほど、事務所から引き出せる額も多くなるのだ。結果的に公表されるのはたいてい、いちばん控えめな写真になる――軽く手をつないでいるだけとか、一緒に車に乗っているだけのショットだ。

テインの事務所もキャンディの事務所もまだコメントを発表していないが、クラウンがアルバムの販促活動を今週で切りあげて、ワールドツアーの準備にかかることは告知されている。

〝今回はロサンゼルスで幕あけってことで、ぼくらもすごく楽しみだよ！〟とベスティがＳＮＳで言っていて、最後の出演となる今週の音楽番組で個々のファンクラブが何をするかという話題で、ファン・サイトは大騒ぎになっている。ファンクラブ連合の会長は、〝また会おうね、クラウン！〟とみんなで繰り返すことと、これから選ぶいくつかのメッセージ入りのリボンでフラワーリースを飾り、それを最後の出演番組の楽屋へ届けてもらうことを決めている。メンバーそれぞれの好きな慈善団体にそれぞれの名前で五件の寄付をすることにもなりそうだ。寄付の金額については少々揉めている（ティンのファンは、わたしたちは人数が多いのだから、ほかのメンバーをうわまわる額を寄付するべきだと言い張っている）が、結論はすみやかに出て（どのメンバーのぶんも同じ額でいく）、今夜はもうコメントの嵐はやんでいる。

でもわたしは、あるティン・ファンのコメントを見てめまいを覚えている。クラウンはこれから少なくとも一年はツアーに出ていて、新しいアルバムの制作にまた一年必要になるだろうから、何年もあなたに会えなくなるのが寂しい、と書いてある。何年も？　そんなに長いあいだ、わたしにどうやって待てと？　わたしは何を支えに生きていけばいい？　どうしても彼に会えなきゃだめなのに。どうしても。

クォン店長から客の来店を知らされるたび、わたしは期待に震えるが、待ちわびたＫＢＣプロデューサーは金曜日の朝にやっと姿を見せる。わたしは彼女を見るなり満面の笑みを浮かべ、席に着いたその肩をきゅっと握る。チェリーがこれを見ていて、わたしに探るような視線を向ける。

「だれかさんはきょうご機嫌みたいね、アラさん」プロデューサーは言い、わたしに嬉しそうな笑みを返す。わたしはかぶりを振り、ご希望は？　と尋ねる顔つきで彼女の髪にふれる。わたしが担当してからの三年間、この人は暗い髪色で通していて、髪型もほんの少ししか変えていない。わたしを指名する客は、要求の多くない人――美容師を信頼してまかせるタイプ――ばかりだ。けれどもきょうの彼女は落ち着かない様子で、ローファーの靴底で床を叩きながら、鏡のなかの自分を不満げに見つめている。

「今回は明るめの色にしようと思うの」照れくさそうに髪にふれながら、彼女は言う。「黒には飽きあきしちゃって」

わたしはうなずいて微笑み、ヘアカラーの見本帳を持ってくると、そのなかから彼女は真鍮《しんちゅう》色を帯びた明るすぎない栗色を選ぶ。この人にしては思いきった選択で、わたしはそうメモ帳に書いて本人に見せる。

「でしょう、でも今週末にブラインド・デートがあるから、ちょっと気分を変えたくて」そう言って彼女はぐっと顎をあげる。ブラインド・デートの前にこういう注文をする客はけっこういて、うまくいった例も失敗した例も見てきた。新しい自分に満足する人もいれば、うろたえて元の髪型に戻してほしいと言う人もいて、後者の場合、わたしはほかの客の予約を大慌てで調整するはめになる。

わたしはまたうなずいて微笑み、カラー準備用の小部屋に引っこむ。頭のなかでは、プロデューサーへのお願いの文章を書いては書きなおしていて、気が焦るせいで手が震えてくる。きょうしかチャンスはないのだ。

ボウルに入れた染髪剤を刷毛で混ぜていると、クォン店長がまたわたしの名前を呼ぶのが聞こえ、今度はだれかと急いで出ていく。来店者はオー夫人の友人のひとりで、根もとの髪を黒く染めてほしいという。やはり、チェリーの姿が見あたらず、わたしはプロデューサーの隣の席に新たな客をすわらせてから、染髪剤を取りに戻る。小部屋に向かって走っていると、わたしの別の常連客のチン夫人が娘を連れて入ってくるのが見え、クォン店長が手を振ってわたしと目を合わせながら、しばらく掛けてお待ちくださいと母娘《おやこ》に伝える。わたしが大わらわで駆けまわって、だれかの手を借りようとしても、女の子たちはわたしの視線を避け、急いでどこかへ散っていく。

わたしは頭ががんがんしていて、気を落ち着けようと深く息を吸うものの、染髪剤とヘアケア製品の刺激臭でよけいに不安が増す。そのにおいにやられないコツは数年越しで身に着けたつもりだけれど、きょうは窒息してしまいそうだ。

この機会を逃すわけにはいかない。来週にはティンはこの国を離れて、たぶん何年も、アメリカやアジアのほかの国々で歌ったり踊ったりするのだ、そのコンサートを見るために苦もなく遠征できる人たちの前で。

わたしは震える手で、メモ帳を出してお願いの文章を綴《つづ》りはじめるが、目の前にクォン店長が現れる。

「何をやってる?」わたしの肘をつかんで、店長がきつい声で言う。「お客を三人も待たせてて、みんな文句を言いはじめてるのに、そんなまる見えのところで突っ立っていたずら書きしてる場合か! いますぐ仕事に戻れ」

わたしは頭をさげて詫《わ》び、急いでチン夫人と娘さんを空いた椅子に案内する。チン夫人が娘の髪をどうしてほしいか——カラーは暗くなりすぎない程度にトーンを落として、カットは頬骨のあたりからレイヤーを入れる——をわたしに伝え終わるころ、オー夫人の友人が苛立ちもあらわに、甲高い声でわたしに叫んだ。「いつまでこんなふうに待たせる気? まったく呆れるわ!」そしてその客にカラーの見本帳を見せて相談を終えるころ、ふと鏡を見ると、KBCのプロデューサーが憤怒《ふんぬ》の形相で自分の椅子から立ちあがっている。

「ねえ、アラさん」わたしがそばへ行くと、彼女は冷ややかな厳しい声で言う。「これはあんまりじゃない? あなたにはいろんなことがちょっとばかり大変だろうと思うから、いつもは待たされても文句ひとつ言わないでいたけど、もう限界よ。この予約がどんなに大切かは話したでしょう、きょう貴重な休みをとってまでここへ来たのは、ブラインド・デートの予定があしたのランチタイムだからなの。なのにじっと待ちながら見ていたら、あなたはわたしよりあとから来たほかの人たちのことにかまけてて、まだ染髪剤も塗ってくれてないじゃない! これ以上は待てないから、帰らせてもらうわ」そして店の黒いケープを脱いで、サイドテーブルに置いた持ち物を集めだす。

　わたしは首を振りながら頭をさげ、謝罪の言葉を書こうとメモ帳を手探りするが、彼女はもう歩み去っている。その背後でガラスのドアが閉まるのを見つめながら、わたしはその場に呆然と立ちつくす。

「これ、あなたのじゃないですか？」後ろで声がしたので振り向くと、わたしの染髪剤のボウルとメモ帳を手にしたチェリーがそこにいる。意味ありげでわざとらしいその笑みを嘲りと愚弄でぎらつかせ、わたしの書いた文面がどちらにもはっきり見えるようにメモ帳を持っている。

　今週末のＫＢＣのアイドル音楽番組の収録に、わたしを入れてくださることは可能でしょうか？　わたしはクラウンの大ファンで、彼らがツアーに出てしまう前に最後にひと目会えたら、ほんとうにほんとうに嬉しいのですが、とわたしの弱々しい文字で、期待に打ち震えた言葉が綴ってある。

「あなたはいつも少々手間どるんですって、お客さんたちには言ったんですけど」わたしをじっと見ながら、チェリーが言う。「クォン店長にも落ち着いてもらおうとしたんですよ。でも気がおさまらなかったみたいで。見るからにおかんむりだし。あ、これはもう要りませんよね？　洗ってきまーす」染髪剤のボウルを手にスキップして小部屋へ戻っていく彼女は、だれの目にも、格子縞のミニスカートを穿《は》いてポニーテールを弾ませている無邪気な女子学生にしか見えない。

数時間後の夕食どき、ありとあらゆるポータルサイトにそのニュースが流れる。どのサイトでもテインとキャンディ関連のトレンド・キーワードがトップテンを占める。〝テインとキャンディ　写真〟〝テインとキャンディ　車〟〝テインとキャンディ　交際〟そしてその一時間後には、〝テインのマネジメント事務所がキャンディとの関係を認め、ファンに理解を求める〟〝テインの公式声明〟に。

写真はどれも多くを示していない——ふたりとも帽子とマスクでしっかり変装しているからだが、テインのひょろっと背の高いシルエットは見紛《みまが》いようがなく、キャンディもその特徴的なブリーチヘアがスウェットのフードの下からはみ出している。ふたりが一メートルほど離れてはいるけれど、明らかに一緒にテインの車に向かって歩いている写真もあれば、テインのマンションの駐車場からキャンディが出てくるところと、その数分後にテインが出てくるところをとらえた別々の写真もある。コメント欄では、ふたりが日本のホテルにチェックインしている写真を、キャンディの事務所が莫大《ばくだい》な金額を支払って隠蔽したという噂が渦巻いている。

わたしは休憩室でテイクアウトの餃子の夕食をとりながら、〈ラストニュース〉のホームページを読んでは再読み込みして、同じ写真の添えられた新たな記事にどんどん目を通していく。

チェリーとほかのアシスタントたちが群れ集まって忍び笑いをしているのを目の端でとらえつつも、わたしは無視して記事を読みつづける。チャーミングもこの騒動がおさまるまで、宣伝活動をいったん中断せざるをえなくなりそうだ。テインのファンたちはすでに、今夜チャーミングが出演するKBCとBCNに大挙して押しかける準備を整えている。控えめに言っても、いいほうには受けとられないだろう。キャンディは次のセレブ・スキャンダルにメディアがなびくまで、何日か国を離れることになるかもしれない。

わたしは餃子を食べ終えて発泡スチロールの箱を捨てると、クォン店長を探しにいく。**今夜はわたしが掃除と施錠をします、チェリー以外の女の子たちは帰らせてください。**とわたしはスマイルマークを添えてメモ帳に書く。

クォン店長はわたしを見つめ、ため息を漏らす。

「いいだろう、アラさん。きみが努力しているのはわかるし、わたしにだって情けはある」

わたしは感謝のしるしに頭をさげ、歯を磨きにいく途中で、店長が従業員たちに話をしているのを目に留める。店長の指示を聞きながら、チェリーがわたしを目で追っている。

午後十時、最後の客が帰ると、金曜の夜の酒宴を待ちきれずにもう自分の髪とメイクを直してあった美容師たちが、ほどなくそれに続く。「ありがと、アラさん！」何人かはそう言いながらいそいそと出ていき、アシスタントたちも必要最低限の時間だけとどまってから帰りはじめる。わたしには言葉もかけず、ただぞんざいに頭をさげて、よく聞きとれないことをぼそぼそ言っていく。早く外へ出たくて気もそぞろなのだ。「またあしたね、チェリー！」と大声で言うが、本人は小部屋のドアを拭いているので聞いていない。チェリーは三十分ほど前に猛然と掃除をはじめた——今夜は予定があるにちがいない。

床にモップがかけられ、鏡とカウンターがぴかぴかになっているのを確認してから、わたしはコートと鍵を手にとる。奥の照明を切りはじめると、チェリーが雑巾を持って走ってくる。「トイレと休憩室と小部屋の掃除も終わりました」彼女は息を切らして言う。「そこもたしかめます？」

わたしは首を横に振り、自分の荷物を取ってくるよう身ぶりで示して、正面ドアの脇に立つ。彼女が出てくるのを待って、入口付近の照明を切り、両開きのドアをきっちり施錠する。

「ぱぱっと終わってよかったぁ」チェリーは機嫌よく言い、いまやにこにこ顔で階段のほうを向く。そこでわたしは、手を伸ばして彼女のポニーテールをありったけの力で引っぱり、チェリーは仰向けに倒れる。

「何すんのよ？」チェリーが動転して叫び、まだわめいているあいだに、わたしはその腹に強く蹴りを入れる。少し前に、爪先に金属の付いたブーツに履き替えておいた。床の上でのたうっているチェリーにまた手を伸ばし、ポニーテールをつかんで引き起こしてから、廊下にあるトイレまで引きずっていく。見かけより重いけれど、なんてことはない。トイレの便座をはねあげて、便器のなかにチェリーの顔を突っこむ。便器がすごく汚いのを見てわたしは嬉しくなる。チェリーはいまも猛烈に手足をばたつかせているが、転倒と蹴りで負った痛みがまだあるから、わたしに敵《かな》いはしない。トイレの水のなかでごぼごぼとむせて、大量に水を飲んだようなのを見届けて、わたしは満足する。中学時代、不良仲間とわたしで、この便器での水責めをどれだけやったことか。

わたしは最後にもう一度、チェリーのポニーテールをぐいと引いて、トイレの床に突き倒す。その上に覆いかぶさって、ポケットから彼女の携帯電話を探り出し、それを便器に放りこむと、水がはね散って彼女の髪にかかる。わたしは靴を両方脱がせ、それを持って外へ出て、手荒くドアを閉める。何ブロックか歩いてから、靴を路地に放り投げる。片方ずつ、力のかぎり遠くへ。

自宅に戻ると、スジンが、職場近くの店でわたしの好きな抹茶ケーキを買ってきてくれている。スジンはまだ顔の下半分を焦げ茶色のスカーフで覆っている。わたしと家にいるときぐらいはずすように頼んでも、腫れがすっかり引かないうちは隠して暮らすと言いきられた。

「アラ、ほんとに残念だね、テインのこと」スカーフ越しのくぐもった声でスジンは言いながら、わたしをがばっと抱きしめるが、すぐに身を引いてわたしの顔を覗きこむ。

「ちょっと、なんでそんなにわなわなしてるの？」スジンがいぶかしげに言うが、わたしは肩をすくめ、キッチンの抽斗《ひきだし》をあけてフォークを二本出す。体の震えを意志の力で止める。

「これは誕生日プレゼントに取っておくつもりだったけど、その感じじゃ何か元気づけが要りそうだから……」スジンはバッグをあけて小さな白い封筒を取り出す。中身は、クラウン・ワールドツアー最終日のソウル公演のチケットだ。

「チケット販売会社に勤めてるあたしのお客さんに頼んで取ってもらったんだ！ 簡単には手に入らないらしいけど、彼女は長年の常連さんでね、割増料金はたったの十パーセントしか取られなかった、めっちゃいい人でしょ。でもさ、こんなスキャンダルが出たら、みんなチケットを払い戻ししだすかな？」スジンはぺちゃくちゃしゃべりながら冷蔵庫をあけ、ビールを二本取り出す。

わたしはチケットを見つめ、何かのまちがいとしか思えなくて、さらに見つめる。ただただ信じられずに、その緑色の厚手の紙にそっとふれる。そして、わたしは泣きはじめる。

スジンがよろめいてビールをこぼし、反射的に手を伸ばしてわたしの両肩をさする。「どうしたの、アラ？ ねえどうしたの？」慌てるスジンに訊かれながら、わたしはじっとすわって、自分の手と貴重なチケットにぽたぽたと涙をこぼす。「なんかあった？ あたしに話してみな」スジンはなだめてくれる。子供のころからずっと、いつもそうしてくれたように。

キュリ

若い友人のナミと、わたしはまた飲んでいる。じきに帰宅してわたしの部屋をノックするはずのスジンを避けているのだ。

ここはわたしの気に入っている屋台で、出汁《だし》で煮こんだオムク（魚のすり身を使った練り物）は嚙《か》みごたえと塩辛さの具合がまさに絶妙、しかも店主はわたしに気があるから、いつもソジュに合わせてつまみを何皿も無料《ただ》で出してくれる。先週末は、店主も腰を据えて一緒にひとしきり飲んだあと、わたしがどうしてもヤンニョムチキン（揚げた鶏手羽元に甘辛いコチュジャンだれをからめた料理）が食べたいと言ったら、別の店からそのチキンが配達されてきた。彼はわたしといい仲になるチャンスなどないと知っている不器用で奥手なタイプで、そんなふうだからわたしはそういう男たちが好きだ。

ナミとわたしは飲み友達で、二週に一度は休日につるんでいる。ふたりだけで酔っ払うのは、仕事のときに酔っ払うのとはまったくちがう。ふたりで飲んでいるときは、初めから〝ゲーム終了〟している。ほかのだれもついてこられないし、ときたま男たちが仲間に加わろうとしても、わたしたちが無視してぐいぐい杯を重ねていると、そのうちあきらめる。ナミもわたしも、職場でうんざりするほど男と会っている。週末ぐらい放っておいてほしい。だからぶかぶかのスウェットを着て野球帽を目深にかぶり、口紅も塗らないのでメイクはアイラインだけになるのだが、それでもやつらは言い寄ってくる。「きみたち、ふたりだけで飲むにはきれいすぎるよ」なんて言う。「おれたちも交ぜてもらえる？」相手にしないでいると、向こうは態度をがらっと変える。「なんだよ」すごすごと退散しながら、やつらは小声で捨て台詞を吐く。「すかしたクソ女」

ナミは、わたしが風俗街のミアリにいたころから連絡をとりつづけているただひとりの相手だ。〈エイジャックス〉のほかの女の子たちはだれひとり、わたしが以前ミアリで働いていたことを知らないし、もし知ったら、おおかたの子が二度と口をきいてくれなくなるだろう。おかしな話だ――〝上位十パーセントの美女〟の店の一員で、客と寝たりはしないにしたって、みんなやっていることは同じ仕事のバリエーションなのに。それでもやっぱり、彼女たちはわたしを差別するだろう。そうやってだれかを見くだして優越感を持ちたがるのは、人間の根底にある性《さが》だ。それにいちいち腹を立てていても仕方ない。

この手の知恵をスジンに分けてあげられたらと思うけれど、目下のところ、わたしは彼女を避けている。このところスジンは、勤め先のネイルサロンの経営状態が危うく、早晩やめてもらうことになるかもしれないと上司に言われたようで、険しい目をしている。術後まだ二ヵ月なので顔のパーツがいまも腫れているし、口を大きくあけられないせいで話し方も変なのだが、スジンはもう次の段階に進んでルームサロンでの仕事を得ようとわたしをせっついてくる。だから、さしあたりは別のネイルサロンの仕事を探すように言った。ネイルサロンなら防塵《ぼうじん》マスクを着けることができるし、施術中はだれもネイリストの顔など見ない。

問題は、自分がアラの面倒を見なければいけないとスジンが感じていることだ。たしかに、アラにはハンディキャップがあるが、彼女も仕事を持っている――美容師はたぶん薄給だとしてもだ。でも、他人の心配をする前にわが身を大事にすることを覚えるよう諭したら、スジンは目に涙をためて、アラは現実の世界に順応できないから守ってあげる人が必要だし、ふたりの生活のために自分がなるべくたくさん稼がないといけないと言うのだ。

スジンがわかっていないのは、わたしが彼女を救おうとしているということだ。いったんお金が手から手に渡って、この世界に足を踏み入れたら、あっという間に状況は暗転する。いくらも経たないうちに、ちょこちょこ顔を直していく手術費用をマダムやぽん引きや高利貸しから借りることになり、気がつけば、借金はとても返せないほどの大変な額に膨れあがっている。働きづめに働いて体を壊しても、出口はないから働きつづける。たくさん稼いでいるように見えても、利息の支払いに追われているから貯金などできない。完全に足を洗うこともできない。別のマダムと別の規則と勤務時間と期待の待ち受ける、別の街の別の店に移っても、状況は同じで、逃げ道はないのだ。

いちばん古い客のひとりがいなかったら、わたしは自力でミアリから出ることはできなかっただろう。禿《は》げかかっていて腰の曲がったそのおじいちゃんは、わたしに惚れこんで、嘘みたいだけれど、借金の完済に必要なお金をくれた——五千万ウォンの現金を。わたしのいた店のオーナーたちは、そのお金を受けとったあともわたしをだまして引きつづき働かせようとしたが、引退した弁護士だったそのおじいちゃんが、わたしにもう負債がないことを裏づけるいろんな書類を用意してきて、彼らに署名させた。現金が手に入ったのに加え、法に対する恐れもあって、彼らはわたしを手放した。

おじいちゃんはいまでも数ヵ月おきに会いにくるけれど、必ずルームメイトのミホが不在のときにしてもらっている。そのときわたしが頼まれるのは、ストリップショーめかして服を脱いだあと、一緒にいるあいだ彼がさわったり見たりできるよう裸でいることだけだ。おじいちゃんはセックスやフェラチオさえ求めない。そういうことで興奮するには歳をとりすぎている、と彼は言い、わたしを相手に腹上死したくないとも言う。それはわたしへの配慮からなのか、自分の家族の面目を保つためなのかはわからない。でも彼がわたしに何をさせるでもなく、ただ愛おしそうに眺めて〝芸術品〟と呼んでくれるのは快感だ。

彼は知らないことだが、このところ受けている手直しの手術のせいで、また借金がたまってきている。あちこちに少額ずつではあるけれど、増えてはいる。彼には話さないことにした。わたしは学校へ行って教師になるものと彼は思っている。わたしの人生を変えたことがとても誇らしいようで、わたしを見るとき、よく目をうるませている。彼が気に入っているのは、自分がこの娘《こ》を救ったという美談だ。

ミアリでわたしが働いていた店にナミが新しく入ってきたとき、わたしはぽん引きがくれるお金を受けとらないことを教えようとした。見かけは気軽な贈り物のようでも、決してそんなものではないのだと。でもナミはすでにお金をもらいはじめていて、わたしたちみんなと同じく、拒めなくなっていた。

その店で最年少の部類だったナミは、ほんの子供で、まるぽちゃの頬と出っ歯のせいでいっそう幼く見えた。新入りのとき、まだ十三歳か十四歳だったと思う。当時は胸も平らなただの太めの子で、女の魅力のかけらもなかった。それでも男たちは、何はなくとも若いからというだけで、たびたび彼女を指名していた。

なぜナミのことを好きになったのかはわからない。仕事仲間とはだいたい気が合わないのだが、ナミはとにかく野暮ったくて幼稚だったから、気にかけずにはいられなかった。ナミがにこりともせずにすわって、わたしたちと客の男たちをぼうっと見ているのが心配だった。ナミを指名する男たちは、そんな態度でいることを罰したがるタイプだとわかっていたから。

ナミもわたしも、いまはまるでちがう外見になっている。ときどきナミが、あのころのあたしたちの写真があったらなあ、などと言う。「冗談でしょ？　なんで証拠写真なんかほしがるのよ」ぞっとしながら、わたしは言う。手術前はどんな顔をしていたかを人に見せるくらいなら、そいつを殺して監獄で朽ち果てたほうがましだ。

どこをとってもお洒落《しゃれ》で洗練されていて、どんな整形も可能なかぎり自然な仕上がりをめざすカンナムで働きだして数年になるいまでは、ナミの最近の選択を見てぎょっとすることがある。たとえば彼女の胸は、ほかの部位は少年っぽいその体からグレープフルーツみたいに突き出ていて、まるで漫画だ。そんな胸をしていたら、人は無遠慮に見るか、照れて目をそらすかのどちらかしかない――ことに本人が、口を半開きにしてまわりの人たちを見つめる、例の腑《ふ》抜《ぬ》けた顔つきをしているとあっては。

「まわりにはあたしのこと、ばかだと思わせておくんだ」ナミは一度わたしに言った。「なんにも期待されないのって便利だよ。そのあいだにいろんなこと考えられるし」

うん、あんたが真性のばかだってみんな納得してるよ、と言いそうになった。

ルームメイトのミホが、十時ごろわたしたちに合流する。わたしたちの部屋はもともと、片側が〝事務所〟でもう片側が居住スペースという広めのオフィステルだったのを、行き来するドアを施錠して別々の小さめのアパートとして使えるようにしてあった。ミホの前は、隣に気色悪い三十男が住んでいて、夜中にマスターベーションしながら小さく喘《あえ》ぐ声が聞こえたものだった。その男が出ていってほっとした数週間後に、ミホが入居した。何度か部屋に招いて一緒に飲み、彼女もわたしを招いて制作中の絵を見せてくれた。ミホのアートの作風は個人的には好みじゃない——ただでさえこの世はじゅうぶん惨めなのに、このうえ奇怪な惨めさを上塗りしてどうするんだろう。ミホはミホで、わたしのこの完全武装は時間とお金の無駄だと思っている。それでも、孤独を紛らわしたいとき相手をしてくれるだれかがいるのは、けっこういいものだった。だから数カ月経って互いに気心が知れたころ、建物の管理者に二部屋のあいだにあるドアの錠をはずしてもらった。

ナミはミホにひどく気後れしている。ミホは最近までアメリカに住んでいたし、アーティストとして大学でのまともな職に就いているからだ。まあともかく、一日じゅう絵の具や木や粘土をいじくってお金をもらってはいる。もっとも、おおかたの時間、ミホはぼんやり壁を見つめているようなのだが。

ミホはわたしたちのところへ来るなり、大きなため息をついてどすんと椅子にすわり、指先でテーブルをコツコツ叩きはじめる。その指は見るも無惨なありさまだ——盛大に飛び散った絵の具が、古い切り傷にめりこんで乾いている。それにあのぼろぼろの爪！——ジェルネイルなんて生まれてから一度もしたことがないんだろう。わたしは身震いし、ナミはぽかんとミホを見ている。

「ああお腹空いた」ミホが言う。「料理はこれだけしか頼んでないの？」長いポニーテールを縄みたいに手首に巻きつけている。

「最後に食べたのいつ？」わたしは訊く。ミホは仕事をしていると食べ物のことを忘れてしまう。わたしはダイエットにすごく苦労しているのに、ミホは体重にひとつも頓着せずにありえないほど細い体を保っているのが妬《ねた》ましくなる。

「けさは食べたと思う。あとは、ええと、一日じゅうコーヒーをがぶがぶ飲んでた」

わたしはオムクがいくらか残っている自分の皿をミホのほうへ押しやり、屋台の店主に手を振ると、彼はカウンターから飛んでくる。

「じゃあ、キムチプチムゲ（キムチを練りこんだチヂミ）頼める？　あと、何かほかに食べたいものは？」わたしはミホに訊く。

「なんでもいいや、メニューにあるご主人イチ推しの品で」ミホが店主にそう言い、向こうは困って頭をかく。でもミホがもうわたしに向きなおっているので、そそくさと調理場へ戻る。

「ハンビンももうじき来るんだけど、渋滞であと一時間はかかりそうなの。彼のお母さんの話はいっさいしないでくれる？」ミホは警戒して声を尖《とが》らせる。彼氏のことになるとひどく神経質なのだ。

「するわけないでしょ」わたしはしょげた調子で言う。「そこまで考えなしだと思ってるわけ？」

「元気にしてた、ナミ?」ミホはナミのほうを向き、優しいまなざしを注ぐ。ふたりが顔を合わせるのはこれで三度目か四度目だが、あとで毎回ミホはわたしに、ナミはあちこち整形するにはまだ若すぎるんじゃないかと言う。「あとで後悔しないかな、もっと大人になったときに?」

自分も孤児院育ちのわりに、ミホには世間知らずなところがある。ナミが将来のことなんか考えてるはずないでしょうが! ナミは十二歳で家出して以来両親と会っていない。その日その日を生きているだけだ。現実の生活を半日でも経験した人なら、一瞬でそれがわかるだろうに。でもミホは、わたしのルームサロン勤めも、お金をたくさん稼ぎたいからやっていることだと思っている。ナミとわたしが最初にいたような店は想像すらできないだろう。ナミもミアリからは脱出して、三流のルームサロンに移ったとはいえ、自ら命を絶つか、ぼろ布のように捨てられるかするまで働きつづけるのだ。

わたしはいまだに驚かされる——この国の女たちの世間知らずぶりには。特に妻たちの。世の奥さまがたは、平日の午後八時から真夜中までの時間に、夫が何をしていると思っているんだろう? あの何万軒とあるルームサロンをだれが繁盛させていると思っているんだろう? 承知している人たちだって——夫が毎週ちがう女の子を選んでヤってる事実に気づかないふりをしている。そしてひたすら目をそむけているうちに、ほんとうに忘れてしまうのだ。

ひどく心配そうにしているミホを、わたしはにらみつける。彼女は絶対に、結婚したらあの無知なコウモリどものひとりになるだろう。

「ミホの彼氏は財閥の御曹司なんだよ」わたしはナミに言う。

ナミの目が驚きでわずかに見開かれるが、一瞬でまたどんよりする。どの財閥なのかさえナミは訊かない。

「彼はなんであんたを好きなんだと思う？」わたしはミホに訊く。ほんとうに不思議なのだ。ミホは美人だけど、整形で到達できる完璧なレベルではないし、家族もお金も持っていない。なのにどういうわけか、この国屈指の裕福な家のお坊ちゃんがミホと付き合っている。つくづく謎だ。

「なんでって、それどういう意味？」ミホは言う。でもにやついているから、ほんとうに気に障ったわけではないのがわかる。

「いや別に、男のことは知りつくしてると思うこともあれば、全然わからないと思うこともあるから」わたしは言う。

「あっ、そうだ、彼にはあなたのこと、中学時代の友達で、客室乗務員だって話してあるんだ」ミホは申しわけなさそうに言う。「だから、仕事の話はしたくないとでも言っといてくれる？　あんまり嘘つかせたくないし」

「なんでまた客室乗務員？　ずいぶん具体的だね」と言っても、だれだってわたしをルームサロン嬢だと紹介するわけにはいかないだろう。仕事仲間の女の子たちと、店に来る男たちを別にすれば、ミホはそのことを知るごく少数の人間だ。

「うーん、勤務時間が普通とちがうし、それだけの美人だし……」ミホの言葉は尻すぼみになる。「そういうことが当てはまる仕事をほかに考えつかなかっただけ。でもいま考えてみたら、ややこしい嘘だったかも」ミホは悩んでいる顔つきだ。「つまりね、あなたの担当路線とか気に入ってる国とか訊かれたらどうする？」うろたえながら言う。「彼、かなりの海外旅行通なの」

わたしは肩をすくめる。「客室乗務員でいいよ」と言う。「答えに困るようなこと訊かれたら、すぐ話題を変えるから」ミアリを出て〈エイジャックス〉に入るまでの一時期、ほんとうに客室乗務員になろうかとちらっと考えていた。カンナム駅にある客室乗務員養成所のひとつに二週間在籍して、〝腰ではなく、膝を折る〟だのなんだのといった、くだらない接客術を学びさえした。でもそのうち、客室乗務員の給料がいかほどかを――中東の航空会社に入って国内の航空会社の倍の給料をもらう人たちのことも含め――知って、ただちにやめた。そして〈エイジャックス〉で働きはじめたのは、実のところ、それしかやり方を知らないからだ――男たちをうっとりと見つめて、彼らのお酒を飲むことしか。

「もうやめちゃって、いまは女優をめざしてることにしたら？」ナミが言い、何かまずいことを言ってしまったみたいに、さっと口を閉じる。

ミホが手を叩く。「それいい！　なんで思いつかなかったんだろ？」顔をほころばせてナミを見つめる。

「ええと、ナミ、あなたは何してるんだったっけ？」ミホは訊く。

「ああ、あたしもそれめざしてるんだ」一瞬の躊躇《ちゅうちょ》もなくナミは言い、ころころ笑う。「あたしたちふたりとも、女優に人生賭けてるの！」わたしはナミに目をやる。たしかに、ふりをするまでもなく、なりきっている。

「もう好きにして、ミホ」わたしは言い、呆れ顔をする。

「とにかく、あなたたちにいやな思いをさせたくないの。だからさ、それでいこうよ――ふたりは女優志望ってことで」

「はいはい」わたしは言う。「なんだっていいよ」


ハンビンがようやく到着したのは零時近くで、テーブルは満席になっている。客たちはまだ酔ってはいないけれど、楽しげに大声でしゃべり合っている。

ハンビンは申しぶんなくいい男で、想像していたよりかなり背が高く、体つきは筋肉質、そして日に焼けた顔とこざっぱりした髪型をしている。着ているものは、ポール・スミスのブルーの柄物シャツに濃色のジーンズ、キャラメル色のレザースニーカーという上等な品で、お洒落だけどお洒落すぎない。引き締まった細身の体が、特にわたし好みだ。彼が来たとたん、ミホは明るくなり、ナミはうなだれてショットグラスを抱えこむ。わたしはクールでよそよそしい笑みを保つ。

「どうも」わたしは言う。

「やあ」ハンビンが答える。「なんか興奮するよ。ずいぶん経ってるのに、ミホの友達と会うのは初めてだもんな」店主がプラスティックのスツールを持ってくると、ハンビンはそれを軽く蹴って腰をおろす。「ここ、なかなかいいね」と言って周囲を見まわす。その元気と陽気な態度は、だれもが今週さんざんな目に遭ったみたいな顔をしているこの店の客層と、どうも釣り合わない。

わたしたちはさっと自己紹介をすます——名前のほかには何も告げ合わず、ハンビンは全員ぶんのソジュのお代わりを頼む。

「きょうはどんな作業をしたんだい？」ハンビンはミホに訊く。一日じゅうガラスに色を塗っていたというミホの話に、彼は熱心に耳を傾ける。

気を入れて話を聞いているところがいいなと思う。どんな一日だったかと男性に訊かれ、その答えをちゃんと聞いてもらえて、しかも興味を示してもらえたことなんて、もはやあったかどうかも思い出せない。ナミも目の端でふたりを見ているけれど、気になってしかたないのはきっと会話じゃなく、お互いが話している相手のほうにいちいち体を向けるしぐさだろう。

「そうだ、母さんが懇意にしてるガラス作家が坡州《パジュ》に吹きガラスの工房を持っててさ」ハンビンがミホに言う。「ぼくは前に行ってるんだけど——きみもすごく気に入ると思うな。来週にでもふたりで行って、じかに作業を見せてもらおうか？　母さんを感心させたくてしょうがない人だから、たぶん喜んできみを案内してくれるよ」

「でも、お母さんがなんて言うかな」困惑顔で、ミホは言う。「わたしがあなたの家族を利用しようとしてるって思われるのは、絶対にいやなの」

「心配ないよ、段取りは全部母さんのアシスタントに頼むから、ぼくの頼みってことになる。前回行ったとき、ぼくがすごく楽しんでたのは母さんも知ってるしね」

「そうかなあ」不安そうな声で、ミホは言う。そしてあくびをして目をこすり、目の下の黒いくまがますます黒くなる。

「なあ、腹ぺこなんだろ」ハンビンが言う。「何も食べてないな？　見ればわかるよ」彼は振り返って店主に合図し、店主は走ってやってくる。「料理を急いでもらえるかな」と声高に言う。店主は頭をさげて調理場へ駆けもどり、ほどなくキムチプチムゲを持ってくる。それをハンビンはミホのために箸で切り分ける。ナミはいまや目をとろんとさせて、真っ赤なロリポップキャンディを舐《な》めながらふたりをじっと見ている。

「きみはほどほどにやるってことを知らないもんな。そんなふうに食べないでいて、ぷつっとパワーが切れて。パワーの切れた体じゃ仕事もままならないぞ」優しい声でたしなめながら、ミホの皿にどんどん食べ物を載せていく。そういう役まわりがまんざらでもないのは明らかだ。

ハンビンはわたしのほうを向いて言う。「きみも思わない？　ミホはスニッカーズのコマーシャルそのまんまだって」

「お腹が空いてることに気づきもせずにいてダイエットできるなんて、ただ羨ましいだけ」わたしは大真面目だが、軽い調子で言う。ハンビンは笑いながら携帯電話を取り出し、しばしメッセージをやりとりする。

「ソンとウジンがカラオケに行きたいってさ」ハンビンはミホに言う。「この近くにいるらしいから、〈チャンピオン〉で合流することにしたよ」

　まだ料理にがっつきながら、ミホはうなずく。

「きみたちも来るよね?」ハンビンはナミとわたしに言い、わたしたちはうなずく。つまり無《た》料《だ》で飲めるということだ。請求書のことなどハンビンはほとんど気にしないだろうし、彼は額面を見もせずにクレジットカードを手渡すタイプだ。でもミホはそんなにお酒を飲まない。なんてもったいないこと。


　カラオケ店で、ハンビンの友人たちが加わると、たちまち楽しい雰囲気になった。彼らはふたりとも留《ユ》学生《ハクセン》――高校から大学までアメリカ留学していた金持ちの子供――だ。わたしがユハクセンを好きなのは、アメリカのポルノをたくさん観ていて、いろんなセックスの体位を試したがるからだ。そういう体位は滑稽で強烈に見えても、喘ぎ声の大きさで測られる女性の快楽を重視したものが多い。

ナミはおばかさんらしくふるまっている――セーターを脱いでしまって、白い半袖のブラウスの下で突起が目立っている胸を、笑いながら弾ませたり寄せたりしている。もちろん、男性陣はそれをいたく気に入って、ナミを踊らせようとテンポの速いダンス系の曲ばかり選んでいる。飲み物もどんどん注文している。

ミホは二杯飲んだだけで頬をバラ色に染め、隅でもう眠りこんでいる。たぶんそのおかげで緊張が解けたのだろう、ナミはカラオケのマイクをつかんで、今年いちばん人気のガールズグループの曲を入力する――もちろん振りは全部覚えているので、歌いながらはじけたように踊りだす。目を輝かせてぴょんぴょん跳ねる姿が笑える。仕事でこの曲を歌っているときは、こんなふうではないはずだ。

午前三時ごろ、わたしは家に帰って寝たくなる。ハンビンも椅子の上で寝ているので、ナミとハンビンの連れに手を振ってさよならし、ミホを引きずっていってタクシーに乗せる。翌日は正午まで寝ていて、頭痛とともに目覚める。

それに続く平日は朦朧《もうろう》として過ごす。どうしたわけか、最近は飲むたびにひどい二日酔いになっている。いままでそんな悩みとは無縁だったのに。それにブルースが今週はまだ来ていない。婚約の日が近づいているからだろうか。わたしに嫌気がさしているんだろうか。

でも誤解なきよう。別にブルースにはなんの妄想も抱いていない。彼よりもっと金持ちで、もっと感じのいい客とも付き合ってきたし、わたしはばかじゃない。たしかに、ブルースはここへ来るたびわたしを指名していた。ときたま、気が向いたときには「これで何かいいもの買えよ」と、けっこうな額のお金をくれる。

でもブルースはわたしへの特別な愛情からお金をくれることはない。キャンドルの明かりのもとでのディナーや何かでわたしに微笑みかけることもないし、ホテルの部屋にたどり着くころにはどちらも飲みすぎていて、ただベッドで一緒にテレビを観てそのまま眠ってしまうことがほとんどだ。彼のいちばん好きなところはそこかもしれない——彼の腕がだらりと体にかかっていると、心地よくてすんなり眠れる。

何日かでも楽な夜があればと願っていたが、今週は立てつづけにとんでもない酔客に当たる定めらしい——そういうタイプは女の子たちにもどんどん飲ませる。へべれけになって女の子に酒を注がせているだけではすまないのだ。わたしばかりではない——最悪だったある夜は、午後十時になるころにはほかの女の子たちの何人かが嘔吐《おうと》している。みんなにひたすら飲ませる客は、支払いもしなければ、つまみ出されもしないから、いつもうんざりする。お金を使う立場でもへつらわれる立場でもないなら、黙って壁紙になっているべきなのだ。どう見てもただの腰ぎんちゃくのくせにわたしに飲ませようとする、その痩せこけた醜男《ぶおとこ》に、ぐさりとひとこと言いそうになる。

「高いお酒をわたしに飲ませても無駄ですよ？」笑おうと努めながら、わたしは言う。そいつは黙殺し、血走った目をしてわめく。「飲め！　飲め！　飲め！　飲め！」

わたしは口を笑った形に戻し、長々と息をついて、そいつのためにショットグラスを空ける。

次の土曜日にナミが飲みにいこうとメッセージを送ってきて、頭痛がするから出かけたくないと返信すると、なんなら自分がそっちへ行くと食いさがる。

〝ミホさんはいる？〟とメッセージが続く。

〝いない〟

〝じきに帰ってきそう？〟

〝けさはだいぶ遅くに出ていったから、それはないかな〟少し苛つきながら、わたしは返す。

飲む気はないと伝えておいたのに、ナミはソジュのボトルを何本かと、手羽のフライドチキンをひと箱持ってきて、ソジュはあたし用だから飲まなくていいよと言う。ずっときょときょと視線をさまよわせているので、わたしはとうとう、苛々するからそれやめてと言ってしまう。

ふたりでチキンにかじりつきながら、テレビをつければ何かしらやっているK‐POP特番を観る。毎週何組も新しいグループがデビューするなんて、どう考えてもまともじゃない。ミニスカートとニーハイソックス姿の女の子たちが、ステージ上でなめらかなステップと元気いっぱいのジャンプを披露する。ナミが立ちあがってその動きを追いながら、手羽をマイクにして一緒に歌う。きょうのナミの目つきはひときわイカレた感じで、頭が左右に振られるのにつれ、ビー玉みたいに光っている。

「チキンの油が床に落ちてるよ」わたしは言う。きょうの二日酔いは今週最悪ではないものの、頭がひどくずきずきする。

昔は人気のあった中年の歌手——三十代後半——が出てきてラブ・バラードを歌いはじめると、ナミはまた腰をおろす。

「もうすぐ帰らなきゃ」と言い、ソジュをショットで飲みながらドアのほうに目をやる。

「はあ？　まだ来たばっかりじゃない。あんた、きょうはどうしたのよ？」

ナミがもじもじと空咳しながら口ごもっているので、わたしは無理矢理しゃべらせる。どうやらナミはハンビンと寝ているらしい。わたしは目をぱちくりさせながら経緯《いきさつ》を聞く。

あの夜、わたしがミホを連れて帰ったあと、ハンビンが目を覚まし、残った四人でさらに飲んだ。早いうちに気を失ったとナミは言うが、覚えているかぎりでは、気づいたら部屋に自分とハンビンしかいなくて、ナミはひざまずいて彼にフェラチオしていた。でも彼はイけなかったから、隣のホテルへ行こうと言い張り、そこでナミが続きをやって、荒々しいセックスに突入したあと眠りこんだという。朝、ふたりはまたセックスして、ハンビンがしつこく訊くのでナミは帰る前に電話番号を教えた。今週のあいだずっと、彼がまた会いたいとメッセージを送ってきたので、きのうの午後に落ち合ってまたホテルへ行ったそうだ。

この話を聞くあいだ、わたしはずっと黙っている。

「彼からお金もらってる？」長い沈黙のあとで、わたしは訊く。ナミは首を横に振り、情けない顔をする。わたしはソジュに手を伸ばし、ボトルからがぶ飲みする。「きょうはやっぱり飲んだほうがよさそう」

ナミはチキンの骨をごみ箱に捨ててから、わたしの向かいにまた腰をおろし、新たなボトルに手を伸ばす。「あのね、お客じゃない人と寝たのはこれが初めてなんだ」ごくりとソジュをあおったあと、ナミはためらいがちに言う。「けど、なんか全部夢みたい、テレビか何かで起こってるのを眺めてるみたいなの。つまりその、起こってるのはわかってるんだけど、目が覚めない感じ」

わたしはグラスをもてあそび、迎え酒でこの頭痛が消えてくれればと思う。「ふたりで話したりはするの？」わたしは訊く。「それとも完全にセックスだけ？」あの財閥の御曹司がベッドでどんなふうなのか知りたい。ミホはそういう話を絶対にしないから。

「話すよ、ちょっとはね」ナミは言う。「終わったあと、彼とっても優しいんだ。それにすんごく素敵なレストランに連れてってくれて、あたしがいっぱい食べたら笑ってた」そこで急に眉根を寄せる。「彼ね、悩み事がたくさんあるみたい」

「へえ、どんな？」わたしは疑いの口調で言う。「どうやったらお金を払わずにいろんな女の子と寝られるかとか？」

「きのうは、彼のお父さんがわが身に悪魔を抱えてるって言ってた」

「悪魔？　それどういうこと？」

「わかんない――ハンビンのお父さんはずっとそう繰り返してて、ムーダン（女性の霊媒）のお祓《はら》いを受けなきゃいけないって言ってるんだって。それで彼のお母さんは家の地下室に追いやられちゃったらしいよ」ナミは床に目を落とす。

「知り合って間もないあんたに、そんなこと打ち明けてるわけ？　それすごく変だよ」ハンビンは父親の話をまったくしないとミホから聞いていたから、なおさらだ。とは言うものの、金持ちの家の子はみんな、どこかしら変なところがある。ミアリにいたころの常連客のひとりは、何かと言うとお金を見せびらかす男で、ベッドにお札をばらまいてわたしの顔をそこに押しつけながら、後ろからファックしたこともあった。何かの映画でそういうシーンを観たのだ。そんなだから、実はたいして金持ちではないのかもと思ったが、それでも週に二、三度は来ていたから、貧乏だったはずはない。

「わたしに助言なんか求めないでよね」わたしはやがて、ため息まじりに言う。

「助言を求めてるんじゃないよ。ただ、あんたに内緒でこそこそしたくないだけ」ナミは新たなボトルをあけ、わたしに勧めもせずに、また自分に一杯注ぐ。

「こうすればこそこそしないでいられるってこと？」わたしは目をしばたたく。「でもこれでまた、わたしの心配事は増えたよ」

ナミは傷ついた顔つきになり、ふたりとも黙りこむが、結局わたしはナミを引き寄せて抱きしめる。アーモンドのシャンプーと安物の香水のにおいがする。「彼、ミホのことは何か言ってた？」わたしは訊く。

「ううん」ナミは言い、わたしの髪をひと筋つまんで指に巻きつける。「あの人のことは一度も口にしてない」

チキンの入っていた小さいビニール袋にまとめたゴミを持ってナミが帰っていくと、わたしは一気に動揺と疲労に襲われる。いやな気分が重いケープのように肩にのしかかり、テレビでどんなドラマやリアリティ番組をやっていても、心は知らぬ間にあらぬほうへさまよっている。ああ腹が立つ、なんでわたしが落ちこんで休日を台なしにしなきゃいけないの。

こんな気分になった理由を突き止めてみよう。ハンビンの行動には別に驚きもしない――そもそも彼のことは、ママのマセラティとパパのクレジットカードで遊びまわる金持ちのお坊ちゃん連中と同じクズだとしか思っていなかった。だったよね？　ミホとわたしにしたって、ほんとうの友達どうしとは言いがたい。お互い、個人的なことはいっさい話さないし――わたしの父や姉のことも話した覚えがない。それにハンビンは本気でミホと結婚するつもりはなさそうだ。

この落ちこみはむしろ、ナミを守りたい気持ちから来るのだろう。ナミから男の子の話をされたことが一度でもあったかどうか思い出せない——もちろん、仕事に関係ない相手のことだ。客は決して数に入らない——どんなにいい人だろうと客は客。あれだけ子供っぽいナミだって、もうそれはわかっている。

ミホが自分の部屋の鍵をあける音がして、わたしは自室で息をひそめ、どうかこっちへ来ないでと願うが、そうはならない。ミホがふらりとやってきて、ドアから顔を覗かせる瞬間、わたしは携帯電話に没頭しているふりをする。

「何してるの？　もう食事した？」ミホは言う。

三つ編みにした髪をきつくまるめて留めてあり、首や手にはターコイズ色の絵の具が散っている。その邪気のない満ち足りた顔を見て、わたしは気が滅入る。

「また一日じゅう食べなかったの？」苛立ちながら、わたしは言う。

「ううん、きょうはちゃんと食べるつもりだったの——テヘラン路の角に開店したベーカリーでヨーグルトとロールパンを買って、でもたぶんそのあと袋をどこかに置き忘れたのね、午後に思い出して探したけど、どこにも見あたらなかったから」ミホは言う。「ほんと不思議」

ミホはこちらの気分などおかまいなしに入ってきてベッドにすわり、昨夜わたしが着たドレスにふれる。「これ、いい色ね」夢見るように言い、裾に指を走らせる。そのドレスは安物でぴちぴちだけど、わたしも色は気に入っている——暗い青灰色。ほかの女の子たちはだれもそういう色を選ばないから、それを着ると深みのある人間になったような気がする。

「一緒に水族館に行かない？」ミホが唐突に言う。

「水族館？　なんで？」

「魚を見る必要があって」

「それも仕事のためにってこと？」わたしは言う。この前は、北京ダックの店でアヒルの肉がどんなふうにぶらさげてあるかを見たがっていた。

ミホはうなずく。「いまはガラスの作品に取りかかってて、それで魚を見ようって思ったの。ハンビンは家の用事があるから行けないんだって」

わたしはかっとなって目をむくが、ミホは見ていない。

「週末の水族館なんて、ギャーギャー騒ぐ子供であふれかえってるよ」行かない完璧な口実が思い浮かんだのに気をよくして、わたしは言う。「閉じられた暗い空間にガキがうじゃうじゃ」身震いしてみせる。「ホラー映画みたい」

ミホは面白くない顔だ。

「でもミホは行ってきなよ」わたしは慌てて言う。「脳に栄養を与えなきゃ。その子供たちがインスピレーションを与えてくれるかもよ。そういうこと、ときどきあるらしいし」

ミホがわたしを見つめる。「だれも子供を持とうとしないから、産婦人科医院とか出産センターとか産後ケアセンターは、みんなそのうちつぶれちゃうって知ってる？　きょう、ラジオのニュースで言ってたの」

「いいことじゃん」わたしは言う。「一生苦しんだり悩んだりさせるために、この世にまだ子供を産み落とそうとする人の気が知れない。あげくにその子供に失望させられて死にたくなるんだよ。そのうえ貧乏にもなる」

「わたしは子供が四人ほしいな」ミホはにやにやして言う。

それで金持ちのお坊ちゃんと付き合ってるわけ、とわたしは言いたくなる。でもね、お相手にはあんたと結婚する気がないことぐらい気づいたらどう？

「出産後はどんな手術でも膣《ちつ》を元どおりにはできないんだよ」代わりにわたしはそう言う。「くしゃみするたびに尿漏れするようになってもいいの？」


だけど、たしかにそう。ミホを除いて、わたしの知り合いはだれも子供をほしがっていない。わたしがその筆頭だ。妊娠することを考えただけで血圧が跳ねあがる。

母がわたしの歳だったころ、姉のヘナはもう六歳でわたしは三歳だった——会うたびに母はわたしたちにそれを思い出させる。

「子供を持つ準備なんかできてなくていいんだよ。産みさえすれば、子供はどうにかこうにか育っていくんだから」母はわたしたちに説きつける、まだ結婚しているはずのヘナには特に。「歳とったとき、だれがあんたの面倒を見るんだい？　あたしを見てごらん、あんたたちがいなかったらどんな生活になると思う？」

母がわかっていないのは、わたし自身が死に物狂いでもがいているときに、別の命の責任を負う余力などあるわけがないということだ。だからわたしは薬局で経口避妊薬を十箱もまとめ買いしている。ミホから聞いた話だと、アメリカでは薬局のカウンターで避妊ピルを売っていなくて、医者に処方箋を出してもらう必要があるらしい。そして医者の診察を受けるには、ただふらっと寄ってもだめで、何日か、あるいは何週間も前に予約をとらなくてはいけない。ミホからアメリカの話をいろいろと聞くけれど、こちらの想像とだいぶちがっているからとまどってしまう。ミホが向こうにいたあいだ、コミュニケーションがうまくいかないことも多かっただろう。人に言われたことをほとんど理解していなかったんじゃないだろうか。英語を話しているのを聞いたことがあるけれど、流暢《りゅうちょう》には聞こえなかった。

ミホ自身は、気分や仕事にかなり影響するからと言って避妊ピルを使っていない。それに、ピルのせいで将来妊娠できなくなるのが怖いから、とも。それがほんとうならいいのにね、とわたしはミホに言った——わたしにとっては、ってことだけど。

ただ、幸運にも、わたしはまだ中絶をしたことがない。忘れずにきちんとピルを飲んでいるおかげだ。前夜にどんなに酔っていようと、昼間から飲んでいようと関係ない。携帯電話のアラームが毎日鳴るようにしてあるし、たとえバッテリーが切れていても、体が覚えている。その時間になるとゾンビのように眠りから覚めて、一錠飲むのだ。

わたしより二、三歳上の、こんな知り合いがいた——〈エイジャックス〉で働いていた子だが、身請けされてやめていった。彼女は豪華なマンションとふたりの赤ちゃんを手に入れた。最後に聞いた噂では、心を病んで精神病院に送られたそうだ。

わたしはその子や、ミホやナミやヘナのことを思い、それから冷蔵庫に行ってグレープビネガードリンクを取り出し、食器棚にソジュを取りにいく。そのふたつを混ぜ合わせ、通りを見おろす窓の前の床にすわって飲みはじめる。

なんとはなしに、かつての年上の仕事仲間たちみたいに、香港かニューヨークへ移住しようかという考えが浮かぶ。彼女たちは向こうの似たような店で仕事を見つけたと言っていた。そういう街では美しさの水準がずっと低いらしく、だれもが千差万別の醜い顔をして歩きまわっている。「あんたもおいでよ!」と彼女らは言ってきた、やむなく引退したのではなく冒険に出たかのように。連絡先も教えてくれたが、新生活はどうかと尋ねる手紙を送っても返事もよこさなかった。

でもわからないよね? 向こうへ移ったらわたしと結婚したがる人がいるかもしれない。外国人の男はわたしが生まれつき美しいと思うはず、だって整形かどうか見分けられないんだから。

ウォナ

わたしが妊娠したのはこれで四度目で、この子も無事に生まれてこないことはもうわかっている。

そう確信していることを夫にはまだ話していない――話しても「考えすぎが悪運を招くってこともあるぞ!」だのなんだのと愚にもつかないことを言って、話題を変えようとするだけだろう。

不吉な夢を見たとかそういう話ではない――ただわかるのだ。言うなれば母としての直感――いや、母になれない直感だ。

この産科医院の待合室では、ほかの三人の妊婦が膨らんだお腹を抱えてもぞもぞ姿勢を変えている。だれひとり〝満ち足りた〟様子ではなく、みんな疲れてむくんだ顔をしている。そのうちのふたりは夫を連れてきている――なぜあの人たちがこんなことで夫に無駄な時間を使わせるのか理解できない。うちの夫はいつも付き添いたいと言うのだが、わたしは決して来させない。「いえいえ、お金を稼ぐのに集中してくださいませ」とばか丁寧に言うと、夫はむっつりと口を閉ざす。産科へ行く妻についていくための休みなどとらずにいたって、そこそこの給料をもらえる中堅社員になるのはじゅうぶん難しいのだ。「託児所の費用も払えそうにないのに、なぜわたしに子供を産ませたがるのかわからない」子作りに本腰を入れはじめる前は、よく夫にそう言っていた。「わたしは働く余裕がなくなる、というか働けなくなるのよ」

わたしの聡明な夫は、そういう実際的な問いに対してはいつも確実に愚かな答えを返す——「ともかく子供を持って、追いおい考えていけばいいんだよ！　うちの親も助けてくれるだろうし！」

ときどき、屈託なくのんきに微笑む夫を見ていると、痛いほどの嫌悪で心がよじれるのを感じ、表情を見られないよう慌ててうつむくことがある。何はともあれ、彼は優しい人だし、結婚相手にこの人を選んだのはわたしだと、常に自分に言い聞かせていなくてはならない。大人になってから、そして結婚してからもずっと、人につらくあたらないよう努めている——わたしの血に流れているものがその醜い頭をもたげだすのは、時間の問題でしかないとわかっているから。

「カン・ウォナさん」看護師に名前を呼ばれ、わたしは診察室へ通される。赤ちゃんや子宮の映像のモノクロ写真が壁にべたべた張ってあるピンクの部屋だ。デスクの向こうにいる医師は、パーマヘアで丸眼鏡をかけた、小柄でふくよかな中年女性だ。

「うちへいらしたのは今回が初めてですか？　カルテによると、妊娠四週間ということですが」眼鏡をいじくりながらわたしのカルテに目を通し、医師は言う。「ご気分はどうですか」

わたしは質問の意味を考える。

「ひどい気分です」と言い、そこで口をつぐむ。

「痛みがあるということですか？」医師はそれらしく気遣わしげな顔をする。

「いまのところはまだ」わたしは言う。「でもきっと痛みだします」

医師は片眉をあげ、わたしは説明しようとする。

「赤ちゃんに何か悪いことが起こるとはっきり感じるんです。ただの感覚ですけど――気が滅入るような。いままで診ていただいていた先生が取り合ってくださらなかったので、こちらへ来ました」あとの部分は言葉に気をつけてほしいという警告のつもりだが、伝わっているかどうか。

医師はまたカルテに目を落とす。

「これまで三回妊娠なさったようですね」

「はい」

「そして三回とも、流産なさった」

「はい」

医師はカルテをコツコツ叩く。

「今回はどうなるかとご心配なのはわかります」医師はゆっくりと言う。「でもお伝えしておきますが、流産は非常によく起こることですので、ご自分にだけ起こることのように思わないでください。多くの女性が流産しますし、それはだれの責任でもありません。もちろん、お望みなら、検査をして何も問題がないか確認することはできますが、まずはあといくつか質問させてくださいね」

医師はわたしの体と心の状態や、過去についてのつまらない質問を続け、わたしは機械的に答えていく。

「いろいろとつらい経験をされてきていますし、セラピストと話をすることもお考えになっては？」医師は尋ねる。今度はわたしが片眉をあげる番だ。

「それはわたしに保険を失えとおっしゃってるんですか？」わたしは言う。「メンタルの治療を受けると、保険を解約させられて、以後はどんな保険会社も相手にしてくれなくなると聞きました」

「あら、いまはもうそういうことはないはずですよ」医師はあやふやに言う。「もっとも、たしかなところはわかりかねます。保険会社に確認なさったほうがいいでしょうね」

「いえ、そこまでは」わたしは言う。無駄にするお金を持っていたとしても、自殺願望や何かを持っているわけではない。そもそもこの予感のことを持ち出すべきではなかったのだ。この医師は何かちがった反応をしてくれるなんて、なぜ期待したんだろう。

医師は時計に目をやる。「ではそろそろ超音波診断をしましょうか」医師が看護師に合図し、看護師に案内された内診台で、わたしはすばやく下着を脱ぎ、両足を持ちあげて左右の足掛けに載せる。医師は潤滑剤を塗ったコンドームを超音波センサーにはめると、それをそっと挿入してなかを精査していき、わたしたちふたりは画面を見つめる。

「照明を落として」看護師が照明を暗くし、医師はわたしに力を抜くように言いながら、さらに探りつづける。たっぷり五分は精査したあと、医師はセンサーを抜きとり、手袋を片方ずつ脱ぐ。

「ええとですね、まだ初期で何も確認できないので、来週また来ていただいて、改めて胎嚢《たいのう》と心拍を調べることにしませんか。きょうは採血といくつかの検査をしておきましょう。いまのところはご心配なさらずに。とにかく、きっと大丈夫ですよ」

「ええ、どうも」わたしは言い、なるたけ手早く服を身に着ける。そして医師にそれ以上何も言わず、待合室にいるお腹の大きな女たちを見ないようにしながら、急ぎ足でドアから出ていく。

無分別なのは承知だが、きょうのこの診察のためにわたしはまる一日休みをとっている――先週これを願い出たとき、イ部長は「おい、今度はなんだ?」とすこぶる刺々《とげとげ》しい声で言った。

彼はいつも具体的な理由を訊いてくるのだが、わたしは隠し通した。「ただの私用です」と言い、部長のぴかぴかの茶色い靴に目を落としたそのとき、彼は前へ出てきてまるめた紙束でわたしの頭をはたいた。「だれでも知ってるが、そんなことだから女は昇進できないんだ」彼は部署全体に聞こえるような大声で怒鳴ったあと、目の前から失せろとわたしに言った。

半日だけの休みにしようかと悩みはしたのだが、一時間半の通勤を考えるとおのずと心は決まった。それでわたしはカロスキルのベーカリーカフェでひとりを満喫しながら、バターたっぷりのアーモンドクロワッサンにかじりつき、近くのブティックで買ったばかりのスカーフからパンくずを払い落としている。どうしてこのスカーフを買う気になったのか——ただでさえ家計はかつかつなのに——わからないが、長らくショッピングをしていなかったし、ウィンドウのマネキンが着けているのがすごく洒落《しゃれ》て見えたのだ。こうやって自分で着けてみると、生地は安っぽくて縁がすでにほつれてきている。これにかぎらず、わたしが衝動にまかせた選択はみな、まちがった選択なのだ。

ようやく携帯電話をチェックすると、夫からメッセージが三件届いている。〝万事順調？〟〝しばらく連絡ないけど、何かあった？〟〝気分はどう？〟

わたしはささっと返事を送る。〝ごめん、仕事が忙しくて。あとで連絡する〟ひとりの時間を楽しんでいると必ず夫が邪魔してくるのを忘れていた。

地下鉄の駅へ歩く道すがら、意識するまいとしても、ベビーカーの赤ん坊ばかりが目につく。

この街にはいったいどれだけ赤ん坊がいるんだろう。政府もメディアも、出生率が世界最低なのをずっと嘆いていなかったっけ？

どのベビーカーも、見ていて危なっかしいほど高さがある——近ごろ、やたらと目にする北欧の製品だ。わたしは母親たちに叫びたくなる——赤ちゃんが落っこちそうになってますよ！携帯をいじりながら散歩するの、やめなさいよ！

ちっちゃな男の子がベビーカーからわたしを見あげてしかめ面をするかたわらで、その母親は露店のアクセサリーを物色している。その子は二色の刺繡《ししゅう》が入ったカシミアのブランケットにくるまれている。ヨーロッパのベビー服のブログで見かけたことのある品だが、たしかわたしの月給より高額だった。わたしは母親を鋭い目で観察する——こってり厚化粧をしていても、やつれた感じに見える。

男の子に関してこれといった願望はない——ただ小さな女の子さえいれば、上品で優しいベージュやピンクやグレーの服を着せて、膝の上であやしたい。わたしならああいう頭でっかちなベビーカーじゃなく、下に大きなかごのついた頑丈なやつを買う。その子のベビーフードを作るのに、食料品の買い物に行くときのためだ。すべてオーガニックのおかゆには、肉とマッシュルームと豆とニンジンを少しだけ入れる。少なくとも二歳になるまで、塩や砂糖は抜き。クッキーやジュースやテレビも絶対だめ。

ときどき、真夜中にはっと目が覚めることがある。隣でわたしの赤ちゃんが眠っていて、その上にわたしが寝返りを打って、彼女を窒息させてしまう夢を見ていたせいだ。目覚めたわたしの息は荒く、背中は汗だくになっている。

もちろん、夫にそのことは話さない。だれにも話さない。

オフィステルの表の階段をのぼっていて、わたしは勢いよくおりてきただれかとぶつかりそうになる。互いに一歩退いて目をあげると、上階に住んでいる女の子だった。いつも夜中に時間かまわず出前をとる、ローリング・センター出身の子のひとりだ。最近何やら大がかりな顔の手術を受けて、いまも顎まわりにスカーフを巻いている。彼女は謝って頭をさげる。「いいのよ」わたしは小声で言う。

彼女はもう一度頭をさげてから、弾むように階段をおりていく。顔があの状態なのに、足どりは軽快そのものだ。あんな様子で、どこへ行くんだろう？

わたしは彼女を振り返り、通りをすたすた歩いていく姿を眺める。すごく自由に見える。あの子たちはみんなそうだ——上の階のきゃっきゃした女の子たちは。

孤児院出身の子たちを羨むことになるとわかっていたら、そこへわたしを置き去りにするという祖母の脅しにあれほどおびえて暮らすこともなかっただろう。

わたしたち夫婦がこのオフィステルに住むきっかけになったのは、実はさっきの女の子だった。夫とわたしは、結婚前に、夫の職場に近いヨクサム地区のいくつかの不動産屋を訪れていた。仲介人と近隣地図を前にしてすわっていたとき、背後でローリング・センターのことを話している声が聞こえた。わたしは息を詰め、全身を耳にしてその話に聞き入った。

昔、祖母はわたしたちの家から近い、ローリング・センターの支部のひとつにわたしを連れていった。祖母はそこの表階段にわたしをすわらせ、自分がその日どんな悪さをしたか、一緒に家に帰る資格があるかどうかよく考えろ、さもないと両親に捨てられたほかの子供たちみたいにここへ置いていくと言った。そして壁から出っぱっている大きな箱を指さし、あそこにぶらさがってるベルを鳴らしてあんたを入れてくれる人を呼び出すだけでいいんだから、と言った。

不動産屋でわたしたちの後ろにすわっていた女の子たちは、チョンジュのローリング・センターにいたらしく、新しいアパートを一緒に借りるのは、またあそこの大部屋で暮らすような感じだろうねと話していた。不動産業者の前でそんな話をするなんて、あの子たち、なんて無邪気だったんだろう。

でもわたしが驚いたことに、彼女らと話していた仲介人は、手ごろどころか格安に思える家賃を伝えていて、しかもそのオフィステルは新しくて清潔だと請け合っていた。彼女らが内見をしに仲介人と出ていくなり、わたしはたったいま耳にしたオフィステルのことをこちらの仲介人に尋ねた。「どうしても会話が聞こえちゃって」とわたしは言った。

「でもあそこは実際、ご夫婦向けではないですよ」仲介人は言い、顔を曇らせた。夫の勤務先を聞いて、わたしたちにはもっと家賃の高いアパートを勧める気でいたのだ。

「安いに越したことはないので」わたしは言った。「そのオフィステルを見せてもらえませんか」

そんなわけでわたしたちは、家賃が安くついたのにほくほくして、カラー・ハウスに落ち着いた。そしてわたしはあの女の子たち——ずっと昔、わたしもそのひとりになっていたかもしれない——の出入りを見ることになった。

わたしもたぶん、彼女たちのように自由だっただろう。自活していて、ルームメイトがいて、午前二時にラーメンを注文し、ひとりで気持ちよく目覚め、その日何をするのかだれにも訊かれない生活を気に入っていただろう。

彼女たちのひとりでも何人かでも部屋に呼べればと思うけれど、まったくちがう性格にでもならないと無理だ。わたしはあなたたちの気持ちがわかる、わたしたちは同類だと彼女たちに言えればいいのに。わたしも母に捨てられたのだと、あの子たちに話したい。

母のことが頭にあるせいで、子供を産めずにいることがよけいにつらくなっている気がする。すんなり妊娠はするのに、その赤ちゃんがみんな死んでしまう。何かで読んだが、流産とは、未来の困難を悟った赤ん坊がみずから生命を絶つことらしい。子供がわたしのもとに生まれてくるより死ぬことを選ぶのだと思うと、胸をえぐられるようだ。

母のことを思うとき、わたしが想像するのは経済力のある――自力で出世した無敵の――女性だ。その人が独り身で、赤ん坊を手放したことへの悔恨にさいなまれていると想像するのも好きだ。公共の場にいるとき、わたしはなんとなくあたりを見まわして、高価なサングラスをかけた身なりのいい女性を探していることがある――思いつめた顔をして、曲がり角からこちらの様子をうかがっている人がいないかと。

勇気を奮い起こしてわたしと話をしにきたその人は、あなたのもとを去ってから、幸せがどんなものかずっと知らずにいたわ、と言う。

でも、祖母のことを考えると、わたしは母が去った気持ちが理解できる。子供のとき少しでも気骨があったなら、わたしだって逃げ出していた。

その人はこの国のどこかにいる――わたしの母は。そして赤ん坊を目にするたび、わたしのことを考えている。

あの母親はおまえを捨てたんだという、祖母の悪意たっぷりの言葉がすべて事実だったとは、わたしは知りもしなかった。母は海外で働いている父と一緒にいるものだと思っていた。父もわたしも母に捨てられたということを、父が帰国してようやく理解した。

祖母の家にいるわたしのところへ父がやってきたのは、いとこの事故から数週間経ったころだった。祖母はその数週間、わたしと口をきかなかった——食事も与えてくれなくなっていた——わたしと同じ家のなかにいるのが耐えられないと言って、日中ずっと家を空けていた。わたしは自分でご飯を炊いて、調理しないと不味《まず》い乾燥食品をそのまま食べた。

でも父が来てくれたとき——それはひとつの英断だった。事故のことを聞いた父は、荷物をまとめて、現地の女性との南米の生活を捨ててきたのだ——祖母はとんでもない大騒ぎをはじめた！　金切り声をあげて喉を詰まらせ、物を投げつけ、爪が食いこむほど強くわたしの首をつかんで自分のほうへ引き寄せ、身をよじって逃れたわたしは、知りもしない父のもとへ、「お父さん、お父さん」と叫びながら駆け寄った。

父はソウルの新しいアパートにわたしを連れていき、ふたりで再出発だと言った。これからは幸せに暮らせるぞ、と。

午前一時過ぎ、わたしはまた便器にかがみこんでいる。

わたしの悪阻《つわり》は、夜、夫が眠りこんだあとで現れる。たいていは喉もとで止まる——数分おきに吐き気がこみあげるのにまったく吐けず、そのあとひどい空腹を覚えるのだが、家にある食べ物を順々に思い浮かべていると、また吐きたくなる。

体に合わないものでもあるの、赤ちゃん？　下腹をそっとさすりながら、そう尋ねたくなる。アイスクリームがだめなの？　それともラーメン？　このところ喉を通るのはそれくらいだし、そのせいで妊娠二ヵ月じゃなく五ヵ月くらいに見える。出っぱってくるお腹を隠そうと、ゆったりした襞《ひだ》のあるだぶだぶの服ばかり着ているけれど、職場の目ざとい視線はいつまでも欺けまい。何を言われるか考えただけで身がすくむ――それにもし今回も流れたら、どんなひどい言われ方をするだろう。職場の人たちが度重なる流産のことを知っていたわけではない――前回、三日続けて病欠の連絡をしたら、こっぴどく責められたのだ。

目下、わたしのいる新製品開発部門で直属の上司にあたるのは、三十七歳の未婚女性で、部内で夜の食事会があるたび、わたしはその人に同情しそうになる。食事がはじまるや否や必ず、なぜだれも彼女と結婚しないのかという話になるのだ。

「このテーブルの席順どおり、チョンさんについて意見を言っていくことにしないか？」チョ主任が肉の注文を終えるなり、イ部長が言う。「チョ主任、きみはどう思う？」

そして男たちは代わるがわる、彼女の身長（高すぎる）、学歴（立派すぎる）、人柄（気が強すぎる）、服装（暗すぎる）を分析していき、男の惹《ひ》きつけ方についての助言（話すときに可愛らしい口癖を混ぜる）をはじめる。

そのあいだじゅう、あの人はくすくす笑いながら自分の欠点について一緒に冗談を言っている。「わかってますって、第一印象をもっと和らげたほうがいいことくらい」などと言い、無理に歯を見せて笑う。ひと晩じゅう、話のわかる女を全力で装いつづける。

その銃殺隊による大破壊の代償を払うのは、もちろんわたしたち、彼女の部下だ。翌日、あの人は決まって、わたしたちの〝許容しがたい仕事の質〟を大声で罵り、自分と一緒に夜中まで残業させる。オフィスにいればあの人は幸せなのだ――家で待っている人はだれもいないから。ただ、それほどいやな女でなかったとしても、なんの能力もないあの人に同情する気にはなれなかっただろう。あの人が昇進しつづけているのは、毎日のように夜十一時過ぎまで残業し、わたしたちを証人にして、それを翌日喧伝《けんでん》しているからにすぎない。幹部は彼女を〝忠実な社員〟と見なしている。

わたしは、靴の踵《かかと》で踏みつぶされるアリみたいに自分を扱う会社のために、毎日夜中まで残業する気は毛頭ない。でもそれを厭《いと》わない人たち、家族のいない人たちこそ、出世する人たちなのだ。わたしが母の姿を重ねているキャリアウーマンも、たぶんそういう人たちのひとりなのだろう。

赤ちゃんが蹴りはじめる時期――というより、蹴っているようにわたしが感じる時期――にはまだ早すぎると知っているけれど、いまたしかに、へそのすぐ下にかすかな動きを感じる。わたしはそこに手を当て、耳をすまして待つ。何を待っているのか、少しもわからないまま。

「お願い、とどまって」わたしは囁《ささや》く。「お願いだから、とどまって」

ミホ

もしおばとおじが、わたしのことをもう養っていけないと考えていなかったら、自分はいまごろどこにいただろうとよく考える。

いとこのキョンヒがあれほどの秀才でなかったら、おばとおじはあのままわたしを育ててくれていたかもしれない。彼女はわたしより五歳上で、五年生のころから輝かしい知性のひらめきを見せはじめ、葦畑《あしばたけ》の真ん中にぽつんと立つ活気のないわたしたちの学校内でさえ、先生たちがすぐさま特別扱いをして褒めそやした。キョンヒは筆算の必要な割り算を暗算することができ、写生したような静物画を記憶だけで描くことができ、韓国史の歴代の王をすべて覚えることができた。才知に恵まれたいとこをわたしも自慢に思っていて、おばとおじの食堂の外にある大きな木の下にスケッチブックを持ってすわり、キョンヒが集中して唇をゆがめつつ教科書をにらんで宿題をするかたわらで、絵を描いているのが好きだった。「あんまり指を汚しちゃだめだよ」彼女はときどき宿題から目をあげて、そう言ったものだ。当時すでに、わたしは描いた絵の輪郭を片っ端から指でぼかすのを好んでいた。鉛筆で描くことはもうあまりないけれど、たまにそうすると、彼女のことを思い出す。

キョンヒはわたしにあまり関心を持っていなかった。彼女の頭は興味を引かれた問題を解くのに忙しく、自分の友達を気にかけることもなかった。おばとおじも、だいたいわたしを好きにさせていた。ふたりはタクシー運転手向けの軽食堂を営んでいて、三種類のヘジャングク（酔い覚ましに効く具だくさんのスープ）と簡単な副菜を出していた。花咲く野原の端っこに立つその店は、おそらく町でいちばんの安食堂で、わたしたちは店の奥の二間《ふたま》で暮らしていた。

あれはどこから来ていたのだろう——キョンヒのあの精力は。彼女は褒められることを生きがいにして、がむしゃらに勉強していた。わたしがぶらぶらしたり、客のために置いてあるテレビを観たりしている一方、キョンヒは帰宅してすぐ、店の隅にすわって宿題を終わらせ、わからないところがあると、朝早く登校して先生や職員をつかまえては、答えを教えてくれるまで質問していた。言うまでもなく、大人たちはみんなそういうキョンヒを可愛がっていた。おばとおじは親としてどう手助けをするべきかわからないながらも、娘が自分でなんでもできることを喜んでいた。

「いったいだれに似たんだかねえ」勉強している彼女に気づいた客が必ず何やかや言うので、ふたりは誇らしげにそう答えていた。

それに引き換え、わたしはひどい劣等生だった。それなりに好きな課目は美術ぐらいだったが、その授業でさえ、厳密な指導に従うのは苦手だった。算数や国語にはぞっとしたし、理科にはうろたえ、社会はばからしいと思った。「これはこの子の母方の遺伝だね」おばが何度もおじにそう言っているのを耳にした。わたしの母を嫌っていることを、おばは隠そうともしなかった。おばに言わせると、わたしの父をアルコール依存症にしたのは母なのだそうだ。わたしの両親は賭け事と飲酒と喧嘩に明け暮れ、あげくにおばとおじからお金を借りたままどこかへ行ってしまったらしい——一緒にか別々にかは、だれも知らない。

それでも、彼らは両親のことでわたしを責めはしなかった、おばとおじは。あまり賢くないふたり目の実の娘がいたとしても、その子をわたしと同じように扱っただろう。キョンヒが一家の太陽で、それは至極自然なことだった。

わたしが小学四年、キョンヒが中学三年のころのある日、下校するわたしたちにキョンヒの担任教師がついてきて、キョンヒは早修制度のある科学系高校に出願すべきだと両親に言った。「ほんの少しの指導と推薦があれば、お嬢さんはほぼ確実に入学を許可されるでしょう」ぼさぼさの前髪とフクロウのような目をした、生真面目な若い女性教師は言った。「ただし、それを決断なさったら、ただちに試験の準備をはじめる必要があります」

準備とは家庭教師を雇うことで、家庭教師を雇うにはお金がかかるが、食堂は長らく経営不振が続いていた。だんだんと、わたしがテレビを観ることもままならなくなっていた。客が入っていないとき、電気代節約のためにおばとおじがスイッチを切ってしまうからだ。

「だからってその年齢《とし》で孤児院に入れられたの？」ルビーは信じられないという顔で言った。わたしの話を聞いて、みんな仰天していた。ルビーとハンビン、彼らの友人のミヌとわたしは、セント・マークス・プレイスにある混み合った小さな居酒屋で、焼き鶏を肴《さかな》に日本の焼酎を飲んでいた。ルビーとミヌが興味津々で話に熱中している一方、ハンビンは無表情だった。

「まあ、そんなふうに言うとひどい話に聞こえるね」わたしは言った。友達にその話をしたのはこれが初めてだった。奨学金申請時に必要だったので自分についての小論文を書いたし、最終的にわたしをニューヨークへ送ってくれた評議会との面談でもやむなくいくつかの点にふれたけれど、それとこれとはちがう。今回のは、みんなが見ている部屋の真ん中でシャワーを浴びているような感じだった。

「ほかにどんなふうに言えるのよ？」とルビーは言った。

　ローリング・センターに入所することについて、おばとおじがわたしにどう言ったかは覚えていない。わたしもいやがりはしなかったと思う。最初はきっとつらかったはずだが、覚えていない。いや、もっと正確に言えば、多大な努力をして記憶を消したのだ。そしていまでは、ほんとうに平気だった気がしている。

最初の数ヵ月は、おばとおじがまだ数週間おきに訪ねてくれていた。キョンヒも一度ついてきて、言葉少なに施設を見学していった。それ以後は忙しくて来られなくなった。おばは大きなタッパーに手料理や、ときにはアイスクリームを詰めて持ってきてくれて、車でどこかへ連れていってくれることもあった――たいていは文房具店で、わたしはなんでも好きなものを買ってもらえた。選ぶのはだいたい日本製のゲルインクの蛍光ペンで、一本二千ウォン以上するのだけれど、古くなってもペン先がつぶれなかった。おばとおじが気に病んでいるのを知っていたので、わたしはセンターの素敵なところを余さず見せようとした――幼児用の教室は明るくてきちんと片づいていて、幼児たちも泣いていないときは見ていて可愛らしいし、ローリング女史がみずから集めたカラフルな英語の絵本の小さな図書館まであった。乳児と幼児の部屋以外では、センターには女子しかいなかった。年長の男子たちは全国にあるほかのセンターへ送られていた。年長の女子たち――ほぼ同じ年齢のわたしたち四人――は、それぞれに整理棚とベッドと机が割り当てられ、一台だけあるテレビをめぐって喧嘩の絶えない大部屋にいた。さらにローリング女史は、わたしが絵を描くのが好きだと知るや、ある部屋を美術室にすることに決めた。そこは長テーブルとプラスティックの椅子のある職員会議室だったのだが、いまでは色鉛筆や絵の具の入ったブリキのバケツが並び、大判のリサイクル紙が棚に積んであった。ほかの女の子たちは地元の公立学校に通っていたけれど、ローリング女史は、わたしが中学にあがるころになると、小さな実験芸術学校に通えるようにしてくれた。

「家が恋しくなかった？」ルビーは訊いた。「わたしなんか初めて寄宿学校に入ったとき、何週間も食事が喉を通らなかったけど」

「それはあそこの食事が口に合わなかったからだろ」絶妙な焼き加減の手羽にかじりつきながら、ミヌが言った。「たしかきみの運転手は、数日おきにわざわざボストンから日本料理を運んできてたよな」

「あれだって不味かったわよ」うんざりした目つきで、ルビーは言った。「ボストンのアジア料理って最悪だもの。とにかくそういうこと」

〝家〟を恋しく思った覚えはほとんどない。恋しく思うような安らぎがあそこにはなかった。一緒に暮らしていた最後の数カ月のあいだ、おばは午後、客が途絶える時間に、よくひとりで煩悶《はんもん》していた。髪が顔に垂れかかるまま、野菜を刻んでいるまな板の上でさめざめと泣いて、ニンジンやカボチャを涙で濡《ぬ》らすのだ。キョンヒは家に帰ってこなくなり、月極《つきぎ》めで借りていた図書館の自習席で夜通し勉強に燃え、おじはおじで客集めをしてくると言って外出しがちになった。家じゅうに緊張がこもっていた。最近になってやっとわたしは、あの時期のおばの涙もろさには体調の影響もあったかもしれないと気づいた。

わたしがローリング・センターに預けられてから五カ月後の秋に、おばは出産した。生まれたのは男の子で、ファンと名づけられた。おばが妊娠していることを知ったのは、ある日センターに現れた彼女のシャツが、どう見ても赤ちゃんのいるぼってりしたお腹ではち切れそうになっていたときだった。その小さないとこには一度も会ったことがない。その子が生まれたあと、おばたちはもう来なくなったからだ。でもそのころには、センターがわたしの家になっていた。一緒に暮らしている女の子たちが姉妹になった——かばってやり、愚痴を聞いてもらい、服を取り替えっこする相手だ。

センターでは、おばとおじがお金の心配をしているのを見たり、宿題を手伝ってくれていたキョンヒがわたしの呑みこみの悪さにため息をついて苛立ったりするたびに感じていた、ちくりと刺されるような痛みを覚えずにすんだ。センターでどれだけ喧嘩ばかりしていようと、わたしたちは結束の固い仲間どうしで、親がいて帰る家がある学校のほかの子たちからちょっとでも軽蔑や哀れみを受けたら、憤然と立ち向かった。団結したわたしたちは恐れ知らずでふてぶてしく、先生たちも口出ししたらどういうことになるかわからないので大目に見ていた。一度、スジンがクラスの女の子にあんたの母さんは乞食だと罵られ、ビンタでやり返したとき、ローリング女史は、わざわざ床まであるミンクのコートに揃いの帽子という装いで学校に現れた。キル先生が汗をかきかき英語で説明しようとしている姿（彼は英語教師だった！）は、それから何日もわたしたちを大笑いさせてくれた。

わたしが唯一胸の痛みを覚えたのは、おばとおじが会いにきたあと、バス停まで戻っていくふたりを見送っているときだった。おばは、見るたびに大きくなるお腹を抱えてよたよた歩いていた。

おばは明らかに、センターにいる障碍者《しょうがい》たちを警戒していた。わたしたちとは別の棟に、同じ年ごろの男の子が何人か住んでいた。そのうちのふたりは別に問題ないのだが、ひとりは機嫌の悪いとき人を殴る癖があり、別のひとりは視線がまったく定まらなかった。ほかの女の子たちもわたしも、彼らには話しかけなかった——あのころは無知ゆえに残酷だった——が、そもそも出くわさないよう、彼らを訪ねてくる家族や、そのとき外でよく腰かける木陰になったベンチや、訪ねてくる時間帯を把握していた。おばとおじは障碍者と介護士に行き合っても何も言わなかったが、おばは出っぱったお腹を無意識に手でかばっていた。

最後に訪ねてきたとき、おばは数分おきにすわって息を整えなくてはならなかった。おばいわく、赤ん坊が骨盤に乗っていて、一歩踏み出すごとにその頭が恥骨にぶつかっている感じがするらしかった。

それが最後になるとわたしは知らなかったけれど、おばとおじが帰ったあと、ふたりがいままでにないことに、わたしのためにお金を包み、その保管を頼んでいったとローリング女史が伝えにきた。そのお金を見せてもらって、わたしはショックを受けた——それまで見たこともなく、聞いたこともない額だった。どこかから借りたにちがいない——そんな大金とはまったく縁がなかったはずだから。

ただ、それが最後の訪問だとわかっていたとしても、わたしは喜んだだろう。もう二度とふたりにさよならを言わなくていいのはありがたかった。

「おばさんの事情がどうだったかなんて知るもんですか」ルビーは言った。「そんなことする人がいるなんて」わたしたちはすでに一時間近くその居酒屋で飲み食いしていたが、だれもペースを落とす気配を見せなかった。テーブルには焼いた肉や野菜の小皿が所せましと並び、ほかのテーブルの注文を受けた給仕係たちが大急ぎでわたしたちの横を通っていく。いつものように、わたしは請求書の心配をして、こんなに肉を頼んだらどれだけの金額になることかと思う。タンは特に値段が高い。とめどなく注がれる焼酎も請求額を跳ねあげるだろうから、わたしはあまり飲まないよう気をつけていた。そうしていれば、当然のごとくハンビンかミヌ、だがたいていはハンビンが支払いをするときの心苦しさが少しは減る。ルビーが払おうとしたことは一度もなかった。彼らと知り合ってまもないころ、わたしが自分のぶんは出すと言ったら、ハンビンはただ笑ってわたしの頭をぽんぽん叩き、ルビーはそれを面白そうに見ていた。

ルビーは顔を紅潮させて、キャメル色の毛皮のコートを脱いでしまい、それが椅子から床に滑り落ちた。わたしはかがんでおずおずとそれを拾い、ルビーの椅子の背に掛けなおした。毛皮の柔らかな感触がいつまでも指に残った。

「それで、おばさんたちとはずっと会ってないの?」ハツの串焼きをつまみながら、ルビーが訊いた。「連絡もしてこないの？　いまどこに住んでるのか知ってる？」そこで焼酎のボトルを掲げて振り、空っぽだと示す。ミヌが給仕係を呼んでもう一本ボトルを頼み、別のテーブルに友人を見つけてその男としゃべりにいった。

「ほかの話をしたほうがいいんじゃないかな、もしミホがいやな気分なら」ハンビンが言い、ルビーのグラスに手を伸ばした。それを手に取って半分入っている中身を飲み干し、テーブルの自分の側に置いた。「それに飲むピッチが速すぎるぞ」ルビーに言う。ハンビンを見つめながら、なんて広い肩をしてるんだろうとわたしは思った。厚いタートルネックのリブ編みのセーターを着た彼はまるで、ログハウスとうっすら雪をかぶったモミの木を背景にした、ニューイングランドの何かのカタログに出ている人のようだった。顔つきはおおむね冷静だ――わたしが話しているあいだじゅう、ひとことも言葉を発しなかった。かすかな非難の色が見えたけれど、だれに向けたものなのかよくわからなかった。

「もう、うるさいな」ルビーが荒っぽく言った。「ミホがいやな気分だったら、そもそもわたしたちに話そうとしてないでしょ。続きを聞きたくないの？」これを言うあいだ、ハンビンのことを見もしなかった。

わたしをいやな気分にさせることが何かあったとすれば、それはルビーのハンビンに対する乱暴な口のきき方だった。わたしは料理の皿に目を落とした。あまり食べていないことに、みんな気づいてくれるといいのだけれど。彼らと会う前には必ず、カップ入りのヨーグルトを何個か、あるいはアジア食材店で買った豆腐一丁を醤油で食べて、お腹を満たしていた。

「もちろん続きは聞きたいさ」わたしをじっと見ながら、ハンビンは言った。わたしは照明の下で光っている彼の髪を見つめ、目が合わないようにした。「ただし、いやな記憶を呼び起こさないならね。いままでの話を聞いて、ほんとうに気の毒に思うよ。ずいぶんつらかっただろうね」彼の眉間のしわが深くなる。

わたしはまごついて、うまく言葉が出てこなかった。ハンビンに気の毒がられるのはいやだし、彼はもちろん、ルビーにもこのことを話したのを後悔した。こんな話を聞いたら、ふたりともいままでと同じようには接してくれなくなるだろう。黒いコウモリのように、不安が胸のなかでばたついた。

「この話の結論は、何もかもいちばんいい結果につながったってことね」ルビーが言った。その声は揺るぎなく、得意げですらあった。「おばさんとおじさんの家で暮らしつづけてたら、ミホはたぶんここにいなかった」

ルビーの言ったことはほんとうだった。あのままだったら、わたしがアメリカの美大の奨学金を得ることは決してなかっただろう。そんな制度があるなんて知りもしなかったのだから。そうしたものに関係があったのはローリング財団で、いずれ必要になるだろうと言って、毎週わたしたちに英語を習わせていたのもローリング女史だった。全財産をセンターに遺して急逝したとき、美術用品に特化した予算をとっておいてくれたのもローリング女史だった。わたしはただ申請するだけで、石膏《せっこう》や絵の具や画用紙やのみや小刀を買うお金をもらえた。また、その数年前には、財閥の奨学金がことごとく、財閥一族が手中に収めたい政治家や検察官の子女のみに与えられていたという大スキャンダルもあった。全国の財団はにわかに、その財団の奨学金をほんとうに必要としている子供たちを我先《われさき》にと探しはじめ、孤児院にいる孤児はそのリストの最上位に躍り出た。そして最古にして最大の財団であるローリング・センターは、孤児院のリストの最上位にあった。SVAの交流プログラムを担当する奨学金評議員たちとの面談時、彼らはわたしに自己紹介しながら、興奮でほとんど恍惚《こうこつ》となっていた。「あなたの資料はすべて読みました！」彼らは言った。「あなたのようなかたにこのプログラムの恩恵を受けていただけたら、感激の極みです」わたしの生い立ちはプログラムのパンフレットと寄付者向けの会報に載り、新聞の心温まる紹介記事になった。

卒業して韓国に戻ってきたとき、わたしはおばとおじを探そうとはしなかった。たまに、うっすらと好奇心が湧いて、いまのわたしを見たらふたりはなんと言うだろう、お金を返してほしいと言うだろうかと考える。キョンヒはどこの大学へ進んだだろう、目標にしていたSKY（ソウル、高麗、延世という三大名門大学の英文表記の頭文字を取った通称）のどれかに行けただろうか、ともよく考える。医者になりたいとキョンヒは言っていた。でもそれは、当時のわたしたちが高収入の職業をそれしか知らなかったからだろう。

居酒屋を出たあと、わたしたちはミヌとハンビンのソーホーに住む友人宅でのパーティへ向かった。廊下の突き当たりのエレベーターをおりたところですでに、音楽がやかましかった——ずんずん響くヒップホップ・ビートに気をとられ、わたしはなかがどんなふうか身構えもせずにアパートに入った。暗い廊下の先はいきなり、天井高が五メートルはある壮大なロフトになっていた。ソファや椅子はすべて青緑のベルベット張りで、赤いクリスタルがじゃらじゃらぶらさがった巨大なシャンデリアと鮮烈な対照をなしている。わたしはこの世界のインテリア——アメリカ在住の裕福な韓国人の趣味——にまだ慣れていなかった。このアパートの一風変わった豪華な色使いにわたしは当惑し、圧倒された。香りさえも濃厚で異様だった——焦げた根に花とスパイスを混ぜたような感じだ。そんな香りは嗅いだこともなかったけれど、高級なものだと即座に察した。

キッチンでは、制服を着たブロンドのバーテンダー——そのパーティでただひとりの非韓国人——が、大理石天板のアイランド型調理台で飲み物を作っていた。そこにはほかに十人ほどの客がいて、何人かはだいぶ年嵩《としかさ》——若くても三十代前半——だった。ルビーとハンビンとミヌが友人たちに挨拶するあいだ、わたしは彼らと離れてバスルームを探しにいった。ぼんやりした球形のランプとデザイナー物の太くて短い白のキャンドルが点々と灯された暗い洞窟のようなその部屋で、金張りのフレームの鏡に映った自分を見つめ、手を洗いながら、わたしはその夜をどうやって乗り切ろうかとうじうじ考えた。ルビーのそばにただくっついて、ほかのだれとも話さずにいるわけにはいかない、それではよけいにぶざまだ、とわたしは覚悟を決めた。しばらくは思いきってひとりで歩きまわり、みんながもう少し酔っ払って、だれもわたしの存在など気にしなくなってから、ルビーとハンビンのところへさりげなく戻ればいい。

ようやくバスルームから出たわたしは、キッチンへ行って例のバーテンダーにクランベリーカクテルを頼んだ。

「それと、オールドファッションドもよろしく」

その声に振り返ると、レザージャケット姿の長身で痩せた青年が後ろにいた。顎の尖《とが》った逆三角形の顔をしていて、頬がこけている。大学で見たことがある気がした。

「きみ、SVAに通ってない?」わたしを見おろしながら、彼は訊いた。アメリカ製の石鹸《せっけん》みたいなにおいがした。

わたしはうなずいた。「あなたも?」と尋ねる。

「ああ、二年だ」

「わたしは一年よ」

バーテンダーがわたしたちのカクテルを差し出し、わたしは両方受けとって、一方のグラスを彼に渡した。

「ビョンジュンとはどういう知り合い?」彼は訊き、リビングルームのほうへ首を傾けた。何人かの陽気にはずんだ話し声が、わたしたちのほうまで聞こえてくる。

「ここに知り合いはいないの」わたしは言った。「一緒に来た友人たちを除いてはってことだけど。それはここに住んでる人のこと？」

「そう、ここはビョンジュンのアパートなんだ」彼は言い、ウィスキーカクテルをぐいっとあおる。「だれと一緒に来てるんだい？」

「ルビーとハンビンとミヌ。あなたの知り合いかどうかわからないけど」

「なんだ、みんな知ってるよ」彼は言った。「ミヌとは中学で、ハンビンとは小学校で一緒だった。あのふたり、また付き合ってるんだね？　ハンビンとルビーは」

「ええ」わたしは言った。「また付き合ってる」飲み物に目を落とし、ひと口飲む。

「ずっとくっついたり離れたりしてるんだよな、あのふたりは」まるでわたしたちのあいだのジョークみたいに、彼はにんまりして言った。そうやって微笑むと、とたんに温かい顔つきになる——たとえるなら、夜ごとの飢えをすでに満たした上品な吸血鬼の顔だ。

「それで、きみはどこの高校出身？」彼は訊いた。一気に気分が沈んだ。この街で新たな韓国人留学生に出会って、いちばんよく訊かれることがたぶんこれだろう。彼らの輪のなかで考えられる答えはひと握りしかなく、その答えがただちに互いの背景と立場を明らかにする。彼らのほとんどが東海岸の寄宿学校出身だが、韓国の外国語高校の出身者も少しはいる。寄宿学校の子たちはずっと家が裕福で、ずっときれいな英語を話すが、外国語高校の子にはガリ勉が多い。寄宿学校の子たちは韓国の学校の子たちを避ける。わたしはもちろん、そのどちらでもない。

選ぶ道はふたつあった――わたしの出身地名を含んだ学校の名前を告げれば、珍獣並みの田舎者というレッテルを一瞬で貼られるだろう。わたしはもう少し曖昧に答えることにした。「韓国の小さな芸術学校出身なの」それで話が終わることを願いながら、わたしは言った。彼にどう思われるかを気にしていたわけではなく、あからさまに嘲笑されないまでも、軽蔑で眉を吊りあげられる瞬間を恐れるようになっていたのだ。相手はSVAの学生だと思い出したときにはもう手遅れで、彼は当然、芸術学校の名前を聞きたがった。

「ソウル・アーツ？」彼は心得顔で言った。

「いいえ」わたしは答え、ひと呼吸置いて言った。「実は、チョンジュの学校なの」

「チョンジュ？　へえ」彼は言った。「それはびっくりだな！　チョンジュ出身の人に会うのは初めてだよ。ほら、遠い親戚とか、そういう人を別にしたらね」彼は興味津々にわたしを見つめた。「チョンジュかあ」とまた言う。

わたしは力なく微笑んだ。

「きみって、その、訛《なま》りとか全然ないね」彼は言った。「いや、チョンジュ出身の人が訛ってるかどうかは全然知らないんだけど。ごめん、失礼だった？」彼はまた苦笑してジャケットを脱ぎ、わたしはその首の火照りを見て、だいぶ酔っているんだろうなと気づいた。赤らんだ首が白い顔とくっきり対照をなしていた。

「あなたの専攻は何？」わたしは訊いた。美術系ではなさそう、と思いながら。

「デザインだよ。と言っても、今学期は映画の授業をたくさん取ってる。転部しようかと考えててね。きみはどういう経緯でここへ？」

「やあ、ジェイ、久しぶりだな」青年とわたしが振り返ると同時に、ハンビンがわたしの隣のバースツールにするりと腰かけた。そして彼に軽く会釈し、やや面食らっていたジェイもすぐ笑顔になった。

「ハンビン！　ほんと久しぶりだ。ボストンで一緒にポーカーをやったよな？　あのとき以来か？」

「そうだな」ハンビンはバーテンダーに合図してウィスキーを頼んだ。

「ここできみの友達と話してたんだ、なんと同じSVAの学生でさ」青年は言った。「ところで、ぼくはジェイ・コン」

「ミホよ」わたしは言った。

「きみたちはルビーつながりの知り合い？」ジェイが訊いた。わたしはうなずいた。

「ああ、ミホとぼくらはすごく親しくしてる」ハンビンは言った。想像どおりの答えではあったが、その口調にはどことなく険があった。「実は彼女、ルビーの親友のひとりなんだ」

「へええ」またわたしを見つめながら、ジェイは言った。「すごいな」

ハンビンはわたしに向かって、前の週にルビーのアパートで観た日本映画の話をはじめた。わざわざその話をするのは変だった——特に面白くもなかったので、彼は後半ほぼずっと眠りこんでいたのだ。数分にわたって無視されつづけたジェイは、ほかの知り合いを見つけてゆっくりと離れていった。

「あいつがきみに迷惑かけてたんならすまない」ウィスキーをかきまわしながら、ハンビンが唐突に言った。「ちょっとうるさいやつなんだ。たしかルビーが韓国であいつと同じ学校へ行ってた」

わたしはかぶりを振った。「迷惑なんかかけられてない」

「あのさ、孤児院の話を聞く前から、きみは人とちがってる感じがしてたんだ」わたしのほうを見ずに、ハンビンは言った。「けど、なぜそうなのかはわかってなかった。ああいう経験をしてきて、きっとつらかっただろうね。いろいろ考えるだろうし。ほら、ぼくの知り合いはみんな似たり寄ったりだろ——同じような育ち方をしてきてるから」と続けた。「きみのことを知っていくのは、なんかちがう感覚なんだ、言ってることわかるかな?」彼が無意識に髪をかきあげるのを見て、わたしはまた、なんて端整な顔立ちだろうと思った。

「きみは至ってまともでもある」ハンビンは付け加えた。

わたしはわけがわからず、顔をしかめた。「それどういう意味?」彼の口ぶりはまるで、その見立てを喜んでもらいたがっているかのようだった。

「なんて言うか、もしぼくがきみと同じような経験をしてきてたら、めちゃくちゃな人間になってただろうと思うんだ——あ、悪く受けとらないで」彼は慌てて言った。

わたしはきまり悪さでお腹がじんと熱くなるのを感じ、急いで飲み物を口にした。けれどもハンビンはいままでになく親密な調子で話しつづけていて、わたしは、まるで他人事のように思えるこの瞬間にとどまっているしかなかった。

ハンビンはわたしを見つめながら、手を伸ばしてわたしの肩にふれ、しばし動きを止めたあと、その手にぎゅっと力をこめた。彼がその腕を脇におろしたあとも、わたしはそこに立ちつくしていた。

「ぼくが言いたいのは、きみがここにいて嬉しいってことだ」ハンビンは言った。「ほかの場所じゃなく」

実際のところ、自分があの場所にいるに値したのかどうかはわからない。財閥奨学金の不祥事が折よく騒がれたのと、わたしの生い立ちのおかげで、あらゆるドアが開いた。実力については自信がなかった。

ニューヨークにやってきてルビーやハンビンや彼らの友人たちと知り合った当初から、わたしは自分の不安や恐怖を彼らにさらけ出していた。単に、馴染《なじ》みのないこの世界で一種のパニックに陥っていたせいだ。そんな脆《もろ》さむき出しの人間と会ったことがなかった彼らは、驚いたにちがいない。彼らは自信でしっかりと武装し、得意満面で輝いていた。

「ありがとう、でも」わたしは努めて平板な声でハンビンに言った。「ルビーがあなたを探してるみたい」ルビーが隅のほうから、わたしたちを手招きしているのが見えた。ハンビンは一瞬わたしを見つめたあと、ルビーのほうへ向かっていき、彼女のまわりにできている人だかりに加わった。ルビーが話しているわけではなかった——飲み物をゆっくり口に運んでいて、会話は全然聞いていないようだったが、それでも彼女は常に世界の中心にいた。チェリー色の唇をして毛皮のコートをまとい、目に冷ややかな輝きをたたえたルビーがそこに立っているだけで、パーティは活気づいた。

わたしは自分の飲み物を手にとり、振り返って、さっき話しかけてくれた青年の姿を探した。パーティで話す相手がいないときは、だれかを探しているふりをするにかぎる。そのくらいはわたしも知っていた。漏れ聞こえる会話の断片に注意深く耳を傾けながら、その階をうろうろして、それから上の階にあがっていった。そこの壁は、黒檀《こくたん》の照明器具と対照をなす深紅に塗られていた。壁をこの色に塗るのはどんなにいい気分だろうとわたしは想像し、それはまさに自分向きの仕事なんじゃないか、その職で一人前になるにはどのくらいかかるだろうと考えた。すごく楽しいはずだ——深い色を壁に厚く塗り、繊細で幻想的な壁画を描いたら。自宅の壁画に大枚をはたくニューヨーカーたちが目に浮かんだ。

廊下の先で話し声が聞こえたので、その声の元をたどっていくと、半開きのドアの前に来た。

わたしは無遠慮にドアを押しあけた。

そこは映画のセットを思わせる書斎らしい書斎で、窓の前にマホガニーのデスクが置かれ、床から天井まである書棚に本がずらりと並んでいた。部屋の中央に据えられたオリーブ色のソファ二台に、四、五人が向かい合ってすわっている。彼らが飲みながら話しているそばで、トイプードルが絨毯《じゅうたん》を嗅ぎまわっていた。

「やあ！　こっちにおいでよ」

下の階でさっき話していたジェイが、すわっているところから手を振った。わたしが歩み寄っていくと会話が途切れ、全員の目が自分に注がれたので、自意識過剰に見えないよう気をつけた。

「待って、いま椅子を持ってくる」ジェイはデスクまで行って、そこの椅子をソファの横へ引っぱってきた。

「こちらはビョンジュン、ここの住人だよ」ジェイは言い、もう一台のソファにいる男性のひとりを顎で示し、当人は挨拶のしるしに軽く顎を持ちあげた。「こちらは――ごめん、名前なんだったっけ？」わたしのほうを向いてジェイは言った。

「ちょっと……」ジェイの右側にすわっていた女の子が言いかけ、その先は笑いに変わった。肩の長さのブリーチヘアをしていて、キャットアイ型の眼鏡をかけている。「名前も知らないわけ？　それ面白すぎる」

「下の階で話してたんだけどな」彼は傷ついたふうな声音で言った。「ルビーが彼女を連れてきたんだ、ふたりは親友なんだって」

その発言が出たとたん、穏やかな歓迎が露骨な興味に変わった。

「ルビーとはどういう知り合い？」

「学校が一緒だったのかい？」

「いまSVAの何年生？」

わたしは微笑みながら、ルビーが以前、答えたくない質問をされたときに発した言葉を返した。「なんだっていいじゃない」これを言うとみんな笑って質問するのをやめ、ばつが悪そうな顔をして前の会話に戻っていくのだ。

「あなたの名前をもう一度教えて」わたしは例の青年に訊いた。

「ジェイだ」彼は言った。「SVAじゃきみより上の学年だから、もっと敬ってもらわないとね」とジョークを言う。

わたしは深々と一礼してみせた。「もちろんです、先輩《ソンベニム》」と言った。「わたしはミホ。あなたも美大生なの？」ビョンジュンのほうを向いて訊いた。

「え、ぼく？」びっくりした顔で、ビョンジュンは言った。「いや、ぼくはニューヨーク大学《NYU》だよ」

「実は、このアパートの色使いがすごく印象的だと思ってたの」どぎまぎしながら、わたしは言った。「だからあなたも、わたしたちと同じく、美大生なのかなって」

「いやあ、まさか」ほとんど軽蔑するように、ビョンジュンは言った。「全部うちのインテリアデザイナーがやったんだ。彼女、なんでもかんでもポルトガルから空輸するんだよね、塗装工まで。塗料と一緒にその男もついてきた」

ビョンジュンの携帯電話が鳴り、彼は英語で応答した。「よし、配達人を上にあげてくれ」そこで立ちあがって宣言する。「ピザが届いたぞ！〈パパジョンズ〉のだ！」

みんなが歓声をあげ、叫びだした。

「やったあ、〈パパジョンズ〉のピザ食べるなんて、韓国にいたとき以来だ！」「すげえな！」「お腹ぺこぺこ！」

わたしはまだ、この世界でのちょうどいいリアクションの程度を探っているところだった。驚きや嬉しさを表してはいけないもの。大喜びするべきもの。このアパートの風変わりな美しさに驚嘆するのはよろしくなかったが、ぶ厚い生地のピザには大騒ぎしていいらしい。

わたしはすわったままでいたが、ほかの人たちの大半は腰をあげ、仔犬みたいにキャンキャンはしゃいでビョンジュンの後ろをついていった。わたしはジェイを目の端にとらえた。彼が出ていこうとしたら、自分もそれに倣うつもりで。

「お腹空いてないの？」ジェイはすわったまま尋ね、わたしは首を振って言った。「あんまり――ルビーたちと食事してきたばっかりで」

「ぼくもだ、けどじきにまた腹が減ってきそうだな」

「じゃあ、下におりたほうがいい？」

「いや、あいつはいつも山ほど注文するから――あぶれることはないよ」ジェイは言い、呆れ顔をしてみせた。「そのくせ、ぼくの低炭水化物ダイエットはどうなるんだってぶつくさ言うんだ。夕食はあいつの行きつけの寿司屋で刺身三昧だったんだけど、二時間後にはもうあのとおり、腹を減らしてる」

わたしは笑った。当たり前のことみたいに男の子と話をするのは楽しかった。ハンビンとも、もっと自然に話せればいいのに。

「それで、ビョンジュンとはどういう知り合いなの？」わたしは訊いた。

「ああ、家族ぐるみの付き合いってやつ。ぼくらの父親が同じ高校と大学に行ってたんだ。あいつと一緒に育ったと言ってもいいくらいだな。きみはどう？　ここにチョンジュのころからの友達はたくさんいる？」

「いいえ」わたしは言った。〝いるわけない〟と付け足しそうになったけれど、やめた。「みんな韓国にいる。大学進学でソウルに出た子が多いかな」

「なるほど」彼は言った。「チョンジュってすごくせまいよね？」

「ええ」わたしは言った。「すごくせまい」

チョンジュはほんとうにせまくて、町じゅうの人たちがわたしたちローリング・センターの子供を知っているように思えるほどだった。親がいないか、障碍を負っているか、非行に走った子供たちを。わたしたちの見放された境遇は、まるで伝染《うつ》るものであるかのように、人々を恐れさせた。センターの子供のだれかと初めて接した人は、障碍児が多かったこともあり、わたしたちの心身の機能に問題がないのを知ると驚き、それでもわたしたちを避けた。あの町では、〝ローリング〟という言葉は〝ばか〟と同義だった。〝あいつばか《ローリング》なんじゃない？〟〝そんなばかっぽい《ローリング》顔して！〟高校に通うころには、土地言葉としてすっかり定着してしまい、その英語がほんとうはそんな意味ではないことすら知らない子がたくさんいた。

「こんな肥溜《こえだ》めみたいな最悪の場所、とっとと抜け出してやる」友達のスジンは、学校の先生と揉めたあとセンターに戻ってくるたびに、そうわめいていたものだ。わたしは幸い、芸術学校の先生たちに気に入られていたけれど、スジンは校内の厄介者の烙印《らくいん》を押されていて、わたしたちの味方をしてくれるローリング女史はもういなかった。そのころには亡くなって数年経っていて、センターの所長は毎年のように替わっていた。

ほんとうに自力でやってのけるとは思ってもいなかったが、スジンは最初の機会を逃さず町を出た。ソウルでこつこつと、ささやかな生活を築きあげ、そこの人たちにとって〝ローリング〟という言葉は何も意味しないのだと、残ったわたしたちに伝えてきた。ほかの女の子ふたりもスジンのしばらくあとにソウルへ出たが、アメリカに来たのはわたしが初めてだった。養子に迎えられるケースを除いてだが。

「まだ何か飲む？」ジェイが訊き、わたしの手にずしりと載っている空のグラスを指さした。

「ええ」わたしは言った。

「なら、ここにたくさんある。下のバーまでわざわざ行かなくてもね」ジェイは立ちあがって、わたしの背後にある棚のひとつに歩み寄った。そこを見ると、さながらバーのようにクリスタルのタンブラーや琥珀《こはく》色の酒の入ったデカンタが揃っていた。

「またクランベリーカクテルが飲みたければ別だけど」ジェイは足を止めてわたしを見ながら言った。

「いいえ、大丈夫。ウィスキーでいい」

「じゃあこれ」ジェイはグラスに酒を注いでわたしによこし、それからまた背を向けて自分のぶんを注いだ。「氷はテーブルの上のアイスペールに入ってる」

わたしたちは大学の話をはじめた――ジェイがどの教授を気に入っていて、どの教授を避けるべきか、勉強するのに最高の椅子があるのはどのカフェか、美術用品はどこで買うのがいいか。ジェイの声は素敵だった。好きなものの話になると必ず興奮して早口になった。SVAで出会ったほかのどの学生よりもジェイは生き生きしていた――そして生き生きしているなかにも弱さが見え、わたしはそこに心を動かされた。ニューヨークに来て以来、そういう弱さを目にしていなかったから。

「聞いた話じゃ、あの図書館はバイトの給料もけっこういいらしいよ」ジェイは言った。「もしきみがアルバイトを探してるんならね。別に決めてかかってるわけじゃ――」そう言いかけて、きまり悪そうに口ごもる。これにも好感が持てた。

「実はもうアルバイトしてるの」わたしは言った。「学生ギャラリーのひとつで働いてる」それがルビーのギャラリーで、知り合ったのもそれがきっかけだとは言わなかった。

「そりゃいいね！」わたしの気分を害さずにすんでほっとした様子で、ジェイは言った。そんな心配までしてくれたことで、一気に彼を好ましく感じた。

深く考えたり自制したりする間もなく、わたしは身を乗り出して彼の頬にキスしていた。それはほんの軽いキスで、すぐにわたしは身を引いて椅子に戻った――いまの行為に、わたしも彼も驚いていた。ジェイは微笑むと、流れるような優しい動きでわたしの両手をとって、ソファのほうへ誘《いざな》い、わたしにキスしはじめた。彼の唇はウィスキーでひんやり湿って、ぴりっとしていた。

「きみはとってもきれいだ」ジェイは囁《ささや》いた。「その髪も夢みたいに――名画の一部みたいに美しい。下できみに話しかけてよかったよ」

わたしは意味もなく小さな笑い声をあげ、ジェイにもたれかかった。心が浮き立っていた。この柔らかいソファ、わたしたちを囲む書棚の本、セーター越しに伝わってくる彼の温もり。

アルコールのせいで頬がじんわり熱くて、下の階にいたときは耳障りだったヒップホップ・ミュージックも、いまは低く快く聞こえる。ここからどこへ飛びこもうとしているのかわからないけれど、やけに満ち足りた気分だった。

ドアが開き、ビョンジュンが部屋に入ってきて、ハンビンが後ろから続いた。わたしたちがもたれ合っているのを見て、ふたりともその場で固まった。

「おいおい、なんだこれ？」ビョンジュンが言った。「おまえ、彼女の名前も知らなかったんじゃないのかよ」

ぐさりと言われ、わたしは赤面したが、ジェイはただ笑った。

「さっきは興味ないってふりをしてただけさ」まるで決め台詞みたいに、ジェイは一瞬の躊躇《ちゅうちょ》もなく言った。ビョンジュンもちょっと笑ったが、もうほかのことに気をとられているかのような、虚ろな笑いだった。ハンビンに目をやると、彼は冷ややかな目でわたしたちを見おろしていた。

「ミホがギャラリーで働いてるって話をしてたんだ」ジェイが言った。「見にいくといいよ、ビョンジュン。たしか、キッチンに飾るものを買いたいって言ってただろ？」

ビョンジュンは迷惑そうな顔をした。「ああ、でもかなり具体的なものをイメージしてるから、うちのインテリアデザイナーにおうかがいを立てようかと思ってるんだ」

わたしが自分をよく見せようとしていたみたいにハンビンに思われるのは耐えられなかった。

「わたしが働いてるのはルビーのギャラリーなの」わたしはハンビンを見ずに言った。「学生ギャラリーと言っても、彼女の選ぶものはどれも素敵よ」

「へえ、ルビーのギャラリーなんだ？」ビョンジュンは当惑ぎみに言った。「そう言えばギャラリーをはじめるって聞いてたような……学生の作品ばかり扱ってるのかな？」

「いまのところはね」ハンビンが言った。書棚に指を走らせながら、並んだ本を眺めている。

「ルビーには実習ってところだな」

「だろうね」ビョンジュンが言った。「そういうことなら、ぜひ友達に力添えしにいかないとな。で、次の大物になる新人アーティストを発掘するんだ！」と高笑いする。「ルビーに力添えが必要ってことじゃなくてさ」ハンビンをちらりと見ながら、そう訂正した。

「彼女にとってはちょっとしたお楽しみ仕事なんだ」ハンビンは言った。「ミホがなんでも教えてくれるよ」彼はまだわたしのことを見ようとせず、わたしは気が気でなかった――心臓がいちどきに浮いたり滑ったり沈んだりしている感じだ。それにこの顔！　また火照りだしている。ハンビンがこちらを見ていなくて幸いだった。

「ほら」ジェイがわたしのグラスにウィスキーを注ぎ足し、また手渡してきた。「ほかにもお代わりほしい人は？」

ビョンジュンが反応し、ジェイは彼にも酒を注いだ。

「顔がすごく赤いぞ」ハンビンが出し抜けに言った。目をあげると、彼は書棚の前に立ったまま、わたしに話しかけていた。「とにかく、真っ赤だ」

わたしは頬に両手を当て、その熱さに自分で驚いた。

「正気じゃないみたいに見られたくなかったら、飲むのはやめておくべきかもな」ハンビンは言った。

「先にペプシド（市販の胃薬）を飲んでおけば大丈夫」ジェイが言った。「ぼくもやたら赤くなるほうだから、この小技を使ってるんだ。いま、きみにもあげるよ」ポケットから財布を出し、なかから白い錠剤のシートを探り出してわたしに差し出した。

「いまからじゃ効かない――ちょっとでも酒を口にする前に飲まないと」ハンビンが言った。

ペプシドがなんなのかわたしは知らなかった――薬？　でも訊こうとはしなかった。錠剤のシートを受けとって自分のハンドバッグにしまった。「今度試してみるね」わたしはか細い声で言った。「バスルームに行かなきゃ」自分の顔がどう見えているのか、どうしてもたしかめたかった――ハンビンの言うように、正気じゃないふうに見えているのかどうか。

部屋を出ていく途中でハンビンの横を通ると、彼は小声で言った。「このまま帰るんだ、ミホ。ばかな真似をして笑い物になるな。見てられないよ」

背後でドアが閉まると同時に、目に涙がにじんできて、わたしは廊下の先にあったはずのバスルームへ急いだ。ドアに鍵をかけて、思いきり泣きかけたが、鏡のなかの自分を見た瞬間、ぎょっとして涙も止まった。顔がむくみ、血管が赤くまだらに透けて、恐ろしいことになっていた。たまらずうつむいて目をつぶった。
深い後悔——もうそれしか感じなかった。「なんてばか《ローリング》なの」あの子たちがいまのわたしを見たらそう言うだろう、センターの女の子たちみんなが。「ばか《ローリング》っぽいことやめなよ」と冷やかす声が聞こえるようだ。実はわたしたちでさえ、お互いや自分に対して、あの言葉をそんなふうに使っていたから。

アラ

わたしはチョンジュに帰るのがいやだ。ひとり娘が三年も帰省していないのは両親のせいではないので、それは申しわけなく思う。屋敷のほかの使用人たちから両親が二重に哀れまれているのは知っている。まずもってあそこの娘は口がきけないし、おまけに恩知らずだと。娘はこの国の大半の人たちのように親もとへ帰るよりも、ひとりで休暇を過ごすことを選ぶのだ。

スジンやミホといるとすごく落ち着くのはそのせいだろう。どちらも家族に憧れるタイプではない。ほかの人はみんなわたしのことを親不孝娘と咎《とが》めるか、世知辛い都会で傷を負ってもなぜ郷里へ引きあげずにいるのか不思議がる。

両親はもう若くない。給料の何割かを送ってきて、職場での昇進や交際相手との進展を知らせに毎月帰ってくる、孝行者で気前のいい娘がいてしかるべきなのだ。テレビドラマはそういう娘をぞろぞろ出してくる——優しい目をした彼女たちは、途方もなく裕福な求婚者と愛する極貧の両親との板ばさみになり、悲痛な面持ちで親のほうを選ぶ。現実の世界でそんな娘には会ったこともないけれど、それは彼女たちがみんな親もとでせっせと孝行に励んでいるからかもしれない。キュリはそれに近いと思うが、彼女は彼女で、母親や姉に知られたら一巻の終わりという秘密を抱えている。

でもスジンのために、スジンのためだけに、わたしは彼女を連れて旧正月に帰省しようかと思っている。今週またもやスジンがバスルームの鏡の前で、苛立ちと絶望にさいなまれているのを見ていて、どうしたらその顔の状態から彼女の気をそらせるのか考えに考えた。実際回復してきてはいるのだが、しつこく引かない腫れをスジンはどうにもできずにいる。

「ブログに出てる女の子たちはみんな、ずっと早く腫れが引いていってた。もう二カ月以上になるんだよ！　これほんとに異常じゃないの？　シム先生に電話するべきだよね？　そう思わない、アラ？　しかも、歩いてるとき顎のなかでカチカチいう音がずっと聞こえてるんだ。それが正常だなんてありえないし、正常なら病院で教えてくれてたはずでしょ？」

たしかにブログで見る女の子たちよりスジンの下顎まわりは腫れているように見えるが、顔の下半分はもう魚の顔みたいに出っぱっていない――むしろ口が内側に引っこみすぎていて、本人には言えないけれど、歯がないように見える。最後にはブロガーのだれよりもきれいに見えるようになるよ――長引けば長引くほど変身はドラマティックになるじゃない――と励ますのだが、わたしがそう書くたびにスジンはメモ帳を押し返す。

帰省するという思いつきとそれを本気で考える勇気をくれたのは、もちろんテインだ。いちばん最近のスイッチボックスのメッセージで、テインはクラウンのワールドツアーに出る前に光州《クァンジュ》の実家に帰るつもりだと言っていた。デビュー以来初めての帰省になるという。ぼくらのルーツは自分という人間を形作るもので、過去の苦労をなかったことにしようとは決して思わない、それはいまの自分の歌詞や音楽のみならずダンスの本質にもなっているものだから、と彼は言っていた。疎遠になっていた彼の母親と四人の兄――以前はテインのことを無視していたのに、やがてクラウンの稼ぎの分け前をめぐって訴訟まで起こした家族――をテインが訪ねる気になれるなら、わたしだって帰省できる。テインと同じ心持ちでこの旅に出ると思うだけで、大げさでなく、全身が温もりに包まれる感じがする。

スジンは最初はいやがるだろう。あたしたちの習わしはどうなるの、と言うだろう。主な祝日には必ず、ふたりで新しい健康ランドを利用して、テーマ別の風呂から風呂へ、サウナからサウナへと終日うろうろして過ごし、夜にはカタツムリのパックを顔に塗りたくり、チェジュ島の花のオイルを傷んだ髪に揉みこんだまま、テレビ室で眠りに就くのだ。

もう何年も、そうした施設で目にする人たちの数に驚かされてきた。帰省したくないのはわたしたちだけじゃないとわかってほっとした。

スジンに劣らずわたしも、定着したこの習わしを気に入っているけれど、手術してから一カ月は感染の恐れがあるのでサウナは避けるのがいちばんだと何かで読んだし、スジンは術後二カ月以上経っているとはいえ、行かせないほうがよさそうだ。他人にじろじろ見られるのも、いまの状態ではスジンの精神を崩壊させかねない。

だから母が、わたしの旧正月の予定を尋ね、大事な話があるから帰ってきてくれたら嬉しいという、いつもながらに遠慮がちなメッセージを送ってきたとき、わたしはついにイエスと返事をした。そしてスジンを連れて帰ることを付け加えた。〝スジンは大きな手術から回復しきってないから、転地療養代わりにね〟とわたしは書いた。これは、今後は毎年帰るようになるなんて儚《はかな》い望みを持ってはいけないと母にわからせるためだ。母がわたしからの予想外の返答に呆然となり、慌てて屋敷の車庫まで父を探しに走る姿が目に浮かぶ。

故郷にいるあいだ、スジンはどうしたって、わたしをうろたえさせないことに全精力を注ぐはめになる。わたしの悲惨な過去を必要以上に埋め合わせようと、きっと躍起になるはず。

それもわたしがスジンにしてあげられることだ。

ほかの日の切符はとうに売り切れていたので、わたしたちは旧正月の当日に移動している。ミホも一緒だ。わたしとスジンがチョンジュに帰ると聞いた彼女は、自分もついていってローリング・センターの恩師の墓参りがしたいと言った。ミホもわたしの家に泊まるかどうか訊かないといけない気がして、一応誘ってみたのだが、向こうは迷わず応じた。キュリは数日前にもう母親のもとへ帰っていたので、彼女まで誘わずにすんでほっとした。

きっとめちゃくちゃ居心地悪いよ、と〝めちゃくちゃ〟の下に何本も線を引いて、ミホには予告した。**床で寝ることになるよ。敷布団じゃなく、薄い毛布の上で。それとお昼過ぎには、というか熱いシャワーを何人も続けて浴びたらすぐに、お湯がなくなるからね。あと、うちのトイレはしゃがまないといけないやつだから。**

「別にいいよ」細すぎる手首に長くしなやかなポニーテールをぐるぐる巻きつけながら、ミホは事もなげに言った。「どうせ髪は週に二回しか洗ってないし、それにアラの実家って築何百年だかの大きなハノク（伝統的な朝鮮建築の家屋）なんでしょ？　昔、スジンがその話をしてたのをなんとなく覚えてて。見るのがほんと楽しみ」はつらつとしたその顔に期待がみなぎっていた。

わたしはかぶりを振った。

「え、待って、ハノクには住んでないの？」ミホは言った。

わたしはため息をつき、両親の暮らしにまつわる昔からの誤解をみんな、どう説明しようかと考えた。だいたい、わたしが築数百年のハノクの相続人だったら、ヘアサロンで身を粉にして働いてるわけないでしょうが。こんなにも察しの悪いミホが、この世でここまで生き長らえているのが不思議だ。

スジンを探しにいくと、またバスルームの鏡の前で、もつれ髪を両頬に垂らした幽霊みたいに自分の顔を見据えていた。わたしはその肩をそっと叩いた。

「もう、ほっといてよ」むっとした声でスジンは言った。わたしはもう一度、強く肩を叩いた。

お願いだから役に立ってよ、とわたしはメモに書いて見せた。**わたしはお金持ちの家の子だってミホが思ってるから、うちの実家に泊まったらどんなことになるか、ちゃんと説明してあげて。**スジンもうちに泊まったことがあるわけではないけれど、中学時代に何度か遊びにきていた、あの事件の前は。

「なんだってそんなこと思うのよ?」スジンは訊いたが、すでに使命に目を輝かせ、猛然とわたしの脇からミホの思いこみを正しに向かっていた。そもそもミホがまちがった認識を持ったのは十中八九スジンのせいだと言い足したかったのに。

「あんたさ、なんか勘ちがいしてるみたいだけど」とスジンが偉そうな声でミホに言うのを聞きながら、わたしは自分の部屋に入って力まかせにドアを閉めた。

そんなこんなでわたしたち、スジンとミホとわたしは、ガタゴト揺れる〝高速〟バスの最後列に、荷物を高く積みあげて、並んですわっている。チョンジュの中心街でさえ――わたしの家族の住む山奥は言うに及ばず――わたしたちみたいな一行がどう思われるかは知れたものではない――ばかでかい黒のサングラスとド派手なスカーフで顔を隠した、ひときわ陽気なスジン、エメラルド色のフェイクファーのコートに身を包んだ、この世のものらしからぬミホ、そして、びくびくして冴えないわたし。わたしの唯一浮ついたところは髪だ。十日前、チョンジュ行きのバスの切符を買った直後、何を血迷ったかフクシア色に染めた。根もとの地毛が、わざと狙った感じで（だといいけど）すでに見えてきている。クォン店長はピンクに染めるというわたしの思いつきをべた褒めし、下準備のブリーチは自分がすると言ってくれた。自分の髪でさまざまな色を試すよう常々わたしたちに促しているし、それは突拍子もない色であればあるほどいいのだ。想像力のある美容師に髪をまかせるほうが客は嬉しいのだと店長は言う。来週には色褪《いろあ》せてくるだろうけど、とりあえずいまはこの髪のおかげで、世界に信号を発しているみたいにうきうきする。もうすでに、フクシア色の髪をしていると、まわりの人が大げさに反応してくれることに気づいていた――たとえこちらが口をきけなくても。

　幸いにも、バスは半分空席で――孝行者たちの大多数は数日前に地方へ移動していた――運転手の予想では三時間弱で着きそうだという。

　スジンとミホは、ふたりで一緒にローリング・センターとローリング女史のお墓に行くかどうかで揉めている。スジンはあそこを出てから一度も戻っていなかった。

「わかんないなあ、スジンもローリング先生のことは好きだと思ってたのに」裏切られたような顔で、ミホが言う。

「そんなの思いちがいもいいとこ」スジンが言い、わたしに鋭く目を向ける。「アラに訊いてみなよ。ローリング・センターのだれかをあたしが好いてたかって。それも白人の女を。一瞬でもそんなこと思ったなんて信じられない」

　わたしはスジンの背中を叩き、**スジンはみんなを嫌ってた、**とメモ帳に書く。スジンがそれをミホに手渡す。

「でもローリング先生はすごくいい人だったよ！　全財産をわたしたちに遺してくれたじゃない？　わたしたちが学用品や、美術用品や、衣類に不自由しなかったのは、みんな先生のおかげ。そのことに感謝するべきでしょ？」ミホは呆れた顔でスジンをにらみ、スジンは苦々しげに唇を突き出している。

「あんたは才能があって可愛かったから、あの先生に気に入られてたの」スジンは言う。「あたしは美術室を使ったこともないし。あの先生は何かに秀でた子たちだけ可愛がってた、そういう子がいると孤児の世話をしててよかったと思えるからね。たとえば下の学年のユンミとか。あの子もきれいな顔をしてて歌が上手いからローリング先生に気に入られてた。そのおかげで音楽の奨学金をもらったよね」それから肩をすくめて訂正した。「あたしたちその他大勢が嫌われてたとは言わないけどさ……。ま、なんにせよ、ミホにはわからないよ。それに、あたしが面倒ばっかり起こしてたのはまちがいないから、先生に嫌われたのも無理ないね」

「嫌われてはいなかったっていま言ったくせに」ミホが言う。

「もう、うるさいよ」スジンが言う。

ミホはしかめ面で憤然とすわりなおし、隣の座席に積んであった荷物を押してしまう。てっぺんのミホの鞄がどさっと床に落ちる。

「うわっ」ミホが鋭く叫び、顔をこわばらせて鞄を見つめる。

わたしとスジンはミホを見る。

「アラのご両親へのお土産だったのに」悲痛な声で言い、あたふたと鞄を拾いあげて膝の上に載せる。ファスナーをあけ、繊細なデザイナー・フォントでジョイ百貨店のロゴが刻まれた、大きな黒い箱を引っぱり出す。

「なんだったの?」スジンが小声で訊く。

うちの両親への手土産など買わなくていい——まちがいなく無駄になるから——と、ふたりに言っておいたのにこうなった。ふたりともわたしにかまわず——スジンは抹茶の生クリームケーキの大きいのを買っていた。客が長蛇の列を作る、シニョン・プラザに新しくできたベーカリーの品だ。「少なくともあんたはこれ好きでしょ、ご両親に不評だったとしても」というのがスジンの言いぶんだった。そのときわたしはぷんぷんしながら、うちの両親は洋菓子を食べないし、それが十万ウォン近くしたなんて夢にも思わない、それにもしその値段を知ったら血相を変えて、スジンはひどい浪費家なうえに鼻持ちならない子だと思うはず、と伝えたのだが。

ミホは箱の蓋をあけて安堵《あんど》の息をついている——深型の四角い箱には、ありえないほど完璧な見た目の淡いピンクのバラがきれいに並んで詰まっている。そこから立ちのぼる香りは、バスのよどんだ空気のなかでもはっとするくらい芳《かぐわ》しい。スジンとわたしは顔を見合わせる——こんなアレンジメントは初めて見るけれど、ばか高いのは一目瞭然だ。しかもうちの家族への手土産にお花なんて、不釣り合いもはなはだしい！　ミホもそれをわかっていれば無駄遣いしなくてすんだのに！　また嘆息しはじめるわたしを、スジンが肘でつついてくる。

「このお花、すごいよ」スジンが言う。「転がり落ちたのに全然つぶれてない」

「これね、一年ぐらい保《も》つんだって、信じられる？」ミホが言う。「ハンビンのお母さんが去年、その化学技術の特許を取ったの」

わたしはため息まじりにミホに微笑んで、せめてハンビンのつてで安くしてもらったのならいいけどと思う、まあそれはなさそうだけど。ほかにすることもなくて、わたしは窓のほうを向く。バスはもう高速道路に乗って、カンナムからどんどん離れていっているのに、信じられないほどたくさんの建設現場がある。どの建物にも巨大なオレンジ色のクレーンが載っていて、大きな梁《はり》や厚板を吊りあげている。そうした新築マンションの規模にわたしは息を呑む——あそこがみんな、住人や家具や照明器具でいっぱいになるなんて想像もできない。首都の中心部からこれほど遠い地区にも、数百棟、いや、数千棟のマンションがあるのに、わたしは一生かかってどれだけ貯金しようと、そのうちの一戸も買えはしないだろう。もっとも、これから故郷に近づいて、風景が田んぼや農地に変わってくれれば、わたしはほっとして、はるばる帰ってきた感慨を覚えるのだろう、手の届かないもののことは忘れて。

だれも旧正月の元日から働きたくないのか、わたしたちはチョンジュのバス停留所のタクシー乗り場で三十分も待つはめになる。祝日に勤務するタクシー運転手は、家族に合わせる顔がない前科者が多いと、どこかで読んだ。幸いタクシー乗り場にはベンチがあるので、わたしたちは身を寄せ合って暖を取り、たまに通る地元の人から険しい視線を向けられると、スジンとミホがくっくっと笑う。「懐かしのふるさとよ」芝居がかった口調でスジンが言う。たしかに、カンナムではだれもわたしたちを二度見したりしないだろう――グリーンのコートやピンクの髪や何かぐらいでは。ここでタクシーを待っていること自体が〝よそ者〟のしるしなのだ――降車したほかの乗客たちは、車を道路脇に停めて待ちかねた笑みを浮かべた家族に迎えられていた。

三年も離れていたので、ソウルにあるチェーン展開のスーパーマーケット程度のちっぽけな二階建てビルが、ここの主要な交通拠点になっていることが信じられない。小さいころは、ほかの全世界がこのバス停留所に圧縮されていて、普段より急ぎ足で大きな旅行鞄を持った人たちが、謎めいた華やかな生活をめざしていく場所のように見えていたのに。

一台きりのタクシーががらんとした通りをまわって戻ってきて、わたしたちはやれやれとそれに乗りこみ、スジンが運転手に行き先を伝える。

「ハノクの大きな屋敷があるあたりですね？」運転手が言い、バックミラーで改めてわたしたちを一瞥《いちべつ》する。「あそこでテレビドラマのロケをよくやってるらしいですよ。数カ月前にあの俳優のイ・フンギが来て、運転手仲間が一度あそこまで乗せてったんです。お嬢さんがたはあのへんにお住まいで？」

「いえ、いえ」スジンが言う。「知り合いがいるから何日か泊めてもらうことになってるだけで」

沈黙が続いたあとで突然、珍しいことに、スジンは運転手と世間話をはじめる。わたしが思い出していることを彼女も思い出しているんだろうか——あと少しで、実家に向かう途中のアーチ門のそばを通ることを。


たぶんよくよく考えていれば、三年も帰ってこなかったのは、自分が傷を負った場所を歩いて通るのがいやだったからだという結論に至っていただろう。だって、屋敷までは道が一本しかなくて、そこを避けようがないのだ。

徒歩や車でそこを通っても、多くの人はその小さな石のアーチ門を記憶にとどめもしないはずだ——もはや存在感がないし、未舗装の小道からも大きくはずれているので、そもそも造られたことが不思議だ。そこになんらかの意味を結びつけているのはわたしだけにちがいない。中学のころ、そこは日が暮れたあとの不良のたまり場になっていた——石の割れ目という割れ目に、煙草の吸い殻やガムの包み紙や壊れたライターが詰まっていた。わたしの事件があってからの数年間、だれかがまだそこにたむろしているところは一度も見なかった。流血沙汰と不運についての噂が、地元のあらゆる学校に広まったせいだ。

わたしが声を失うまで、両親は市内で小さなマンションを購入するためにお金を貯めていた——買って十年したら資産価値が倍になると見込んで。屋敷で働く家政婦のひとりの息子が不動産屋に勤めていて、そことつながりのある都市計画委員会から自治体の開発情報が漏れてきたのだ。

だから、あの日人生で道に迷ったのはわたしだけではなく、両親もだった。それでわたしは家を出たのだ。ふたりがいまだに屋敷の敷地内の小さな離れに住んでいるのは見るに忍びない。ほんとうなら、新設の鉄道駅のおかげでいまやその価値が購入額の四倍になった、ぴかぴかの新しいマンションに毎晩帰宅しているはずなのに。昔の級友たちのSNS投稿によると、以前は廃《すた》れかけていた地区が、新住民の暮らしとお金で息を吹き返しているようだ。でもうちの両親のお金は、何人もの専門医への支払いに費やされ、どの医師もすでにわかっていることを告げるだけだった——わたしは完全に声を失っていて、二度としゃべることはないだろうと。

いちばんつらかったのは、わたしの将来をひどく心配する両親を見ることだったと思う。学業で何ひとつ秀でたところがなく、強く憧れる職業もないわたしが、これからどう生きていくと両親が考えていたのかはわからないが、とりわけ母は悲嘆から意欲障碍《しょうがい》に陥り、一時は入院までした。

最近ようやく気づいたのだが、両親がいま案じているのは、わたしが普通の結婚を望めそうにないことだ。母親になることもないだろうと苦悩する気持ちが、わたしをひとりっ子にしたことへの別の罪悪感まで引き起こしていた。「わたしたちの歳ではもう遅いと思ったの」手を揉みしだきながら、母は言った。「身勝手だったわ、わたしたちが死んだらあなたにはだれもいなくなるのよ」

人が多くて騒がしい場所にいると、話している人たちみんなを見まわしながら、人生で人が声に集中している時間はどれくらいだろう、わたしはそういう人生のごく一部しか生きていないんだな、とよく考える。そして自分に無意味な問いかけをする——声よりも聴力か視力を失っていたほうがよかったんじゃない？　ひどい自己憐憫《れんびん》に心をむしばまれるのは、人々の会話にじっと聞き入っているときだ。

タクシーが屋敷の正門前で停まろうとするので、わたしは仕方なく、まだ先へ行くよう運転手に促す。

「ここが正門じゃないんですか？」運転手がとまどいながら言う。角を曲がったところに別の入口があるからとスジンが伝えている横で、ミホは飛び去っていく景色を見逃すまいと窓に鼻をくっつけている。

うちの家族は裏口を使うよう強いられているわけではない——仕事がらみで出入りするとき

は日に何度か正門を使う――けれど、わたしたちの小さな離れに行くには裏門からがいちばん近いし、屋敷のだれかといま出くわすのは避けたい。黒塗りの車が表に停まっている――どっしりしたエクウスで、新車のときから十五年経つはずだが、父のおかげでまだ鏡のように光沢がある。

この近辺ではチャンウィの名で通っているわたしの父は、二十代前半に兵役から戻って以来、屋敷のお抱え運転手をしている。父は当主の従者の末息子で、メイドの娘だった母と結婚した。ふたりがわたしを授かったのは歳をとってからだ。父は寡黙な人で、武器に興味のあった実父の気質を少しも受け継いでいなかった。屋敷の末息子のチュンが、わたしの悪名高い祖父のことを学校の友人たちに話しているのを一度耳にした。彼らはチュンの父親の瞑想室《めいそうしつ》に飾ってある巨大な木の杖《つえ》を品定めしていた。

「ソッシがあれを作ったんだ――ぼくの祖父の〝お付きの奴隷〟がね」とチュンは言っていた。「あれで何人か殺したらしい」

「ぼくらにも作ってくれるかな？　まだここに出入りしてる？」友人のひとりが訊き、わたしは拭き掃除をしていた居間の窓から身を乗り出して、彼らをひと目見ようとした。

「ああ、ソッシの息子のチャンウィがいるけど、あいつはただの運転手で、武器の作り方なんか知らないと思う。でもたぶん、習ってこいってぼくが言えば作ってくれるだろ」チュンは言った。わたしは勇気を奮い起こして彼らにこう言おうとしていた――その杖のことならわたしも知ってる、市場での暴力団との抗争で使われたことや、外国人がそれをほしがって大金を積んだことを。でもチュンのその言いぐさを聞いて、掃除に使っていた雑巾を床に投げつけた。わたしが態度で示せる精いっぱいの反感だった。二度とあの家に足を踏み入れないと誓い、離れに走って帰ったとたん、母から、チュンのお友達が遊びに来てるから屋敷の台所に急いでトッポッキを持っていってと言われた。

母と父が結婚したとき、そのお祝いとして慌ただしく建てられた小さな離れに母は移ってきたのだが、それはほかの使用人たちの住んでいる区画から離れた、敷地の端っこにあった。敷地のなかでその離れだけが、伝統的なハノクの造りでない建物だったからで、当然ほかのどこよりも小さくてどこよりも不格好な建物でもあった――せまい部屋がふたつと台所があるだけの、青い屋根のついたコンクリートの細長い箱だ。祖父の厳格な肖像写真が、生まれてからずっとわたしの部屋の壁の上方を占めていた。いまからスジンもミホも、わたしと一緒にその部屋に泊まるのだ。

数日前、わたしは母に、足りない敷布団を屋敷から借りておいてくれるようメッセージを送った。〝そんなの頼めるはずないでしょう〟と母は返してきた。〝よくそんなことを考えつくわね?〟

その返信を読むなり頭に血がのぼり、わたしは目をつぶった。屋敷には空っぽのままだれにも使われていない翼棟があるし、豪華な刺繍入りの分厚い敷布団も山ほどあるはずだ。チャン夫人は子供のころわたしを可愛がってくれていたから、頼めばことわりはしないだろう。なのに友達ふたりとわたしは薄い毛布で寝ることになるのだ。

三人で裏門をさっと通っていく途中、ミホが小道の真ん中で大仰に足を止め、地面を眺めまわす。「これ、なんて美しいの」夢見るような声で言うミホに、いまやわたしは苛立ってきている。「どのくらい古いの？　きっと何世紀も前のものよね？」

わたしは肩をすくめる。少なくとも百年経っているのは知っている。とにかく血統を重んじる一族なのだ。

「訊いてみたことないの？」不思議そうにミホは言う。貪るような視線を、蓮池《はすいけ》から仏塔、剪定《せんてい》された松の庭園、さらに遠くの、精巧に作られた木造部分と傾斜した切妻屋根を持つ屋敷そのものへと走らせながら。それぞれの建物の玄関前には、巨大なカエルの石像が歩哨《ほしょう》よろしく立っている。芝生はわたしの父が一分の隙もなく刈っている――それもこの屋敷での父の務めのひとつだ。

「アラの家族じゃないんだよ――なんで気にしなきゃいけないわけ？」スジンがぴしゃりと言い、わたしはにやりと笑みを返す。

「わたしがここに住んでたら、出ていく気にはならないだろうなあ」目を皿のようにしたまま、ミホは言う。

案の定といえば案の定、ついに離れに着いてからも、ミホのテンションは落ちない。薄暗い居間に荷物をおろすなり、アラの育った場所を見られて最高、子供部屋を与えてもらってたなんて羨ましいと言う。

予想どおり、両親は不在だ。何時のバスに乗ってくるかメッセージで知らせてあったのに。きょうは祝日だから、まあ仕方ない——特別な料理やら掃除やら買い物やら習慣やらで、祝日はいつにも増して大忙しなのだ。

ミホとスジンの目でこの家を見てみると、やっぱりみすぼらしい。居間の壁紙のへりが黄ばんでいるし、奥の隅に吊るしてあるハエ取り紙には虫の死骸がびっしりくっついていて——まだ死なずにぴくぴくしているのもいる。両親が玄関に脱いでいったお揃《そろ》いの〝adidis〟のスリッパにも、ミホが気づいていないことを祈る。

ミホはわたしに微笑んで、トイレはどこかと訊く。右側を指し示してから台所へ行くと、スジンがすでに、冷蔵庫のなかのポットから麦茶を勝手に注いで、母が食卓に用意していったトッポッキをひとつつまんでいる。

「何もかもそのまんまって、なんか変な感じだね」まわりのものを示してみせながら、スジンが言う。「中学時代に戻ったみたいな気分。お母さん、昔からこれ作ってたよね？　あんたがよく学校に持ってきてた」そして皿をこちらへ押しやるが、わたしは要らないと首を振る。子供のころだって、母がせっせとこしらえて後片づけするのを見ていただけで、食べようとは思わなかった。

わたしたちは屋敷の台所にいる母を探しにいく。円卓で、母はヨンジャさんとスクヒャンさんと一緒に餃子を作っている。わたしを見ると、ヨンジャさんとスクヒャンさんは粉まみれの手を振りながら、興奮して叫びだす。

「だれかと思ったら！　アラよ！　ピンクの髪して！　まあびっくりだわ！　それにちょっと肥えたね！」

「いや、そんなことない、痩せたわよ！」

ヨンジャさんとスクヒャンさんはたちまち言い合いになり、母はそばへ来るようわたしに合図する。声もなく心のこもった抱擁をされ、罪の意識でどきりとしながら、わたしは母の顔にしわが増えたのを見てとる。肌には粉が吹いていて張りがなく、髪のところどころに白い筋が走っている。ほんの二、三年で見た目がこうも老けてしまうなんて。

メモ帳に新年おめでとうと書いて母に見せる。スジンとミホの名前も書き、こっちへ来て挨拶するようふたりに合図する。

ふたりはためらいがちに入ってきて、ぺこりとお辞儀する。年配の女たちがいるので落ち着かないのだ。

「久しぶりね」母がスジンに言う。その声が悲しげでも咎めるようでもないことに、わたしは胸をなでおろす。娘に道を誤らせたと一度は責めた相手だが、いまは心がやつれてその気力もないように聞こえる。

「またここへ帰ってこられてすごく嬉しいです！」スジンが大声で言う。

わたしは母がスジンの顔のことで何か言うのを待っている――何せ、まったくの別人みたいに見えているから。でも母は何も言わない。

「前にもここへ来たことある？」冷蔵庫をごそごそしてわたしたちがつまめるものを探しながら、ヨンジャさんが訊く。「アラの学校のお友達？」ヨンジャさんはわたしが高校生のとき屋敷で働きはじめたので、従業員のなかでは新しいほうだ。スクヒャンさんは母より十歳は年上だが、髪が黒々としているせいか、同じくらいの年齢に見える。

「アラの中学時代の友達なの」母が答える。さらに、わたしをぎょっとさせるひとことを付け加える。「ほら、あの孤児院の子たちのひとりよ」

喉を締めつけられる思いで、わたしはスジンとミホにさっと目をやる。ヨンジャさんとスクヒャンさんもだ。そんな言葉を、というかそんな口調を、スジンたちは長いこと耳にしていなかったはず。

「わたしもあそこで育ったんです」ミホが平然と言う。ヨンジャさんたちが不憫そうな顔をする――〝母のいない可哀想な子たち〟は、あらゆる人に感傷を覚えさせるのだ。でも当人たちがこの台所を出たとたん、その同情は別の何かに追いやられるとみんな知っている。ごめんね、とわたしが目配せすると、スジンはすばやく目配せを返して、いいのいいの、気にしてないからと伝えてくる。

「さあさあ、長旅のあとでしょうし、何かお腹に入れないとね」スクヒャンさんが言う。そしてコンロに載った鍋の蓋をあけ、そっと餃子を落としていく。

「この子たちはカンナムに住んでるのよ」ヨンジャさんがわけ知り顔でスクヒャンさんに言う。祝日の渋滞がなければ、バスでたかだか二時間の道のりなのだが、ふたりともカンナムの近くまで来たこともないのをわたしは知っている。彼女たちの子供はほぼみんなチョンジュに住んでいるし、何人かがもう少し遠くのテジョンにいるくらいだ。

　母がキムチと餃子のたれをテーブルに持ってきて、わたしたちにすわるよう促す。ミホが小声で礼を言い、スジンもそれに倣う。

「アラはずいぶんきれいになったわねえ」ヨンジャさんが母に言う。

「格好《スタイル》も都会っぽくて」スクヒャンさんが言う。

「これぞ江南《カンナム》スタイル（韓国のラッパーPSYの世界的ヒット曲）よ」ふたりはからから笑う。

「あなたたちはいつ帰るの？」ヨンジャさんが訊く。

「あさってです」スジンが言う。

「ええ？　そんなに早く？　じゃあ、あんまり時間がないのね」スクヒャンさんが言う。「アラにさっさと訊いたほうがいいわよ」

「アラに何を訊くの？」スジンが言う。ヨンジャさんたちが彼女を見つめ、ふたりが何を考えているのかわたしにはわかる――なんて出しゃばりで礼儀知らずなの、やっぱり孤児院の子ね。わたしはぞわっとするが、スジンが平気だと目配せしてくる。

母は顔をしかめつつも、どうやら覚悟を決める。台所でみんながいる前で話すのなら、そんなに深刻なことではないはずなのだが。

「ヘアサロンの仕事はどんな調子なの？」母はゆっくりとわたしに訊く。

「絶好調ですよ」スジンが勢いこんで言う。「いまじゃアラは目をつぶってでもあたしの髪を切れます。常連さんが大勢いるから、遅くとも一週間前には電話しないと予約がとれないんです。彼女にデジタルパーマをかけてもらいたいお金持ちのご夫人がぞろぞろ来てます。アラにはとっても話がしやすいとかで。癒やされるってみんな言ってます」

「そうなの？」誇らしげに微笑んで、母が言う。わたしは肩をすくめかけるが、スジンがテーブルの下で小突いてくるので、苦笑しつつうなずいておく。

わたしに話したかったことって何？ とわたしは書く。

母はメモ帳を手にとり、近づけて文面を読んでから、深く息を吸いこむ。「こっちにいるあいだに、ちょっと時間を作ってほしいのよ」と切りだす。「あんたももう年ごろだし、おおかたのお友達が結婚していってるわ」

いったいなんの話？　だれも結婚なんかしていってない。ニュース観てないの？　社会問題になってるよ。わたしは書き殴る。

母はわたしが書き終わるのを待って、また文面を読む。

「でもね、ここじゃみんな結婚してるの。ヘファを知ってるでしょう？　ベーカリーの？」

ヘファは高校で同学年だった子だ。スジンもわたしもうなずく。

「あの子は来月結婚するのよ！　毎週パンを買いにいって顔を合わせるの。あんたたちもここにいるあいだに寄って、直接おめでとうを言ってあげなさい」

口のきけない、強情な、アイドルに熱をあげている娘のことを、両親はいい加減あきらめたかと思っていた。ヘファはずっと学校の優等生だった。たしかスジンが何度かいじめていたような。スジンをちらっと見るが、本人は何食わぬ顔でお椀からスープをすくっている。

「美容師のムンさんがアシスタントを探してるわよ」母が藪《やぶ》から棒に言う。「あの人のこと覚えてる？」

もちろん覚えている——顎ひげを生やし、がさついた声をした、ぼさぼさ髪のムンさん。高校の夏休みに彼のヘアサロンの床掃除をしていたし、彼の坊やの子守もときどきやった。あそこでもらったヘアカラーの試供品を、いつもスジンにあげていた。

アシスタントが要るんなら、きっと繁盛してるんだね、とわたしは書く。たしか彼の奥さんとその双子の妹もあのサロンで働いていた。だけど母も、わたしがムンさんのちっぽけな店で働くために帰郷するとは、まさか思っていないだろう。

「奥さんは出ていったの」母は言う。「妹さんも。ふたりでテジョンに帰ったのよ」

へえ、気の毒にね、とわたしは書く。

「あそこの息子はあんたにすごく懐いてた」母は言う。

あの可愛げのない赤ん坊がわたしに懐いてたなんてありえない。ベビーカーで散歩に連れていくたび、声をかぎりに泣き叫んでいた。

「あんたのことをムンさんと話してたんだけど、とっても懐かしんでくれてね」母は言う。ヨンジャさんたちふたりが目をフクロウのようにしてわたしを見つめている。「あんたの様子をしょっちゅう訊くのよ」

「いい人よね、あのムンさんは」うなずきながら、スクヒャンさんが言う。「あんなろくでなしの奥さんにはもったいないなかったわよ」

スジンとわたしは可笑しくて目を見交わすが、ミホは身を乗り出す。

「その人、おいくつなんですか?」

「あら、男盛りよ」ヨンジャさんが言う。「この前、韓方医を手伝ってどでかい薬棚を運びこんでるとこを見たんだけど、ムンさんは小さい米袋か何かみたいに、裸の肩にかついでたわよ!」

「けど、アラがカンナムでもらってるくらいのお給料を出せるんでしょうか」ミホはわたしを見ずに、大真面目に言う。

「お給料？」スクヒャンさんが慌てて言う。「お金の問題じゃないのよ」そこでひと呼吸置く。

「どんな男ならピンクの髪のよさがわかるかって問題なの」勝ち誇ったように言う。

「現実を見なきゃ、アラ」わたしを見据えながら、母が言う。「ムンさんはあんたがここにいるあいだに会いたがってる」

「そりゃそうでしょう」スジンが陰険な声でいう。「元の若い奥さんより、アラは十歳も若いんだから！」

「奥さんはどうして出ていったんです？」ミホが訊く。

「初めっからいけ好かない人だったよ」スクヒャンさんが力説する。「あそこが開店したとき、あの人にひどい髪の切り方をされて、あとでムンさんに直してもらわなきゃならなかった。あたしが思うに、あれは飲んでたね」みんな口をつぐんでいる。

「とにかく一度会ってちょうだいよ」泣きつくような口調で母が言う。「一度だけでも。母親として過ぎた望みかしら？　娘が普通の生活を送るきっかけを望むのが？　カンナムの人たちは普通じゃない──普通の生活を送ってない。ここなら、あんたは気にかけてもらえる。暮らしやすいはずよ。とにかく、一度話をするだけでいいの──それ以上のことは頼んでない」

わたしは目を閉じて深く息をつく。スジンが動揺して、怒りをたぎらせているのが感じられる──顔のことから気をそらすもくろみは、このとおり大成功だ。スジンのために、わたしは傷ついたそぶりで目をつぶっているけれど、内心ではちゃんちゃら可笑しいと思っている。ムンさんだって！　赤ん坊が懐いてたって！

「ご心配なく、アラのことはわたしたちにまかせて」ミホが安心させるように言う。「そのことはひと晩かけてよく話しますから」

わたしはやるせない気持ちで台所を出る。母が白キムチの壺をいくつか持っていけと言うので、三人で地下へ向かう。

「うわあ」音を立てないよう中央の廊下を通っていく途中、背後でミホがつぶやく。何にそう感嘆しているのかさっぱりわからない——伝統的な朝鮮建築に全然合わない大昔の西洋家具を備えた、ただの大昔の家だ。螺鈿《らでん》細工の家具や刺繡入りの絹の衝立《ついたて》を美しくしつらえたハノク旅館のたぐいとはちがう。

地下には壺がずらずらと並んでいる。わたしは白キムチの一角へ行って、いちばん小さい壺をひとつ選ぶ。左側では、ミホが特大の壺のひとつをあけていて、香辛料のつんとくる芳香が薄暗い地下室に漂う。「すっごくいいにおい」とミホは言い、その手をスジンがぴしゃりと叩いて、蓋を元に戻す。

わたしを説得してみるなんて、どうして母に言ったの？　とわたしは書いてミホに見せる。

「彼に会おうとしないのはどうして？」ミホは言う。

「何言ってんのよ、頭おかしいの？」スジンが言う。

「あのね、そうすれば歳とったお母さんを安心させられるとか、十分ばかり時間をとるだけでがみがみ言われなくなるってことを別にしても、人生の別の可能性はどんなものか探りにいったっていいじゃない？」ミホはまた別の壺の蓋を持ちあげ、今度は指を一本突っこんでぺろりと味見する。そしてわたしを振り返って、肩をすくめる。

「わたしだったら、可能性を残らず探ってから最善のものを見きわめるし、そうしたほうが何を選ぶにせよ、確信が持てるでしょ」ミホは言う。

わたしはかぶりを振る。それはミホにはいい方法かもしれないけど、わたしはムンさんに会いにいかなくたって、ここで人生を送るのがどんなふうかはわかる。彼がどんなにいい人か、いい夫になりそうかなんてことは問題にもならない。わたしにとっては、ここでわたしを見る人たちの目になんと書いてあるかが問題なのだ。つまるところ、屋敷の使用人を親に持つ娘の卑しい人生の長いリストに、口のきけない後妻という新たな書きこみが加わるだけだろう。それなら、毎日電話でテインの声を聞きながら、都会の真ん中でひとりで死んだほうがましだ。

悲しいのは、わたしが望めるのはここでの人生がせいぜいだと母に思われていることだ。

「まあねえ」スジンが言う。「ミホの言うことにも一理あるかも」

わたしはスジンをにらみつける。

「一緒にあちこちまわるついでにあんたが彼に会えば、お母さんは泣いて喜ぶだろうし、それに面白そうじゃん！」

わたしは激しく首を横に振る。

「ねえ、そうしようよ」スジンは言う。「どうせ、ここじゃなんにもすることないんだし」

ミホと一緒にローリング・センターを再訪すればいいでしょ、とわたしは書く。

「なんであたしがそんなこと？」目をぎらつかせて、スジンは言う。


きょうは元日だし、ムンさんはたぶん店になんかいないよ、とわたしは書いてスジンに見せ、それから三人で自転車置き場へ歩いていく。だれも手袋を持ってきていないので、自転車で町へ出たら指がかじかみそうだ。

「じゃあさ、ベーカリーにコーヒーを買いにいって、ヘファにおめでとうを言うのもいいね」スジンが言う。「おまけしてもらおうよ」と不敵な笑みを浮かべる。

角を曲がり、スジンが先に立って中門のひとつを抜ける。そう、めざす場所はその先だ、スジンの記憶力はすごい。一緒に自転車で出かけたことは数回しかないし、それも何年も前のことなのに。父はいまも自転車を一台残らずきれいにして、油を差している。屋敷の子供たちはみんなもう巣立っていて、使う人がいるとは思えないのだが。

自転車置き場の前で、通路にいる厚い黒のダウンコート姿の男に出くわす。それは末息子のチュンで、コートのポケットに両手を突っこみ、驚きの笑みを浮かべてわたしたちを見つめている。チュンが兵役に出たとき以来だから、わたしは数年ぶりの再会になる。彼はいまや原子物理学者で、政府のシンクタンクに勤めていると母から聞いていた。まだ結婚していないのは子供たちのなかで彼だけらしい。

「やあ」チュンが言う。「どちらさま？」その声は友好的で興味ありげだが、視線は主にミホに向いている。エメラルドグリーンのコートを着たミホはえらく場ちがいで、流れるようなロングヘアは自転車に乗るために高い位置でポニーテールにまとめてあった。

わたしたち三人はちょっとたじろぎ、わたしが会釈してチュンの視線をとらえる。「おっと、アラか！」チュンが意外そうに言う。「おふたりさんはきみの友達？」屋敷の一族らしい、陽気で親切ぶった調子を帯びたその声がひどく気に障る。わたしはうなずく。

「こんにちは」スジンが声を張りあげる。「お正月にアラのご両親を訪ねてきてるの」

「ああ、なるほど」チュンは言い、髪をかきあげる。「ソウルの新しい友達だね」

「明けましておめでとう」まちがいを正しもせずに、スジンは言う。彼とは昔、何度か会っているのだが。

「明けましておめでとう」チュンが言う。

改めて会釈して、わたしは真っ先にチュンの横を通って自転車置き場に入っていき、ふたりが続く。自分の古い自転車と、スジンとミホが乗れそうな二台を選びながら目をあげると、チュンはまだ通路の端に立ってこちらを振り返っていて、やがてわたしと目を合わせる。向こうは手を振るが、わたしは見ていなかったふりをして、顔をそむける。

学校時代のわたしは、チュンをちらちら見るために生きていたものだ。その数年間、わたしは放課後に屋敷で母を手伝っていたのだが、それは母の目を盗んで、彼の椅子や、ときにはベッドにすわれるからだった。わたしの人生がドラマだったら、チュンはわたしと恋に落ち、両親と揉めたすえに、家政婦の娘との幸せな結末を迎えるのだろう。

でも現実のわたしは、友人たちと古びた自転車で町に繰り出し、結婚に失敗して、息子がひとりいて、すでに店を譲ることを考えている寂しい親父の様子を覗きにいこうとしている。

もちろん、ただのおふざけだ。

数年前、声を失ったあの日に、何かを気にかけることをすでにやめてしまっていなかったら、気が咎めただろうけど。

わたしたちは町に出るのに二十分近くかかる。ミホが自転車に乗り慣れていないうえに、何度も止まっては木々を見つめていて、寒いから携帯のカメラで撮ってあとでじっくり見てよ、とスジンがいくら怒鳴っても聞かないのだ。「でも写真には、このとおりの色が写らないもん」と言って。

ベーカリーはムンさんのヘアサロンと同じ通りにあるのだが、スジンとミホは先にサロンのほうへ行くと言い張る。だれもがまだ家で家族と飲み食いして楽しんでいるのか、車は全然走っていない。

「なかへ入るとかじゃないからさ」急いでペダルを漕《こ》いできたミホが、息を切らして言う。「そんなに心配しなくていいって、アラ！　わたしは彼がどんな人か見てみたいだけだから」

スジンはただ笑って、わたしのいる方向へ舌を突き出す。

わたしにしてみれば、ミホがこれを無理強いしてくるのはことさらひどいと思う。だってミホの彼氏のハンビンは、ミスター・ハンサム&リッチなうえに、わたしたちと同年代で子供もいない。彼女のことをよく知らなければ、わたしをからかうためだけにムンさんに会いたがっていると思うところだ。でもいろんなものに純粋な興味を示すのがミホだから、悪気はないと信じるしかない。ミホは地下鉄で知らない人にいきなり話しかけて、ぎょっとされたり怪しまれたりして、その冷たい反応にとまどって退散することもよくあるらしい。「ニューヨークなら、いつでもどんなことについてもだれかに話しかけて、その人をちょっと好きになっちゃうくらい長々と会話して、そこであっさりさよなら、なんてことができるのにな」と彼女は言っていた。ミホがいま韓国で奇妙に感じているのは、紹介なしにだれかと言葉を交わそうとしたら大きなネズミでも見るような目をされるのに、ごく遠い関係の知り合いが、ほんの形ばかりの紹介をすれば、生き別れの兄弟姉妹みたいにかまってもらえることだ。

わたしたちはヘアサロンの通りをはさんだ向かいに自転車を停める。記憶にあるとおりの、小さな店だ――ガラス張りの箱形の店内にはフェイクレザーの回転椅子が三脚あるだけで、〈MOON HAIR & STYLE〉と英語で書かれた看板が表に出ていて、ドアには〝OPEN〟の札が掛かっている。正月だから店は閉まっていると確信していたからこそ、わたしは妥協して自転車に乗ってきたのに。だいたい、だれがきょうヘアカットをしにくるの？ 新年早々髪を切るのは縁起が悪いんじゃないの？

ムンさんは店内で、わたしたちに背を向けて床を掃いている。床は髪の毛だらけだ。ここで床掃除をしていたころ、次の客が早くすわれるよう、精いっぱい急いで掃いていたのを思い出す。わたしがアルバイトしていたその夏、サロンは開店してまだ数カ月で、ムンさんに髪を切ってもらいたい客は長々と待たされていた――ことに食料品店の女性オーナーが、顔の印象はもとより性格まで変わるほど、彼の大胆なカットで大変身してからは。ムンさんは自分の髪には無頓着で、相変わらずぼさぼさで伸ばしっぱなしだが、いま通りを隔てたところから見ても、洗っていなくて白髪が交じっているのがわかる。

「彼、髪切ったほうがいいね」スジンが言う。「アラが行ってカットしてあげたらいいかも」

ミホがくすくす笑いだす。わたしが顔をしかめ、メモ帳を出してペンを探っていると、スジンの声がする。「あらら」

目をあげると、ムンさんがドアをあけて戸口に立ち、わたしたちを手招きしている。いつもは無表情な顔に興奮の色が見える。

「あたしたちのことだよね？」まわりをたしかめながら、スジンが言う。

「あの人、アラに会えてすごく嬉しそう！」ミホが小声で言う。

まだ笑いたそうなのをこらえ、ミホはさっと自転車をおりて手で押しながら道を渡りはじめ、スジンも続く。かっかしながら、わたしはふたりを追いかける。

「久しぶり」ムンさんはゆっくりと言い、わたしに目を据える。「正月休みで帰ってきてるのか？　ふたりはきっときみの友達だな」スジンとミホに軽くうなずく。

「明けましておめでとうございます！」スジンが言い、頭をさげる。「アラがここで働いてたとき、あなたが彼女にくれたヘアカラー剤を片っ端からもらってました。学校が一緒で」

「ああ、あの友達か」だれだか思い出した様子で、ムンさんが言う。「一度、青紫のヘアマニキュアをアラにねだられたっけな」

「そうです、そうです！」スジンが言う。「夏休み中だったんで」

「そのピンク、似合うな」わたしの髪を顎で示して、ムンさんは言う。「染めるのにけっこう時間がかかったろ」わたしは薄く笑みを返す。

「いまアラは、カンナムのすごく大きなサロンで働いてるんです」スジンが言う。

「彼女のお母さんから聞いてる」ムンさんは言う。「いやいや、たいしたもんだな」

「お正月をお店で過ごしてるんですか？」ミホが訊く。わたしは眉をひそめてみせるが、ミホは見えないふりをする。

「ああ、まあな」ムンさんは言う。「あいにく、ほかにすることもないから。ちなみにけさ、客も何人か来たよ。ほら、こういうときでもないと時間がとれないっていう、多忙な連中がな」

わたしは手を伸ばしてスジンの肩を叩き、ベーカリーのほうへ顔を向けてみせる。

「そうだ、あたしたち、ベーカリーにいる友達に結婚のお祝いを言いにいくとこだったんです」スジンが言う。もうこのくらいでわたしを責め苦から解放してくれるらしい。すばやく自転車にまたがる。「お元気で！」

わたしも自分の自転車にまたがろうとすると、ムンさんが言う。「実は、きみに話があるんだ、アラ。ちょっと寄ってってくれないか？」

「わたしたちはベーカリーにいるね！」ミホが言い、スジンとふたりで行ってしまう。裏切り者。わたしは自転車のスタンドをおろし、ムンさんの後ろからゆっくりと階段をのぼって店のなかへ入る。

店内は音のない空間で、ヘアスプレーやワックスやヘアオイルのにおいがする。嗅ぎ慣れたそのにおいで、わたしは突然われに返る――夢を見ているに近い状態だったことに、そのときようやく気づいた。故郷へ帰り着いて、チュンに出くわして、殺風景な通りを自転車で走っていても、それを現実と感じていなかったのだ。

サロンの奥で、ムンさんは木のドレッサーの抽斗をあけ、重なったノートをがさごそ探っている。近くで見ると、ずいぶん老けたのがわかる――疲れた顔にはいくらか贅肉《ぜいにく》がついている。肌も以前よりごわついて色がくすんでいるが、さっきわたしを見たその目は、こちらが不安になるほど感傷的な光を帯びていた。わたしは仕上げ用のスプレーを手にとり、それを眺めるふりをしてから、元の位置に戻す。

「この前、全部の抽斗を掃除しててこれを見つけたんだ」彼は言い、一冊のノートをわたしに手渡す。「たぶんきみのだろ?」

それはわたしが高校時代、倫理と道徳の授業用にしていた鮮やかなブルーのノートだ。放課後にここで働いた日に忘れていったにちがいない。ぱらぱらめくってみて、自分の丁寧な筆跡に驚く。〝公的秩序と社会倫理〟〝現代社会の規範〟〝道徳の哲学〟授業は難しくなかったし、学年で十位以内の成績をとったときはびっくりした――高校生活を通して、易しく感じた唯一の科目だった。たぶん、その数年はヌンチ(韓国の概念で、他者の気分を推しはかる能力を言う)が高まっていたのだろうし――人の心を読むことにかけては、ほぼはずれ知らずだった――多肢選択式のその試験の答えは、わたしにはばかばかしいほど明白に見えていた。

わたしは小さく微笑んで感謝のしるしに一礼し、そのノートをまるめて鞄にしまう。帰ろうと背を向けかけると、ムンさんが咳払いをする。

「ソウルで元気にやってると聞いて嬉しいよ」彼は言う。その口調からすると、まだ何か言いたそうだ。わたしは心のなかで嘆息し、この苦境をどうしてくれる、とスジンに念を送る。

「整髪用品のたぐいで必要なものなんて、たぶんないよな？」彼は言い、おずおずとまわりを手ぶりで示す。「あれば何か持たせるんだが……仕上げ用のオイルとか、ヘアパックとか……」

わたしは首を横に振る。

「そうか」彼は言う。ひとつ息をついて、わたしのほうを向く。「おれもいずれはソウルで暮らすんだと、昔はずっと思ってた。おかしなもんだよな。歳をとってくると、無意識に自分で自分の行く手を阻んでしまうんだ」

彼が何を言おうとしているのか、わたしはじっと聞いている。

「きみがそうやって勇敢に、おれがたどり着けなかった人生を生きてるのが嬉しいよ。きみのことを噂に聞くと、すごく誇らしい気分になる。妙な感じだ。いつか自分の息子にもそんな気持ちになるんだろうと思うが、子供にあんまり期待するもんじゃないと人に言われるし、どうだかな。こんなふうに感じるのは、おれがきみの人生にかかわって、そのおかげで、きみが勇敢に歩みだせたからだと思うんだ」

ムンさんは照れくさそうに咳払いし、わたしはひどくとまどう。両手のひらをズボンでぬぐって、彼は続ける。

「いやな、自分は愚か者だと、近ごろようやく気づいたんだ。子供のために毎日急いで帰宅して、その泣き声やら癇癪《かんしゃく》やら欲求やらに人生の起きてる時間を全部埋められてなければ――起こったはずのことを考えたり会話を思い出したりする余裕がたっぷりあったんだろうが、なかった。それにおれは、人生に悔いを残したくない。もしあした死ぬとしたら、知ってる人たちに伝えるべきことは全部伝えたいんだ」

ムンさんはさらに、あの夜――わたしが傷を負ったあの夜、警察に通報したのは自分だと告げる。彼はその日、チャン夫人が初めて店に来てスカーフを忘れていったので、歩いて屋敷へ向かっていた。その高価なスカーフを店の客が手にしたらどうなるかとチャン夫人を心配させるのは忍びなかったし、夫人の電話番号も知らなかったので、スカーフを大切にショッピングバッグに入れ、その日最後の客が帰ってから屋敷へ出発した。

彼は黄昏《たそがれ》どきの散歩を満喫していたが、やがて紛れもない暴力行為の音が聞こえてきた。最初に感じたのは恐れだった――踵《きびす》を返して足早に立ち去りかけたが、ほぼ即座に分別を取りもどし、その悲鳴が女の子たちのものだと気づいた。最悪の事態を想像して、やむなく近づいていった。自分の携帯電話から警察に連絡し、その場所と耳にした詳細を伝え、通話を切るなり、アーチ門に忍び寄った。

まず目に入ったのがきみだった、とムンさんは言う。母と一緒に何度かサロンに来ていたのを覚えていたのだ。実のところ、きょうまで変わらず上得意でいるチャン夫人に、彼のサロンを紹介したのが母だった。

わたしの姿と、どういう状況なのかを目にした彼は、わたしたちめがけて走りはじめた。まるで――彼が言うには――相手の女の子はわたしを殺そうとしているみたいだったという。見たところ完全にわれを失って、何かをわたしの頭に激しく叩きつけていて、やめようとする気配も見せなかった。「警察だ！　警察だ！」というのに続けて、ムンさんは自分でも覚えていない言葉を叫びまくった。一瞬のうちに、わたしを含む生徒たちが全員、すばやく姿を消したので彼は唖然《あぜん》とした。わたしの向かったほうへしぶしぶ何歩か進んだが、そのときパトロールカーのサイレンが聞こえてきたので、残って警察に供述しようと決めた。走っているところを見られて、この筋書きのなかの悪玉とまちがわれないように。そして案の定、警察は彼の関与を疑っているようだったが、幸い彼の服はまったく血で汚れていなかったし、その乱闘では大量の血が流されていた。見分けのつく人間はいたかと訊かれ、店の若い客のひとりがいたが名前は知らないと答えた。事実そうだった。当時の彼は、わたしが屋敷の離れに住んでいることも知らなかった。

「それが意識にのぼったのは最近でね――実を言うと、きのう、きみのお母さんと一緒に働いてる女性のひとりがパーマをかけにきたときだ――きみのことや、ソウルでどうしているのかを尋ねたら、恋愛感情を持ってるふうに勘ちがいされたんだ。特に、その、きみも知ってるだろうが、妻とこういう状況になってるからな」彼は静かに言い、床に目を落とす。「おれのことを人がそんなふうに見てるのかと思うとつくづく惨めになるが、まちがいを正す方法もわからない。そんなわけで、きみと友達ふたりが窓の外からじっとこっちを見てるのに気づいてえらく驚いたよ、どうやって誤解を解こうかとずっと考えてたもんだから」

携帯電話が鳴り、ムンさんはポケットからそれを引っぱり出す。「弁護士のコさんだ」画面を光らせて呼び出し音を消し、顔をしかめたあと、わたしに目を戻す。そして深々とため息をつく。

「どんなに暗澹《あんたん》とした状況になろうと、ひとつの人生を救った記憶に――自分の人生が何かの役に立った記憶に――おれはすがってこられた」ムンさんは声を詰まらせて言う。「それがたぶん、おれの持ってる唯一の命綱なんだ。このことをきみに伝えられてほんとうによかった。きみの人生がご両親にとってどんな意味を持っているか――きみにもいつかわかるだろう、自分の子供を持ったときに」

そのあと、ヘファが山ほどくれたらしい無料のパンやケーキ入りの紙袋を持って、スジンとミホがようやくベーカリーから出てきたとき、わたしは歩道のへりにすわって、雲ひとつない冬空を眺めながら、いま知っていることを知らなかった二十分前よりも、自分は幸せになっているんだろうかと考えている。

「ねえねえ！　で、プロポーズされたの？」スジンが訊きながら、シュークリーム・パイを小さくちぎって食べさせてくれる。それは冷たくて甘くて、わたしはすぐに、もっとちょうだいと手を差し出す。

「わたしたちの歳の人がもう結婚するなんて信じられない」ミホが言い、ベーカリーにまた目をやる。曇ったガラスのウィンドウの向こうで、ほっそりしたヘファがケーキのスライスをきれいに並べているのが見える。「アラも入って挨拶していく？」ミホが訊く。わたしは首を横に振る。

「悪いけど、二十代で結婚するなんてほんと無謀だよ」大げさに押し殺した声で、スジンが言う。「なんてばかなんだろ」

みんなでローリング・センターへ向かうか、スジンがひとりで屋敷へ戻るかで、ふたりは揉めている。

「アラがここに来たかったと思うの？　今度はあんたがしたくないことをするんだよ、腹をくくってさ」ミホが言い、手を伸ばしてスジンを小突く。パンの詰まった紙袋をハンドルにぶらさげながら、スジンは観念したようにふうっと息を吐き、パンとケーキは子供たちにあげたいから先生たちには一個たりとも渡さないよ、と言う。それを合図に、わたしたち三人は冷えきった古い自転車にまたがり、ローリング・センターへ向かって走りだす。それぞれが、形を変えていく自分の過去をつかまえながら。

キュリ

ブルースは、もう三週間近くルームサロンに来ていない。最後に来た二回だって、明らかに懲《こ》らしめのつもりで、わたしを外国人の太った投資家たちのそばにすわらせた。ブルースの婚約話を知ってからずっといやな後味を感じているのに、彼が来ないことをマダムがあれこれ言ってきて、うるさくてたまらない。メッセージを送ってみたけど、返事すらよこさないのだ。あのばか野郎は。

何に取り憑《つ》かれているのか、月が替わる先週の日曜、わたしはスジンに、祝日のお祝いに〈レイン・ホテル〉のレストラン〈ソウル・クック〉でディナーをおごると持ちかける。独立運動記念日のことがずっと頭を離れなかった——わたしはカレンダーをにらみながら、指折り数えてその日を待ち受けていた。

スジンはすんなり誘いに乗ってこない。というのも、腫れたまぶたの縫い目がまだ見えているし、顔の下半分もくたびれた風船みたいに膨らんでいるからだ。でもわたしは、じゅうぶんきれいだし気にする人なんかいないよ、と言う。

「まだ食べ物をうまく嚙《か》めないんだ」スジンは首を振りながら、ゆっくりと言う。「歯がちゃんと揃《そろ》ってなくて。それに街を歩くとき、マスクをしててもまだ人目が気になるし」

「あそこのチャジャンミョン（韓国風ジャージャー麵）は最高だよ――麵ならとっても柔らかいし」わたしは説得に努める。「それにスープもあるよ。すごくたくさんの種類の。フカヒレのスープとか。本物のフカヒレスープ、飲んだことある？」

「本物はもう出まわってないよ。可哀想なフカのヒレなんか食べる気もないけど」スジンは言う。「それに、〈ソウル・クック〉って全国一高級な中華レストランだよね？　ネイルサロンのお客さんのひとりがその店の話をしてたんだ――チャジャンミョン一杯が四万ウォン近くするんだって！　ねえキュリ、本気じゃないんでしょ。いつもあんなに倹約してるのに！」腫れた顔に埋もれた目がまるくなっている。

「だから、テレビで言われてるほど美味しいのかどうかたしかめたいの、いいでしょ？　あんたは来るの、来ないの？」

当日、七時少し前に〈レイン・ホテル〉に着いて、エレベーターで二階へ行くと――わたしが手伝ったりアクセサリーを貸したりしてもなお、スジンは身支度に一時間かかった――目的のレストランは満席で、案内係に廊下で待つように言われる。指示どおり、入口横の赤い絹張りの椅子にふたりですわっているあいだ、わたしはエレベーターの到着音が鳴るたび、頭をさっとそちらへ向けている。

「何そわそわしてるの？」スジンが囁《ささや》き声で訊くが、そのとき、彼らにちがいない一団がエレベーターからおりてくる。緊張した面持ちの、盛装した四人家族。ライムグリーンのニットのツーピース姿で、襟もとにオウム形のきらめくブローチを着けた、神経質そうな母親が、雌鶏みたいにぶつぶつ言いながら、父親のスーツから糸くずをつまみとり、その手を煩わしげに払われている。弟は気がよさそうで背が高く、当の彼女はコンサバな淡いピンクの長袖ワンピースを着て、お揃いのツイードの、二シーズン前のシャネル・バッグを持っている。生気に乏しい感じの美人だけど、胸が真っ平らだ――それに予想していたよりずっと若く見える。ブルースはしょっちゅう、わたしの胸がどんなに好きかを口にする。「オフィスでその胸を思い浮かべるんだ。固くなるまでおまえの乳首を舐《な》めてるのを想像すると興奮してくる」

そして、彼らのすぐあとに、もう一台のエレベーターが開き、ブルースが悠然とおりてきて、彼の両親と、シフォンの服を着た華奢《きゃしゃ》な妹ふたりがあとに続く。ブルースの目に髪が一筋垂れかかっていて、わたしはそれを後ろに払いたくなる。

ブルースの母親はひどく痩せていて、深く喪に服しているかのように、頭から足先まで重々しい黒のシルクに身を包んでいる。耳もとと手首と喉もとで巨大なダイヤモンドが光っている。「まあ、こんにちは」母親たちが声を張りあげる。「やっとお目にかかれて嬉しいですわ！」

男たちがぶっきらぼうに握手を交わし、うんざりするほどのお辞儀とお世辞の応酬がはじまる。ブルースはポケットに両手を入れて満面の笑みを浮かべている。この瞬間を何カ月も恐れてなどいなかったみたいに。

「両家の顔合わせっぽいね」スジンが耳もとで囁く。「みんな、ドラマから飛び出してきたみたい！　あの宝石信じられる？　きっと本物だよね？」

「入りましょうか」小声で話しながら列をなして通り過ぎていく彼らのだれひとり、わたしたちに目もくれない。ブルースと婚約者は後ろのほうにいて、微笑みながら囁き合っている。そのとき、彼がわたしを見る。

一瞬、ブルースは歩みを止める。わたしは首をかしげて彼を見つめている、彼が初めて買ってくれたシャネルのバッグを握りしめて——暗い赤のキャビアスキンで金具がゴールド、革のカメリアがあしらわれたジャンボサイズのマトラッセだ。美しく麗《うるわ》しい、このバッグ。わたしが何より大切にしている持ち物。ブルースは狼狽《ろうばい》と混乱で目をしばたたくが、ほぼ瞬時に、石のように顔をこわばらせる。婚約者が物問いたげに彼を見あげると、ブルースは彼女に腕をまわし、わたしたちの前を通って、低くざわめく店内へ導いていく。

「お待たせいたしました、テーブルのご用意ができましたのでご案内します」いきなり声が聞こえ、わたしははっとする。横柄な案内係とともにせかせか歩いていくスジンのあとを、夢うつつでついていく。席に着くと、ウェイターがばか高いセット・メニューをしきりに勧めてくる。わたしは仕方なく、頭にあった予算の倍額にもなる法外な代金を払うことにする。少なくともスジンは料理を満喫している——自分とわたし、両方の皿から一滴残らずソースをすくいとっている。「そのアワビひと切れがいくらするかわかってる？　食べられないってどういうこと？　せっかく来たのに変だよ、キュリ！」

食事の途中で、わたしはメッセージを受けとる。

〝人生終わったな、このサイコ女〟

もちろん、ブルースが送ってきたのだ。生涯ひとつぶん、宇宙ひとつぶんくらい離れた、隣の個室から。

数年前、ルームサロンでともに働いていた友達が、婚約を機に店を去った。母親の友人にお見合いをお膳立てしてもらい、それがうまくいって、急に結婚することになったのだ。店への借金をどうやって完済したのかは知らない。

わたしたちはよく飲みにいっていて、新生活の準備をする彼女はとても幸せそうだった。夫と入居する予定のマンション用に揃えはじめたブライダル家具を見せてくれた。寝室のリネン一式に使われたレースの美しさや、アクセントウォールの横に置いた小さなアイボリー色のダイニングテーブルの優雅さに、一緒にため息をついたものだ。

ある日、彼女に連絡すると、電話がつながらなくなっていた。わたしや店の女の子たちからの電話をもう受けたくないので、番号を変えたのだ。

もちろん、そうする気持ちはわかった。わたしは愚かしくも、結婚式に出席して、彼女のヴェールを持ったり、ひと握りの米やバラの花びらを通路に撒《ま》いたりするのだろうと思っていた。それでも、彼女がこの暮らしから抜け出したことを喜んでいたし、責めはしなかった。

結婚式の数カ月後に、彼女は非通知の番号からわたしに電話してきた。明るいけれど、よそよそしい声だった。「こんなに忙しいことに驚きっぱなしなの！」彼女は言い、間を置かず自分の話をまくし立てた。「食料品の買い物や掃除や料理をして、家計の切り盛りを考えてたら、時間がいくらあっても足りなくて。そのうえ義理の両親の面倒も見なきゃならない。もう引退してるから、いろいろとお世話が必要なのよね。それは嫁の役目だと思われてるし」

彼女はわたしにひとつの質問もしなかった。その短い会話の最後に、電話番号を変えて悪かった、あなたの幸運を祈ってると言った。そして電話を切り、それきり二度と連絡してこなかった。

二号にしたいという既婚男性に身請けされた友人たちもいた。そういう女の子たちは店をやめ、新居のマンションの体裁が整うと、古巣に残っているわたしたちを招いて盛大に飲み騒ぐのが常だった。もちろん、愛だのなんだのという話は出ないけれど、わたしがいつも怒りを覚えたのは、彼女たちの日に隠しきれない希望の残り火が燃えていることだった。相手の男が彼女に囁いた出まかせが、その火をあおり立てていた。ときには一年、あるいは二年も経ってからだが、彼女たちはみんな店に戻ってきた。ひとり残らず。

その子たちはこぎれいなマンションで、人によっては豪華なマンションで、ままごと遊びをしていたのだ。一夫一妻婚の練習をし、わたしたち昔の仲間を招き、テレビを観て、待ちくたびれながら。店に戻ってきた理由はわりとさまざまだった――隣人たちの目に耐えられなかったという子がいた。妾《めかけ》なのはお見通しだし、そのせいでマンションの売値がさがったらどうしてくれると言われたらしい。妊娠して堕胎させられた子もいた。男の奥さんに知られて、顔に熱いコーヒーをかけられ、子宮をえぐり出してやると脅された子も。

もっとも、おおかたは、その前に相手の男に飽きられたパターンだ。戻ってきた女の子たちは、歳を食って、たいていは以前より太っているので、壮絶な減量に励むなりダイエットピルを飲むなりなんなりしないと、マダムに侮辱されつづけることになる。そしてかすかな希望の光は粉々に砕けるのだ。

ブルースに話を戻そう――〈レイン・ホテル〉でのその日曜日、わたしは何に取り憑かれていたんだろうか。希望なんて、なるべく早く捨て去るべき、若者には当たり前の愚かさだとずっと思ってきたのに。

つくづく不思議だ、自分で自分を驚かすことができるなんて知らなかった。たぶん、自分で思っている以上にブルースのことが好きだったんだろう。そんな身分じゃないことをわきまえておくべきだった。

事が発覚し、マダムはわたしを平手打ちする。それは翌日の月曜日で、わたしは暗くせま苦しい待合室でメイクを直している。マダムがぴっちりしたレースのミニドレスとハイヒールで精いっぱい速く走ってくる。携帯電話で話しながらも、血眼《ちまなこ》でだれかを探している。あなた、と声を出さずに言い、骨張った指をわたしに向ける。あなた、来なさい。

コンパクトをパチンと閉めて、わたしは立ちあがり、マダムについて空いた部屋に入る。しんとした暗闇のなか、マダムの電話の向こうで怒鳴っている、金属的で現実感のない声が聞こえる。

「おまえをつぶしてやる。おれの力をわかってるのか？　おれが何者か。おれがどんな大物を知ってるか。二度と営業できなくなるぞ！」恐ろしいことに、その半狂乱の、がさついた声には聞き覚えがある。ブルースだ。

マダムは初め、彼を懐柔しようとするが、向こうは聞く耳を持たずわめきつづけている。マダムは体を硬直させ、空いたほうの手をずっと握ったり開いたりしている――マニキュアをした長い爪が、隠れては出てくる。

「あの子はいまここにいますから、わたしがこの手で懲らしめてやりますよ」マダムは電話に向かって息巻く。「処分はうちにおまかせを。どうか、早まったことをなさる前に数日、よくお考えになってください、お願いです。ほんとうに申しわけございません」

電話を切ると、マダムは力いっぱいわたしを叩き、わたしは床に倒れる。わたしは恐ろしさですでに泣いていて、マダムは憤りのあまり、テーブルに用意してあるウィスキーグラスをつかんで壁に投げつける。それは花火のようにわたしのまわりに砕け散る。

「この大ばか者」マダムは叫ぶ。「頭がどうにかなった？　なんてことしてくれたの！」

ガラスが割れる音に反応して、女の子たちがドアをあけてなだれこんでくると、マダムはそのひとりに、空いたボトルを持ってこいと叫ぶ。イェダムとソヒョンが止めてくれていなかったら、マダムはボトルをわたしの頭に叩きつけていただろう。客をビンタした女の子に、一度それをやったという噂だ。それ以前からさんざんマダムに借りを作っていたその子は、頭皮を五十針以上縫ったという。客のほうは店を訴えようとしていたのだが、その子が大怪我をしたと聞いて溜飲《りゅういん》をさげ、思いとどまったらしい。

支配人が駆けこんできてマダムに言う──大丈夫ですよ、あの客はいま頭に来ているだけで、そのうち落ち着きます、それにキュリはこの店のエースじゃないですか。毎晩、大勢の客が彼女を指名してくるし、マダムもあれだけの実入りを失いたくないでしょう？

荒い息をしながら、マダムはだれにも目を向けずに、部屋の真ん中に立っている。聞こえるのは、静かにむせび泣く声だけで、それを発しているのは自分だとわたしは気づく。やがてマダムは踵《きびす》を返すと、ひとこともなく腹立たしげに出ていき、女の子たちがわたしを助け起こして抱き寄せる。何があったの、マダムはなぜあんなに怒ってるの、と彼女たちは口々に訊いてくる。わたしが何をしたにせよ、同じ過ちを繰り返さないために知っておきたいのだ。

常連さんのひとりがわたしに腹を立ててるの、とだけわたしは言っておく。


一週間、わたしは固唾《かたず》を呑み、夢のなかを泳いでいるかのように暮らす。仕事中の部屋では、わたしは愉快に軽口を叩き、熱に浮かされたようにはしゃぎまくる。何人かの客は、どうしてそんなにハイなのかと訊く。「何かわくわくすることでもあったか？　いい話なら教えろよ！」わたしが正体なく酔っ払い、じっとしていられずに跳ねまわっていると、彼らはそう言う。わたしがいつもよりずっとご機嫌だと思いこんでいる。

「きみがいるからここへ来るんだぜ、キュリ」客たちは楽しそうに腿《もも》を叩いて言い、ウェイターを呼んでさらに飲み物を頼む。わたしは歌い、踊り、開脚《スプリット》をし、レンタルのぴったりしたドレスが裂けて、客たちが笑い転げる。「十パーセントの店でこんなのを目にするとはな」常連客が連れてきた新規の客の何人かが言うが、面白がっている口調で、非難はこもっていない。

そのあいだずっと、わたしはブルースの怒りが治まるよう祈っている。マダムが割ったグラスとクリーニングの代金をわたしの借金に加えたことは、支配人がもう教えてくれた。

「一応言っておくと、マダムはほかにもいくつかの費用をきみに負担させるかもしれない、ただ自分の腹立ちを静めるためにね。ぼくがきみの立場なら、好きにさせておくだろうな」彼は袖のカフスを引っぱりながら、おずおずと言う。新顔の彼は、ほかの支配人たちとちがって、とても親切だ。伸びすぎた前髪をしたティーンエイジャーみたいに見える――若くても三十代後半のはずなのだが。肌の状態がひどいので、顔用のパックを薦めたくなる。ほんとうにいい人だから。ただ、その感じのよさは、長くは続かないはずだ。遠からず、お金がこの人を変えてしまうだろう。彼の忠告を聞きながら、わたしは何も言わず、マニキュアの剝《は》げかけた爪をただいじっている。こんなに手入れを怠っていたのが恥ずかしい。

金曜日、ブルースの友人のひとり――太めの弁護士――が顧客と同僚を連れて店に来る。わたしのいる部屋にいま入ってきたセジョンからそれを聞き、わたしは中座してそちらの部屋へ向かう。

「おいおい、困るよ」わたしが入っていって隣にすわるなり、彼は肉づきのいい顔を紅潮させ、慌てて言う。「おまえはだめだ」

「どうして?」わたしは陽気に言い、内心どきどきしながら髪を後ろへ振り払う。「わたしに会えて嬉しくないの?　わたしはこんなに待ちわびてたのに!」

「何があったか聞いたぞ」彼は声を落として言う。「おれたちの仲間内の――全員が知ってる」身を寄せて囁く。「ここへも来たくなかったんだが、客にどうしてもと言われたんだ、わかったか?　客にも例の話をしたらまちがいなく別の店へ行ってただろうが、おれの彼女の家がたまたまここの近くだから、家に帰る前に寄りたいんだ」

わたしは沈んだ顔で彼を見る。最初のふた部屋で数杯しか飲んでいないのに、もう心臓を押しつぶされるような感じがしている。

「わたしがしたのって、そんなに悪いことかしら」わたしは言う。よりによっていまここで、その話をするべきじゃないのはわかっているが、自分を抑えられない。

彼は信じられないという顔でわたしを見る。「何がそんなに悪いかって、これがまさにそうだ」彼は言う。「本気で言ってるのか？　おまえ気がふれてるのか？　人に説明してもらわなきゃわからないのか？　どこからはじめればいいかさえわからんね。おまえのせいで、あいつの家族がどれだけ恥をかかされるところだったかもわかってないんだろ？　〈レイン・ホテル〉だぞ？　ふざけてるのか？」

荒くなった声が注意を引き、室内は静まりかえる。ほかの女の子たちが急いで会話をはじめようとするが、痩せた銀髪の男が弁護士にすかさず問いかける。「どうしたんだ？」不快そうに言う。「なぜ部屋の雰囲気がこんなふうになった？」明らかに顧客らしい。

太めの弁護士は見るからに動揺している。「すみません」と言い、ごくりと唾を呑む。「いや、この子が、こっそり飲み物を捨てようとしてたんで、ついかっとなって」

わたしはえっと思うが、すぐさま顧客に向かって頭をさげる。「失礼しました。わたし、飲むピッチをあげすぎてたのでちょっと休みたかったんですけど、それじゃだめですよね」

締めつけられるような胃痛を感じつつも、わたしは即座にグラスを持ちあげ、ウィスキーを一気に飲む。「今夜はなんだかするするいけちゃう！」わたしは大きく微笑んで言う。「高いのを頼んでくださったんですね！」

顧客は笑い、わたしの飲みっぷりが気に入ったと言う。そしてこちらのグラスを指さすので、わたしはまたそれを満たす。すばやく深呼吸して、またひと息に飲む。酒が喉を焼いていく。「飲める子はいいな」彼はあおる。「この店もいい。だれひとりパーティから逃げ出そうとしない。きみはきっと勘ちがいしたんだ、シムビョン。ここの女の子たち――この子たちの肝臓は鉄でできてる」

「ですよね、ぼくもこの店が大好きで！」弁護士がすかさず言う。「ここにいるキュリは店のエース級の美女ですし。さっきはただふざけ合ってたんです。彼女はすごくユーモアのセンスがあるから」

「ほほう」顧客は言う。「美しいうえに面白いと？　なら、こっちへ来ないか？」彼は自分の隣の席を叩き、隣にすわっているミヨンに、交替するようぞんざいに顎をしゃくる。

「光栄です！」わたしは言い、すかさず立ちあがる。まわりの空間がぐらりと傾くが、気にしないでおく。

「先に言っておくが、もしわたしの見ている前で飲み物をこっそり捨てようとしたら、ただではすまんぞ」わたしが隣に腰かけると、彼は言う。「ここではかなりの金を使ってるからな、そういう真似には我慢ならん」

「どうぞご心配なく。そんなこと夢にも思いません！　実を言うと、だれかがもっと注いでくれるのを待ってたんですけど、男性のみなさんがわたしほど飲めないふうに見えちゃったら申しわけないと思って」わたしは言う。ただの無駄口で、自分が何を言っているのかよくわかっていないのだが、わたしはどんどんお酒を注がれ、一緒に飲んで、また飲んで、さらに飲んで、そのあとは何も覚えていない。

翌朝、わたしはベッドのなかで盛大に吐いてしまい、その音で目を覚ましたミホが、コンビニに走って二日酔い用の粉薬とポカリスエットを買ってきたあと、午前中いっぱいかかってわたしのシーツ類を洗濯してくれる。わたしは目の前に星の川が流れていて起きあがれず、ミホが屋上へシーツを干しにいっているあいだに、カバーのはずされた枕を胸に抱えて、床の上でまた眠りこむ。

ようやくまた目を覚ますと、もう夕食どきになっている。キッチンでかちゃかちゃと音がしていて、よたつきながら部屋を出ると、スジンがコンロでヘジャングクを温めている。

「ミホはアトリエに行かなきゃいけなかったから、あたしが呼ばれたの」わたしを見てスジンが言う。「キュリの好きなヘジャングクの店に寄ってきたんだ、ペットサロンの近くの。あたし、あそこが大好き——きょうは仔犬がみんな檜《ひのき》のお風呂に入ってたよ、可愛いおばあちゃんみたいに頭にミニタオル巻いてさ！」興奮した声で言いながら、ふつふつ煮えてきたスープをおたまでかき混ぜる。

返事をせずにいると、スジンは心配そうに目を細めてダイニングチェアを指さし、わたしはどさりとすわりこむ。「ゆうべはどれだけ飲んだの？」スジンがためらいがちに訊く。

わたしはかろうじて肩をすくめ、両手でそうっと頭を抱える。

スジンはお椀に注いだヘジャングクを、スプーンとお箸とキムチと一緒に運んでくる。

わたしがちらっと目をあげると、スジンは朗らかにハミングしながら、自分のぶんのスープを注いでいる。

スジンがばかじゃないのは知っている。前向きな状態にすんなり戻れるから、単細胞っぽく見えるだけなのだ。うちの業界で生き残っていくにはそういう気質が不可欠だろう、まったく傷つかずにいられる人なんていないとは思うけど。

こんなわたしを見たら普通は、この世界に近寄るなと警告するのも無理はないと思うだろう。でも、何があったか話したとしても、スジンがどう思うかは見当がつく――まずい選択をしたわたしが悪いと思うはずだ。「だから〈ソウル・クック〉なんかやめとこうって言ったのに」と彼女は言うだろう。この仕事が人をどう変えるかをスジンはわかっていない――昔の感覚を持ちつづけてはいられないということを。いくらあっても足りないから、お金を貯めることができない。するつもりもなかったことばかりしてしまう。想像もできなかった流儀に染まってしまう。

身をもって経験したから、わたしは知っている。結局こんなことになるなんて思いもしなかった。たいしてお金もなく、体はもうぼろぼろで、消費期限が迫っている。

わたしが黙って食べはじめると、スジンもテーブルに着く。

火曜日に警察がやってくる。わたしたち店員は、すべての部屋が予約で埋まり、必ずや大忙しになる夜に備えている。そのときまで、マダムは上機嫌だった——微笑みに近いものをヒキガエルみたいなその顔に浮かべながら、部屋を出たり入ったりして女の子たちの装いをチェックし、ドレスが体に合っていないと着替えるように言う。わたしに出くわしても完全無視だけれど。

警察官はふたりいる。ドア係が取り次ぐのを待たずにずかずかと階下へおりてきたので、わたしたちは不意を衝かれた。上階から「警察だ！」という押し殺した叫びだけは聞こえるが、もう遅い——警官たちはすでにそこにいて、おびえて息もつけない女の子たちが、着替え用の部屋へすっ飛んでいく。普段なら、警察は数日前にサロンに知らせたうえでやってくるので、〝手入れ〟は形だけに終わる——茶番以外の何物でもない。だが警告なしの手入れで、ゆゆしき事態になれば、その責めを負うのは女の子たちだ——マダムやルームサロンの実のオーナーでは決してない。オーナーは例外なく正体不明の人間で、必死に上流社会の一員を装っていて、その妻はもっと裕福な人たちにおべっかを使い、自分たちは汚れた金で潤ってなどいないような顔をしている。これまでずっとそんなふうだったし、この先もずっとそうだろう。わたしたち従業員は何年もかけて教えこまれている。「客と寝たがったのは自分のほうだったと言いなさい。ただのお金目当てだったと。わかった?」だからその子は売春の罪で投獄されて罰金を科され、楽に稼ぐためにそういう行為に及ぶ人間として世間の非難を浴びる。その過程で死ぬ子もいる——殴り殺されたり、自殺したりして——けれど、ニュースのネタにすらならない。

わたしはひとりだけ廊下に残っている。警官たちがなんと言っているのか知りたい。煩わしくてうんざりした様子の中年警官と、ぽかんと口をあけて突っ立っている新米警官。その若いほうは、中学生みたいな見た目だ。

「あのな、おれだってこんなとこへ来たくはないが、公の筋からこの店での売春行為の届けが出てる。どうしろっていうんだ、ええ?」年嵩《としかさ》のほうの警官がマダムに嚙みついている。そして受付カウンターに紙切れを叩きつける。「ほら、容疑はこれだ——売春未遂と詐欺。この男はあんたから数百万ウォン請求されたと主張してる。おれは上司に言われてここへ来たが、そいつの上役の上役のひとりから要請があったらしい。自分の上司より上の連中をおれは知りもしない。そのくらいのお偉がたがからんでるんだ。言ってること、わかるか?」

マダムは取り乱している。「それはまったくの誤解です」声を震わせているのを、恐れと受けとってもらえればと本人は思っているのだろうが、怒りだとわたしにはわかる。彼らの騎士道精神に訴えようとしている。それをするには顔がまずすぎるのがお気の毒だ。

こうなるように仕組まれたのはまちがいない。まさに最悪のタイミングだからだ。いまは午後六時三十分、もうじき最初の客たちが到着する。ここに警察がいるのを見られたら、今夜のあがりはまるごと失われ、客たちもこれきり離れてしまいかねない。それにマダムはきっと、このつけをすべてわたしにまわすはずだ。わたしの借金は夜が明ける前に数千万ウォンに達するだろう。このまま気を失ってしまいそうだ。

マダムも同じことを考えているのか、殺気立った顔を壁の時計のほうへ向け、また警官たちに向けている。

わたしは気をしっかり持って、ひと呼吸してから前へ進み出る。

「その届けを出したのは、チェ・チャンチャンですか？」わたしは言う。それがブルースの本名だ。

「そうだ」年嵩のほうの警官がむっとして言う。「きみは何者だ」

「彼の愛人です」わたしは言い、ぎこちなく咳払いする。「わたしたち喧嘩してて、彼はこうやってわたしに仕返ししてるんです」

警官ふたりは顔を見合わせ、それからわたしを上から下まで眺めまわす。警戒した沈黙が流れる。「ほんとうなのか？　これはただの痴話《ちわ》喧嘩だと？」年嵩の警官が、ようやく言う。その顔にはこう書いてある、〝金持ちのやつらときたら――どいつもこいつもこうだ〟。いまやすっかり頭に来ている。

「だってわたし、彼の名前を知ってるでしょう?」わたしは言う。「親密な関係なのがわかるメッセージもあります。彼がわたしのことを警察にどう言ってるかは知りませんけど、彼が行かせたくない場所にわたしが行ったせいで、いまものすごく腹を立ててるんです。ちょっと言いにくい、長い話なんですけど。あの、わたしが警察署に行って供述しますから、わたしたちの個人的な喧嘩がここの商売に響かないようにお願いします。これはお店の落ち度じゃなく、わたしの落ち度ですから」そこでマダムに深々と頭をさげる。「こんなことになってほんとうにすみません。なんとお詫《わ》びしていいか」また頭をさげて小さくなっていても、自分が強くなったようで、なんとなくいい気分だ。

マダムは何度か口をぱくぱくさせる。どうするべきか態度を決めかねているらしい。それは年嵩の警官も同様で、嫌悪感もあらわにわたしをじろじろ見ている。若い警官は言葉を失っている。

「痴話喧嘩ね!」マダムがとうとう口を開く。「近ごろの金持ち連中は節度を知らないから! いくら腹に据えかねたって、何人もの生活がかかってる商売に因縁をつけていいことにはなりませんよ! それにあなたがただってお忙しいのにねえ? 金持ちの坊ちゃんの愛人を追いかけまわすより大事なお仕事がいくらもあるでしょうに。しかも坊ちゃんの知ってるお偉いさんの命令だなんて。こんなのまちがってますよ」

男のプライドと正義感をくすぐって、望みどおりの方向へ動かすぐらいは平気でする人だ。

「ばからしい」年嵩の警官が苦りきってつぶやく。いまやわたしたち全員が、次に何を言うかと彼を見守っている。マダムはまた壁の時計に目をやっていて、もう何度もごく軽い心臓発作に襲われていることだろう。支配人はすぐにでも予約客に電話をかけはじめて、来店しないよう伝えなくてはならない。

「いいだろう、きみ」警官は言い、わたしを指さす。「いますぐわれわれと来てもらう。着替えたりなんなりできると思うな。ここまで来ただけでじゅうぶん時間を無駄にしてるんだ」

廊下から、大勢が静かに安堵《あんど》の息をつく音が聞こえる。女の子やウェイターたちが半開きのドアの陰に隠れて、立ち聞きしていたのだ。

警官について急ぎ足で階段へ向かっていると、支配人が走ってきて自分のスーツのジャケットをわたしの腕に押しつけ、わたしは感謝の笑みを返す。警察の車のなかで、それを着てポケットを探ると、現金がいくらかと小袋入りのナッツがひとつ入っていて、ちょっと嬉しくなる。長い夜になるだろうから。


ミアリで働いていたころ、これこそ人生のどん底だろうと思うようなことを、わたしは見て、経験していた。ひどく世を拗《す》ねているかひどく落ちぶれているせいで、考えるということをしない人たちのなかで暮らし、働いていた。そこへ行き着いたとき、わたしは一刻も早く抜け出すことを心に誓い、実際そうしたときには、身勝手な薄情者となじられ、いろいろよくしてやったのに自分だけ出ていくとはどこまで恩知らずなのかと言われた。彼らは恩を売ったつもりでいたらしい事柄を数えあげた――「毎週、健康ランドに行くための休みをやった」「値の張る靴を買ってやった」「〝部屋〟を飾るのを手伝ってやった」「具合の悪いとき医者に連れていってやった」

ミアリのような地区で医院を営み、その界隈《かいわい》で働く女の子を診て儲《もう》けているあの横柄な医者や薬剤師について言えば――夜には赤く照らされるガラスのショールームで女の子が着る〝手製の〟ドレスや潤滑剤を売りにくる、掃き溜《だ》めのクズと何もちがわない。

あいつらは、ミアリの支配人や、ぽん引きや、政治屋や、警察官や、女の子だけをあしざまに言う大衆と何もちがわない。「自分で選んだ道だろう」とみんなが言う。あいつらはひとり残らず、掃き溜めのクズだ。

警察署で、警官たちは供述をとる前にわたしを罰するべく、何時間も待たせる。店で飲んでいるよりここにいられるほうがわたしにはどんなにありがたいか、彼らは知らない。帰っていいと言われるころには、夜も更け、通りにはすでに数人の酔っ払いがいて、横断歩道の電柱にもたれて信号が変わるのを待っている。

空腹なはずなのに、感じるのはまた頭痛がはじまる兆しだけだ。猛襲をかけてくるのは時間の問題で、その前になんとかしないと、まっすぐ歩くこともできなくなるだろう。コンビニの外に椅子を見つけ、わたしは支配人のなめらかなスーツのジャケットから自分の携帯電話を取り出す。

何件かメッセージが届いている。一件は支配人からで、営業にはなんの支障もなかったから心配しなくていいと書いてある。忙しい夜だったと請け合える証人がわんさといるから、マダムも文句をつけるわけにはいかないだろうと。

警察署を出たら店に戻らなくてもいい、とも支配人は書いている。〝家に帰って休んで〟という文章に、ウィンクしている絵文字と汗をかいている顔文字が添えてある。

女の子たち――わたしに憧れている若い子たち――からのメッセージも数件あり、大丈夫かと尋ねている。

わたしはみんなに笑った顔文字を返す。それ以上の返信をする気力はない。それに頭痛が襲ってくるまで、あまり時間がない。薬局を見つけないと。

わたしは新たなメッセージを作成しはじめる。

〝ねえ、わたしよ〟と打ちこむ。宛先はブルースだ。

〝じかにこれを伝える機会はたぶんないってわかってる。あなたはわたしと話したくないだろうから。

あんなふうにレストランへ行くなんて、大まちがいだったと自覚してる。いまではそれがわかる。

あなたが恋しかったの。それに、あなたが残りの人生を一緒に過ごすのはどんな女性か見たかった。あなたの家族も見てみたかっただけ。純粋に個人的な興味があっただけ。誓って、あなたに対する悪意はなかった。

こんなこと信じられないだろうけど、ほんとうにそれしか望んでなかった。結婚する相手と食事に来てるあなたを、ただ見たかったの。

あそこであなたに話しかけるつもりもなかった。ああやって、できるかぎりあなたに近づいただけなの——ああやってでも、あなたのそばにいたかった。わたしはごたごたを起こしたりしなかったでしょう？　その気になれば、できたのに。

あなたはすごく優しくしてくれたから、結婚すると聞いて傷ついた。わたしに直接教えてもくれなかった、そんな必要ないと思ってたからよね。わたしも、何も変わらないみたいな顔をしてればよかったのかも。でもわたしにだって心はあるの。それはわかってほしい。

みんながわたしに腹を立ててるし、今回のことで店にとんでもない額の借金をすることになりそう。どんな結果になるかは薄々わかってたけど、それでもわたしはあなたと彼女を見にいった。それほどあなたのことが好きだったの。知ってるでしょう？

いまはただ、ごめんなさいと言いたい。二度と会えないのはわかってる。どうかわたし

を許して〃

猛烈な勢いで頭痛がはじまり、全身に広がっていく。わたしは震えながらメッセージを打ち終え、送信ボタンを押す。こめかみを力いっぱい押してみるけれど、痛みは少しも和らがない。椅子の上で前へ後ろへのたうっているので、道行く人が心配そうにわたしを見ていく。立ちあがって薬局がないかと見まわす。鎮痛剤の五錠や六錠では効かないとわかっているし、一度に三錠以上飲むのはよくないと医者にも言われているのだが。「そんな飲み方をしていいのは出産直後の人だけだ」医者はそう言った。一生出産できそうにない人はどうなんですか、とわたしは訊きたかった。

薬局を見つけ、よろめきながらなかへ入って、扱っているなかでいちばん強い鎮痛剤を求める。スーツのポケットに手を入れて現金を探っていると、携帯電話の着信を感じ、すぐに引っぱり出す。

ブルースからのメッセージだ。

〃わかったから、もう失せやがれ〃

ほっとして泣きそうになりながら、わたしは現金を手渡し、お釣りももらわずに薬局を出ていく。

背後でドアが閉まりかけたとき、薬剤師が声をかけてくる。「ほんとうに大丈夫ですか、お客さま?」その優しい声が、雨音のように降りかかる。わたしは片手をあげてうなずきつつ、厚い外箱から錠剤のシートを引っぱり出す。

わたしは大丈夫。またこうして、一日を生き延びた。いまはただ、このぼんくらな薬が効いてくれさえすればいい。

ミホ

恋愛のこととなると、わたしは致命的に鈍いとキュリには思われているけど、そこまでじゃない。最近、彼女はすごく哀れみのこもった、そうでないときは軽蔑のこもった目でわたしを見ているが、あれはきっと、わたしがいまに失恋すると予想しているのだ。キュリの考えだと、それは全部わたしが悪いということになる。人生で男性を惹《ひ》きつけることのできる大事な数年をとことんなおざりにして、最初から失恋する準備を整えてしまっているからだ。

言うまでもなく、男性を知ることがキュリの仕事だから、あの子はわたしの彼氏のハンビンを値踏みして、彼がどんなふうにわたしを振るかを割り出せるつもりでいる。キュリの信じるところでは、女はみんな食虫植物のハエトリグサみたいに動くべきなのだ──確実に捕まえることのできそうな獲物だけに葉を開いて。

もちろん、キュリがそんなふうに考えてしまうのは、自分の人生からあえて恋愛を閉め出しているからだ。いつかは結婚したいかと訊くと、彼女は鼻で笑う。「ありえない」と答え、羽根のようなまつげをばささささせながら、わたしにそんな話を持ち出すなんて失礼じゃないのと言ってくる。そのくせキュリは、ドラマの登場人物のひとりが殉教者みたいな理由でだれかのもとを去っていくとき、わたしたち四人――テレビの前で暮らしている感動屋のスジンを含めて――のだれよりもぼろぼろ泣くのだ。

キュリは被害妄想に取り憑《つ》かれてもいる。これは完全にわたしだけの、内緒の意見だ。彼女は自分を、男性や、ルームサロン業界や、韓国社会や、政府の犠牲者と見ている。みずからの判断にも、みずからこの状況を作り出してもがいていることにも疑問を持つことがない。まあ、それはまた別の話だ。

いつか、一緒に住むのをやめて何年かしたら、わたしはキュリのシリーズ作品に取りかかるだろう。それには絶対の確信がある。いまはまだルビーのシリーズを手がけている最中で、キュリと住んでもいるから難しい。時間と距離をとってからでないとだめなのだ。でも、だからこそわたしはいま、キュリとの暮らしを楽しんでいる。脳内の奥深くの井戸に住む芸術の女神にスプーンで餌を与えている――キュリの話を聞き、週末のたびに記憶をなくすほど飲んだり、顔や体や服やバッグに執着したりする姿を見ながら。できるときにはいつでも、キュリや持ち物の写真を撮る。彼女を思い出すためにそういうものが必要になるだろうから。ほかのふたりも、わたしの頭のはずれのほうにひそんでいるのをかすかに感じる――スジンのすさまじい変身、そして愛すべき、静かなアラと古風な育てられ方。ただ、それを紙の上や形にとどめることができるのは、何年も先になるだろう。

ハンビンについては、キュリやハンビンの母親にはわざわざ言わないが、わたしの救いにはならないだろう。

ときどき、彼に抱かれているとき、その腕のなかで自分が液体になったように感じて、このあと人生のどんなものにも実感が持てなくなるんじゃないかと思う。それは地球の外へ旅していき、手を伸ばして燃えている星にふれているような感覚で、耐えがたいうえに恐ろしい。

だから、もう二度とこんなふうにだれかを愛せなくてもいい。二度目は持ちこたえられないだろうから。アメリカで、わたしの教授のひとりがいつかこんなことを言っていた――最高の芸術は耐えがたい人生から生まれる――それを生き抜けたなら、だが。

ルビーの自殺からひと月ほど経って、わたしがハンビンのところへ行くと、怖かったと彼は言った。ルビーがずっと夢に出てくるから、怖くて眠れなかった。もし非を責められたらと思うと、怖くてだれとも話せなかった。ようやく思いきって外へ出たら、恐怖と非難と哀れみと渇望の入り混じった視線を向けられ、人間の顔にそんな複雑な感情が表れうることを初めて知った、と。

彼宛のものか、どんなものにせよ遺書はあったのかとハンビンは尋ねた。ルビーの父親の部下たちは、彼女がきみのような人間に近づかなければこんなことは起こらなかっただろうと、ハンビンに言った。

そのときのハンビンは、さながら眠りに就こうとするヘビのように、背中が内側にまるまった印象で、とても小さく見えた。

その打ちひしがれた顔つきにわたしは胸を痛め、向こう見ずで害になる身勝手さで彼を――わたしたちを――こんな目に遭わせたルビーに、初めて目がくらむほどの怒りを覚えた。わたしは心のなかで、ルビーについてほかの人たちが言っていた言葉を繰り返した――あれほどの特権を持つ人間には、不幸せになる権利などないんだ。

そしてわたしはハンビンのそばに行き、その手を引いてベッドへ誘《いざな》い、一緒に身を横たえた。彼のベッドは汗と涙とムスクと悲しみのにおいがして、わたしのこの体で彼を慰め、ふたりでからみ合っているあいだ、それはこの世で何より自然なことのように思えた。

そのあと、生まれてからずっと息が詰まっていたかのようだったわたしは、やっと呼吸できるようになった。

アトリエで、また新たなルビーの彫刻に取り組んでいると、学部長がずかずか入ってきて作業の邪魔をする。わたしはこれがいやで、ドアに〝DO NOT DISTURB〟の札を掛けてあるのだが、英語だから彼には効き目がないのかもしれない。

「すべて順調かな？」学部長は笑顔で尋ねる。その自己満足の面持ちからすると、何か知らせたいことがあるのは明らかで、それもいい知らせのようだ。彫刻とわたしのまわりを何度かぐるぐるまわってから、彼は大きく咳払いをする。たぶんこの彫刻に動揺しているのだろう、うちの学部の基準からすれば、まちがいなくおとなしいほうなのだが。とりわけ、学部生の作品には、わたしが見ても驚くようなものがある。彼らの両親のことを尋ねたくなる。わたしの宣伝用プロフィールには、困難な子供時代を過ごしたことが書いてあるが、ここの学部生たちには、奨学金なしで子供をこういう学校へやって、この国でアーティストの道を歩ませてやれる裕福な親がいる――そんな彼らが、どうやら絶望と憎しみの底知れぬ深みを見通しているようなのだ。

学部長はわたしがいちばん最近仕上げた作品を気に入っていた――ボートを使ったインスタレーションだ。その彫刻の前で写真を何枚も撮らされたので、あのボートに自分も乗れるようにしておけばよかったと冗談を言ったら、ぞっとしたことに学部長は、それはすばらしい新シリーズになりそうだ、今後は自分自身を作品の一部にしたらいいと言いだした。「写真はぜひわたしに撮らせてもらいたい――コラボレーションになるぞ！」彼は有頂天で言った。

制作中のこの彫刻は、わたしにとっては新基軸だ――木にアクリル絵の具を塗っていて、一部に布も使っている。この作品のルビーは、人間の姿をした九尾狐《クミホ》で、恐ろしげなその少女は、持っているかごいっぱいの宝石のなかに自分のパワーストーンを隠し、狐の毛皮でできたフード付きのケープを肩にかけていて、それが彼女の体と一体化して狐の後ろ足に変わっている。九つの尾は後ろの地面にもこもこと広がっている。少女は肉を――人肉を――食したばかりで、顎先から血をしたたらせている。いまわたしは、血だらけのその口から尖《とが》った白い歯をどうにか覗かせようとしているところだ。空想にふけっているときには、お金に余裕があったらその柳のかごを本物の宝石でいっぱいにするのに、と叶《かな》わぬ想像をする。現実的な話をすれば、そうしたほうがこの彫刻は早く売れるかもしれない、もし宝石に値がつけば。たぶん中東の客に。ルビーならそちら方面にも知人がいただろう。中国には確実にいた、だけどルビーはいわゆる富二代《とみにだい》――一代で富を築いた資産家の子女――を毛嫌いしていた。

学部長が咳払いをする。わたしはしぶしぶ彫刻から離れ、絵の具の飛び散ったシンクまで歩いていって手を洗う。エプロンで手を拭きながら、来《きた》るべき創立記念展覧会の準備がうまく進んでいるか尋ねる。今年は大学の創立五十周年にあたり、その祝祭行事のためにキャンパスの景観整備がはじまっていた。工事の音がうるさくて、わたしは気が変になりかけている。

「まあ聞いてくれ！　これは朗報だぞ！」学部長は言う。「ヤン議員がお見えになる」喜びを抑えきれないようで、体が興奮で小刻みに震えている。漫画のキャラクターを見ているようだ。

その可能性もあるかもしれない。時計の顔をした小男の絵を描こうか、とわたしは考えはじめる。そいつを水槽で溺れさせて、苦しませるのもいいな。

「それがどういうことかわかるか？」学部長はむっとした顔でわたしを見ている。喜ぶなり驚くなりの反応が返ってこないからだ。

「卒業式でスピーチでもなさるんですか」わたしはまた作品に目をやりながら、気のない口調で言う。

学部長はまじまじとわたしを見る。

「いいか、ミホさん」長い沈黙のあとで彼は言う。「自分には関係のない話だと思ってるんだろうが、それは見当ちがいもいいところだぞ」

怒らせてしまったようだ。悪かったと思う――この人のおかげでわたしは場所と身分とお金をもらえているのだ――じゅうぶんではないかもしれないけど。ハンビンがアトリエ獲得祝いのプレゼントに買ってくれた、お洒落《しゃれ》な五十年代スタイルの小型冷蔵庫へ歩み寄って、オレンジのファイバードリンクをふたつ取り出し、ひとつを学部長に手渡す。このドリンクの何がいいって、色がいい。オレンジという色は世のなかでばかにされすぎている。でもわたしは、朝焼け色の液体が詰まったそのガラスのボトルが大好きで、まちがいなくわたしの持ち物のなかでいちばん高価な、昔風のレタリングが施された美しいイタリア製の冷蔵庫にいつも入れておく。

「すみません」わたしは言う。「創作から気持ちを切り離すのに少し時間がかかるんです。もう大丈夫。詳しく聞かせてください」

わたしはスツールに腰かけて学部長と向き合い、キュリに教わった、自分だけに集中してくれていると男性に思わせる表情をしてみる。ただ目を見開いて耳を後ろへ引くようにし、わずかに笑みを感じさせる程度に口角をあげるだけなのだが。

学部長は咳払いする。

「ああいう議員たちがなぜ重要かというと、彼らが基金の活用先を決めたり、財閥に基金を確保するよう促したりできるからで、その基金できみがわが校を有名にしうる作品を創りつづけることが可能になるんだ。わかるな？」

わたしはうなずく。これはたしかに、重要だ。

「とにかく、わたしは後援者候補と議員を招いた昼食会の準備に励んでいて、きみにも出席を頼むためにここへ来た。来週月曜日の正午に〈ザ・ホテル・オブ・ジ・アーティスツ〉を予約してある。だからくれぐれも……」そこで言葉が切れる。わたしは息を詰めて続きを待つ。

「まあ、わかるだろう。立派に本学の代表を務めてもらいたい」と自信なさげに締めくくる。

この人はわたしの肩に重大な責任を負わせて家に帰ろうとしている。

「マリさんも来るんですか？」わたしは訊く。彼女はこの奨学金のもうひとりの受給者だ。脳波を表現したデジタル・インスタレーションだか、そんなようなものを制作している。

「いや」学部長は言う。「マリさんはなあ……。彼女自身よりも彼女の作品のほうが雄弁だと言っておこう」

わたしは愛想よく微笑んで、光栄ですと言う。わたしより優に十歳は年上のマリさんは、ちょっと何をしでかすかわからない人だ。四十歳近くて、太りすぎで、離婚している彼女は、あらゆる世代の韓国人男性の目にまったく映らない。こういう義務的な行事で何度か話したけれど、彼女はいかに衝撃を与えられるかで言葉を選ぶ人で、わたしは一緒にいて大いに楽しかった。学部長は明らかに、寄付者になりうる人に彼女を近づかせるのをためらっている。

「きみはこの学部のマスコットなんだ、忘れないでくれ」学部長は言い、また笑顔に戻ったので、わたしは何をどんなふうに言うかをまちがえなかったようだ。「展覧会のポスターにも、きみを大きく載せることになってるからね！　来週あたり、女性のカメラマンが来るはずだ。着るものやヘアメイクについては彼女が事前にコーディネートしてくれる」わたしは深々とお辞儀をし、学部長は満足げに立ち去る。

年長者を機嫌よくさせておくぐらい、わけはない。にっこり微笑んで、こんにちはとありがとうとさようならだけ真面目に言っておけばいいのだ。

このことをわかっていない人が、わたしの世代には——そしてわたしの選んだ職業には——多い。

その夜、わたしはハンビンと会って食事をしながら、居並ぶ寄付者の前に近々引っぱり出されることを話す。

「すごいじゃないか！」ハンビンは嬉しそうに言い、日に焼けたハンサムな顔をほころばせる。暖かい毛布のような幸福感がわたしの肩を包む。ふたりとも元気をつけなきゃと彼が言うので、わたしたちは大学前のグルメ通りで鰻《うなぎ》の蒲焼《かばや》きを食べている。

ハンビンはこの一年、母親を通じて知っているギャラリー経営者に紹介しようと何度かわたしに申し出ては、そのたびに拒まれていたので、なおのこと喜んでいる。彼も軽い気持ちでそんな申し出をしているわけではないのはわかっている。わたしがそういう好意に甘えれば、彼の家族がその人たちに借りを作ることになるし、彼のお母さんがそれを耳にしたら、少なくとも、激怒はするだろう。わたしは全部自分の力でやっていこうとしているし、わたしのそういうところが実は彼をつなぎ止めているのを知っている。ハンビンなら、去年自分の車のために支払った金額の半分で、わたしの学部にいる大学院生全員の作品をまとめて買うこともできる。言うまでもなく、大学のギャラリーで五月に開くことになっているわたしの個展の全作品を買いとることだってできる。

ハンビンは慣れた手つきで鰻の切り身をあぶって、わたしの皿にどんどん載せていく。鰻が好きではないことを、わたしはいまだに彼に言えずにいる。それでなくてもひどい偏食だと思われているからだ。

たとえば、刺身。わたしが育った家では刺身など食べなかったのに、ハンビンは高級な刺身料理店にわたしを連れていくたび、紙のように薄い生の白身魚を美しく並べてナマコかウニを添えた皿が運ばれてくると、目を輝かせる。わたしはやっとの思いで、吐き気が顔に出ないようにする。「料理長がぼくらのために最高の鯖《さば》をとっておいてくれたんだ――先週店に電話して、きょう来ることを伝えておいたから」彼はわたしに言い、半透明の刺身をわたしの皿に積んでいく。「それだけじゃないよ、すごく上等なフグの刺身も取りのけてあって、料理長がじきじきに出してくれるってさ！」

たぶん、ルビーはわたしの本音を察してくれていた。彼女の素敵なところのひとつは――そうと認めてさえいなかったけれど――わたしに生の魚介類を食べさせようとしなくなったことだ。それにフォアグラも、ラム肉も、ウサギも。大人になるまでわたしが口にしたことがなかったたぐいのどんな食べ物も。

でも妙なことに、そういう味覚の洗練された人たちと食事をしだして何年も経つのに、わたしの偏食はひどくなる一方だ。いつでもラーメンとトッポッキとスンデ（豚の腸詰め）でいい。食べ物なんか、なくてもいい。わたしは食べなくても平気なのだ。

いつものハンビンなら、わたしが早々に満腹だと言いはじめると怒るのだが、きょうはかまわないようだ。気が立っているかそわそわしているかのどちらかと見え、わたしはどうしたのかと尋ねる。

首を振りながら、彼は言う。

「仕事で苛々しててさ。そのことは話したくないな。どうにも気が滅入るから」

ハンビンはいま、一族の所有するホテルでベルボーイをしている。ホテルのオーナー一族のあいだでは、跡継ぎを彼らの帝国の前線に送りこむのが最近のトレンドになっている。ハンビンはコロンビア大学を卒業した夏に駐車場係からはじめて、数カ月後には配置換えされて厨房《ちゅうぼう》の皿洗い担当になった。

彼の母親は、夫が息子にそんな下っ端の仕事をやらせていることに呆れたふりをしているが、ハンビンによると、実は面白がっているらしい。あの人にとってはそれが、ホテルや息子や、そんな厳しいCEO訓練プログラムを考え出す夫の先見の明を自慢する目新しいネタになるのだ。

管理職の者たちは実際のところハンビンには何もさせないだろうと思うかもしれないが、昨今の財閥スキャンダルが多くの人々の考え方を変えた。卑屈におもねる追従屋もまだまだいるが、傲慢な監視者もまた増えていて、オーナー一族がまちがいを犯すのを待ち受け、すかさずその尻尾をつかんで警察かメディアに知らせる気でいる。「組合ってやつは！」ハンビンはときどき、いきなり鬱憤を吐き出すことがある。

「少なくともあなたは、使用ずみのコンドームを床から剝《は》がしたり、膝をついて汚れた便器をこすったりはしなくていいんでしょう」先週、どれだけひどい一日だったかを愚痴っている彼に、わたしはそう言った。わたしの頭にあったのは、スジンから聞いた話だ。彼女はソウルに出てきた最初の数カ月、理容美容専門学校に通いながらラブホテルの清掃の仕事をしていた。スジンの働いていたホテルは、料金が一時間単位だったので客の入れ替わりが目まぐるしく、食事する時間もないし、一時間ごとにコンドームやいろんな色の混ざった汚れを掃除したあとには食欲も失せるので、二週間で六キロも痩せたそうだ。お薦めの減量プログラムだと、スジンは本気で言っていた。

その話を聞いて、ハンビンは言葉もなくわたしを見つめたので、ショックを受けているのがわかった。だから慌てて、清掃係としてラブホテルに潜りこんだジャーナリストの記事を読んだだけだと言うと、顔つきがいくらか和らいだ。ハンビンは笑って、うちのホテルはそんなふうじゃないと言った。ほんとうにそう信じてもいた。

ルビーもホテルが大好きだった。使用人のひとりにあらゆるホテルのニュース——どこが新たなアフタヌーンティー・メニューを提供しているか、どこが新しい総料理長を雇ったか、どこが新たなスパ付き宿泊プランを出したか——を転送させては、わたしを強引に誘って目当てのホテルへ出かけたものだった。

あるとき、ルビーに呼ばれてホテルのプレジデンシャル・スイートに行くと、会議用テーブルの全面に書類が広げてあった。ミニケーキとボンボンが三段重ねになったアフタヌーンティー・セットも注文してあり、彼女はそれを頬張りながらノートパソコンのキーを叩いていた。

「なんなのこれ？」入っていきながらわたしは訊いた。そのスイートは広さだけでも息を呑むほどだった。どこもかしこも大理石に覆われているようで、ふたつの広間を抜けていってようやくルビーを見つけた。

「ここ、とんでもなく古いのよ」ルビーは言い、非難がましい目つきでクリスタルのシャンデリアを指さした。「あれなんか一九四〇年代あたりの内装そのままでしょ。改装するには二、三年はホテルを閉めなきゃねって、ここの人たちに言ったの。短くてもよ」

わたしは部屋から部屋へと歩きまわり、美しいソファや金張りの額縁、サテンのカーテンや本物の暖炉のマントルピースにそっとふれていった。リビングには、スタインウェイの真っ赤なグランドピアノが置いてあり、その向こうの床から天井まである窓からは、街の絶景が見渡せた。バスルームでは、クリスタルの小さな香水瓶が棚に並んでいて、クリスタルの球体のなかに芍薬《しゃくやく》の花が浮かんでいた。

「〝白鳥の頭〟を見てる？」ルビーが大声で訊いてきた。「ここはいったいどこなのかしらね、帝政ロシア？」

彼女が言っているのは、深い浴槽の蛇口のことで、金張りのほっそりした白鳥の首と頭が浴槽からにょきっと出ていて、くちばしから水が噴き出すようになっていた。けっこう可愛いとひそかに思い、わたしはそのカーブした首に指を走らせた。

ルビーのところへ戻ると、彼女は電話でさらにルームサービスを頼もうとしていた。「何が食べたい？」送話口を押さえながら、わたしに訊いた。

わたしが困って肩をすくめると、ルビーはやっぱりねという顔をした。「ホタテ貝のグリルをお願い——緑の野菜を敷いた上に載せてね。冷凍のじゃなく、生のホタテよ。バルサミコソースも添えてくれる？　ああそれと、角のサンドイッチの店にだれかをやって、イタリアン・サンドイッチを買ってきてもらえる？　あの有名な店。名前は覚えてない」

電話をガチャンと置いて、ルビーはにんまりした。「シーフードはわたしの。サンドイッチはあなたの。届いたら、かかった時間と料理の温度を書き留めるつもりよ。これこそ実のある仕事でしょ。このスイートに泊まるプレジデント級の客を長々待たせるわけにいかないし」

「どういうこと？」わたしは訊いた。いくらルビーでも、このお金の使い方は異常だ。これといった理由もなく、平日の午後にプレジデンシャル・スイートにいるなんて。

「ああ、うちの会社がこのホテルを買収したの」ルビーは言い、まわりに手を振り向けた。「ニュースで知ったのよ、わたしにはだれもなんにも教えてくれないから。それで韓国に電話して、ただちに宿泊の手配をしてもらったわけ。それでここに着いてから、このスイートにしてって頼んだの！」と笑った。「うちの会社の人たちにばれたら殺されそうだけど、父にわざわざ知らせようとはしないはず。どうやって穏便にすませるかを考えるだけよ」

わたしは目をむいて彼女を見つめた。「けど、万が一お父さんの耳に入ったら怒り狂うんじゃない？　ここって一泊何万ドルとかの部屋じゃないの？　何十万ドル？」まるで見当がつかない。

「耳に入ればいい気もしてる」ルビーは言った。「少なくとも、わたしが会社のニュースを追いかけてるってわかるでしょ」そしてまた苺のショートケーキを口に入れた。

そんなだから、わたしがルビーのほかに何も描けないのは不思議でもなんでもないのだ。あのスイートでの光景は、いまもそこにあるかのようにありありと目に浮かぶ。二カ月前、わたしはそれを、湖に浮かんだ睡蓮《すいれん》の葉の上でのティーパーティとして描いた。髪に芍薬とルビーを飾った彼女のティーカップに、白鳥が紅茶を注いでいる。何百匹という魚が湖の水面《みなも》で頭を浮き沈みさせながら、ルビーのほうを向いている。

ハンビンも授業のあとで来るとルビーに告げられ、わたしは卒業制作の続きをするからと言ってホテルを出た。やりたい放題のルビーに舌を巻くハンビンを見たくなかった。雲のようなベッドで一緒に眠るふたりを想像したくなかった。

でもいまは、ハンビンがわたしを好きな理由はまさにこれかもしれないと思う――わたしといれば彼は与える者の役を演じることができるから、こうなったのは嬉しい変化のはずだ。韓国人男性が女性のお金をどこまで享受できるかには限度がある、ことにその人自身も裕福な場合には。

鰻のあと、ハンビンは映画を観るかホテルへ行こうと言ってくると思っていたが、疲れたから家まで送ると言う。仕事でよほどいやな思いをしたにちがいない――荷物を運ぶのにもたもたしていて、また客に怒鳴られたとか。

ハンビンはオフィステルの前でわたしをおろし、わたしは遠ざかっていく彼のポルシェに手を振って、わびしく部屋へあがっていく。普段ならわたしのほうが、きょうは疲れてるからセックスしたくない、だめ、アトリエも部屋も見せない、と言って先に誘いをかわすのだけれど。

アパートに戻ると、ますます気分がふさぎ、読もう読もうと思ってだいぶ経つ本の背表紙にふれ、ラーメンが残っていないかとキッチンの戸棚を探り、バスルームの鏡で血色の悪い顔を見つめる。

とうとう、わたしは自室でまた仕事をしだす――レターサイズの小さい紙にスケッチをはじめる。ばしゃばしゃ暴れるたくさんの鰻、その上を漂う四柱式のベッド、そこから下を見おろすわたし。今度はルビーではなくわたしで、わたしは裸だ。少し消して、鰻の一匹を細い木に変える。その枝に星のような小さい花を描き加えていく。

鉛筆でここまで細かく描かなくていいのに――ただのお遊びのスケッチなのに――手が止まらない。こういうこと――まず着想をすべてスケッチしたあとで、それをもっと大きな絵か彫刻にする――を以前はよくやっていたのだが、もうそのやり方はしなくなっている。油彩を念頭に置きながら、鉛筆で細かい絵を描くのは、じれったいながらも気持ちが落ち着く。花はくすんだピンクにしようか——それともコーラルのほうがいい？　蝶が一羽か二羽いたほうがいい？　蝶たちはやっぱり鰻のほうへ行くのをためらってベッドのほうへ来る？

どのくらいの時間が過ぎていたのか、目をあげると、部屋の入口にキュリがいて、突っ立ったままわたしをじっと見ている。頭が片側に傾いていて、彼女がそうなるのは、すごく意地悪なことを言うくらいには酔っているけれど、いまにも眠りこみそうなほどには酔っていないときだ。わたしはため息をつく。これはたぶん、もうスケッチは進まないということだ——まあ、それならそれでいい。

「あんたのことを見てるとき、わたしが何考えてるかわかる？」頭を急に反対側に傾けて、キュリが言う。彼女から漂ってくるアルコールのにおいが目に見えるようだ。

「何？」わたしは言う。「ただいまがなかったけど、おかえり」

「わたしにも自分の天職を決めてくれる才能があったらよかったのに」キュリは言う。悲しげな口調だ。「選ぶ余地すらないように。それ以外のことを」つまり、わたしは幸運で彼女はちがうとほのめかしているわけだ。

「芸術じゃ食べていけないよ」わたしは憤慨して言う。「わたしより百万倍も才能のある人たちでも仕事にあぶれてるか、絵を買ってもらえずにいる。奨学金の受給者じゃなくなったら、わたしだってどうなるかわからないんだよ？」

アーティストのキャリアなど、刻々と角度を変えてちらちら光る幻でしかない。ニューヨークにいたころ繰り返し言われたのは、コミュニティの一員になっておけということだ。刺激だの着想だのそういう高尚なものだけじゃなく、現実的な仕事の情報を得るために。たとえば、ウェイトレスとして働きやすいレストランの情報とか。ルビーは自殺する二、三カ月前に、わたしにいまの奨学金を申請させた。

キュリがわたしの仕事を——まだ駆け出しだとしても——妬んでいるに近いことはもう知っているし、わたしたちの会話はいつでも、遅かれ早かれその線をたどることになる。さっき言っていたことと重なるが、自分は犠牲者でほかの人たちは幸せな星のもとに生まれついているという考えに、キュリは固執している。

「なら、ここまで来られたミホはすごく要領がいいわけだ」キュリは妬ましげに言う。「あんたってずるいよね。うまく立ちまわっていちばんいい場所に収まるんだもん」

これがやけに癪《しゃく》に障って、頬がかっと熱くなるのを感じる。いつもならキュリのずっとひどい言葉も聞き流すのに。たぶん空腹なせいか、ハンビンがあんなに早く帰ったせいだ。

「どうしてそんな言い方しなきゃいけないの？」わたしは言う。「喧嘩売ろうとしてる？　わたしが真剣にがんばってないと思うの？　いつなんどきすべてを失うかって恐れてないとでも？」

「なんでそんなにかっかしてるの？」心底驚いた顔で、キュリは訊く。「あんたが羨ましいって言ってるだけでしょ！　ただのお愛想だって！　幸運だと思っといてよ！」

キュリが面食らっているので、わたしは気を静める。

「ごめん」わたしは言う。「きょうはなんだか虫の居所が悪いみたい。キュリには何も関係ないよ」

「何、仕事のせい？」キュリは訊く。「ちがうな、ハンビンのことでしょ！」確信ありげに言う。

出ていってくれるのを願って、わたしは首を横に振る。スケッチに目を落とす。ところがキュリに目を戻すと、とても心配そうな顔をしていて、不覚にもじんときてしまう。どれだけ不当な思いこみをしていようと、キュリは気遣ってくれる友達にはちがいなく、それがどんなに得がたいものかわたしは知っている。それこそが、キュリのシリーズをいまは描けない理由だ。

でも書きはじめるときが来たら、それを妓生《キーセン》（朝鮮の伝統的な芸妓）のシリーズにするつもりだ。たぶんキュリを、赤い目をした幽霊として描く。背中は曲がっている。顔と両手首には注射器が刺さっている。妓生の韓服《ハンボク》を着ている。妓生の韓服について調べる必要がある。何世紀も前の男性を魅惑するのにはどんな色を身に着けていたのか。幽霊の妓生シリーズ。こうしてああしてと考えながら、じろじろ見ていると、キュリは気味悪そうにする。

「何よ？」キュリは言う。「なんでそんなふうに見てるわけ？　なんなのよ？　ほんとにハンビンのことなの？　彼は何したの？」

わたしは頭をはっきりさせようと首を振る。ほんとうは、このイメージが消えないうちにあれもこれもスケッチしはじめたくてたまらない。なのにキュリの妙な声音がわたしを爆発させる。

「ハンビンのことをくどくど言うの、ほんとやめてくれないかな」わたしは言う。「彼は付き合うには最悪の相手だって思われてる感じがする。わたしが彼にふさわしくないからとかなんとかで。すごく不愉快なの」

ああ、言ってしまった。ほんとうは、キュリがハンビンのことを話しても、いま大げさに言ったほどには気にならないのだけど、きょうは苛々してしまう。

「そんなの思いちがいもいいとこ、信じらんない」震えていてなお冷えきった声で、キュリは言う。「わたしが毎日どれだけのジレンマに直面してるかわかってる？　あんたを見るたび、より守らなきゃいけないのは何か、見きわめようとしてるんだよ――あんたの将来か、あんたの理想か、あんたの見当ちがいの信念か」

「いったいなんの話をしてるの？」わたしは言う。

「ハンビンの、話を、してるの」一語一語を吐き出すように、キュリは言う。「それに、あんたに話そうかどうかすごく葛藤してた」

会話のどこかを聞き落としただろうかとわたしは考えている。頭のなかで絵を描いているとそうなりがちだから。「何を？」

キュリはわたしをにらんで、ひと呼吸し、「なんでもない！」と乱暴に言い捨てるや、自分の部屋へ足早に去っていく。でもわたしはこれで終わらせる気はない。

「キュリ。いま教えて。どういう話なの？」わたしは部屋までついて入って、彼女の腕をつかむ。もしこれがただの性質《たち》の悪いヒステリーなら、これっきりにしてもらいたい。

キュリはわたしを押しのけ、こちらに目もくれずに服を着替えはじめる。パジャマ姿になると、アンティーク調のドレッサーの前にすわり、高価な発酵クレンジングオイルをポンプふた押しぶん使ってメイクを落としはじめる。この図には惹かれるものがある——縁取りがレースのパジャマを着たキュリが、楕円《だえん》形の鏡の前で、怒った顔からゆっくりと色を拭きとっていく——とても目が離せない。わたしは自分の部屋へカメラを取りに走りたくてしょうがない、この瞬間をとらえておいて、あとで描き起こせるように。

「ほんとうに知りたいの？」キュリは訊き、こちらへ顔を向けてわたしの恍惚《こうこつ》状態を破る。アイシャドウやチークや口紅は跡形もなく拭いとられ、肌はオイルでつや光りしている。

わたしたちはしばし見つめ合う。

キュリがわたしの前にぶらさげているその事実は、想像のつくただひとつの事実でしかありえず、そういう意味では、わたしはすでに知っている。

「いいから話して」わたしは小声で言う。

キュリは頭を片側からもう片側へと傾ける。そして口を開く。「ハンビンはほかの女と寝てる、少なくともひとりと」彼女は言う。「ほんとに気の毒だけど」わたしと目を合わせられずにいる。「でもさ、考えようによっては気が楽にならない？　ハンビンとだめになるのをこんなふうに待ってなくていいし、彼もよくいるゲス野郎でしたってことで、こっちから振ることもできる。いずれ一緒になるなんて幻想を抱いたまま、無駄にしちゃいけないこの先何年かの人生を過ごす代わりにね」

キュリは舌がもつれる勢いで言葉を繰り出す。あとひと押しで改宗しそうな人を説きつける伝道師の口ぶりだ。

「そっか」わたしはぽつりと言う。口まで出かかっている言葉はたくさんある――〝なぜ知ってるの？〟〝相手はだれ？〟または無意味な〝そんなことありえない〟。でもキュリが事実を話しているのは、顔を見ればわかる。いまにも倒れそうな感じがしてきたから、何かにつかまらないと。わたしはくるりと背を向け――老婆みたいによろよろと自分の部屋へ戻る。自分の体の上を漂っているような気分だ――どうにかしてまた絵を描こうとする自分を見ているようなな。こんなに苦しくては、進められない。

知りたくない。知りたくない。

「ミホ」キュリが言う。彼女はわたしの後ろにいて、その声にはいま、優しさといたわりがこもっている。わたしに話したことを後悔しているのだ。

わたしは振り返らずに手をひと振りし、ひとりにしてと伝える。

自分の部屋で、小さいスケッチを再開する。胸に痛みが走り、この先これは、つらくならずには見られない絵になるのだろうと気づく。残念、もう好きになりかけていたのに。ただ、これ以上描き進められないということではない——さらなる熱情と、さらなる怒りをもって向き合うことはできるし、おそらくそのほうがいい仕上がりになるだろう。

夢遊病者になったような気分で、ふらふらとバスルームに入り、シャワーの湯を出す。これからはいくらでも自分の時間が持てることにふと気づく。仕事ができるのはありがたい。服を脱ぎ、ジュエリーをはずす——パレット形のチャームがついたゴールドのネックレスはもちろんハンビンからもらったもので、小粒の黒ダイヤがはめこまれたエタニティ・リングもそうだ。

ほどなくガラスと鏡が湯気としぶきに呑みこまれる。わたしは目を閉じ、頭と体に打ちつける熱い湯をじっと浴びつづける。

それでわたしはどうするの？　その問いが、冷酷に心をえぐる。いつかこういうことになるのはわかっていて、覚悟しているつもりでいたけれど、やはり動揺している。

死ねたらいいのに、そうしたらこの痛みを感じなくてすむのに。

まだ小さかったいとこのキョンヒとわたしに、おばが話してくれたのを覚えている——わたしの祖母が怒りで死んだことを。恨《ハン》——祖母より前の略奪された世代からの鬱積した怒り——で窒息死したのだという。祖母は目の前で両親が死ぬのを目にし、義母にお付きの奴隷のごとく仕えてきたあげく、若くして老けこんだ。授かった息子——わたしの父——は結局のところ気弱な戯《たわ》け者で、悪賢い義理の娘——わたしの母——にたぶらかされた。

わたしたちは祖母の憤怒を受け継いでいる、こういう強力なハンは老婆の死とともに消え去るものではないとおばは言った。だから激論に至るような状況を避けるべく、心して自分を抑えるようにと。

「あんたたちは自分が何をしかねないかわかってないのよ」おばはため息まじりに言った。わたしたちはおびえながらうなずいた。おば自身も、人生でしでかしたいくつかのことを悔やんでいると言っていた。だからわたしたちに同じ思いをさせたくないのだと。

ハンビンのドライブレコーダーからSDカードを抜きとるというアイデアをくれたのは、キュリが観ている最新のドラマだ。キュリはハンビンの浮気をどうやって知ったのか話そうとしないし、こちらもほかに言いたいことがないので、ここ数日はテレビを大音量でつけっぱなしにすることで、わたしたちは寒々しい共存を維持している。

わたしが自分で作ったラーメンを持って小さなテーブルの前にすわると、その目覚ましいアイデアを含むシーンが画面で展開される。ドラマでは、財閥の御曹司が、彼の妹だとだれもが思っている女性と恋に落ちる。その不快な関係を疑った彼の父親は、夜中に息子の車に忍びこんで、ドライブレコーダーからSDカードを抜きとる。その映像をたしかめてみると、いやな予感はやはり当たっている。

そのSDカードのシーンにわたしは注意を引かれ、同じくこれは使えると思っているんじゃないかと、キュリのほうにさっと顔を向ける。彼女はわたしに目もくれない。背筋と首をしゃんと伸ばして床にすわっているところからすると、また新手の治療法を見つけたらしい。おおかた、二時間も施されるマッサージにキュリが病みつきになっている、あのボーン・セラピーのセッションだろう。彼女の勧めでわたしも一度行って、フェイス・セラピーを頼んだら、死ぬほどの力で顎を押され、悲鳴をあげてやめてもらった。返金を頼んでも受けつけてくれないので、残っているセッションをキュリに寄贈した。それは可能だと言うから。

しかしドライブレコーダーとは——まちがいなくうまくいきそうだ。ハンビンは駐車係にノートパソコンを盗まれたあと、車内を録画する機種を取りつけていた。

肝心なのは、わたしがSDカードを抜きとれるだけのあいだハンビンを車の外にいさせることだ。ネットでドラマの録画をじっくり観たので、そこそこ手早くできると思うが、見つかるんじゃないかと神経をすり減らしていたらしくじるだろう。

イテウォンで彼の友人たちと落ち合って飲む日、わたしはついに行動に出る。ハンビンはわたしをアトリエで拾ったあと、レストランから一ブロック離れた路上に、奇跡のような駐車場所を見つける。そこからレストランまで歩いているとき、わたしははっと息を呑んで、車に携帯を忘れてきちゃったと言う。

「取りにいってくる」わたしは言う。

「だめだめ、ぼくが。二秒で行ってこれるよ」すでに引き返しかけているハンビンに、わたしは〝女性の例のもの〟もきっとバッグからこぼれ出てると思うから、と付け加える。男性を逃げ出させるには、生理用品のことを口にするにかぎる。

そんなわけで、証拠はあっけなく手に入る。


飲み会のあと帰宅して、自分のパソコンで録画を見ていく。ひたすらスクロールを繰り返したあと、わたしはそれを見つける——彼が車のなかで女の子とセックスしている映像を。暗いし、画像がぼやけていて見づらいけれど、そのリズムと音は聞きちがえようもない。再生をいったん止めて、目を閉じる。そして机の下へもぐりこみ、体をまるめて、いま感じている鋭い痛みが消え去ることを願う。

もちろん、痛みは消えず、脚が犬のそれみたいに震えている。

これ以上は耐えきれないんじゃないか、いっそ燃やしてしまおうかと考える。でもあの女の顔が見たい、あの女の何が彼をなびかせたのか知りたい。わたしはまた椅子に這《は》いあがり、映像を巻き戻す——後部座席へ移る前、助手席にいるときの近接した映像があるはずだ。そして、思ったとおり、ドアが開いて女が車に乗りこんでくる。その女はナミだ。キュリの友達の。子供っぽい顔と大きすぎる胸をした、あのおばかさん。わたしの直感では、コールガールのたぐいでもある。

車で移動している無言のふたりをわたしは見つめる。やがてハンビンが車を停め、ふたりとも前のドアから出て後部座席へ移り、さっき見ていた場面がまたはじまる。ふたりは言葉を交わしてもいないから、こういうことが前にもあったのは明らかだ――たぶん何度も。はじまったのは、キュリとナミとの飲み会に彼を呼んだときにちがいない。わたしはキュリと家に帰って、ほかの人たちはまだ残っていたのを知らなかった。

暗闇で目を見開いたまま、長いことベッドに横たわったあと、パソコンのところへ戻って、さらに映像を見る。そしてまた耐えられなくなってベッドへ戻る。

それから数日かけて、わたしはSDカードの録画にひとつ残らず目を通す。ハンビンの声が聞こえるたび、心が粉々に砕ける。車中での通話から、彼がイルサン・グループの令嬢とのお見合いをお膳立てされていて、結婚の日取りも決められそうになっているのを知る。

お見合いは、お相手が料理留学先のパリから帰国する、来月の予定だ。

ある意味で、わたしはいま、生きてきて初めて真の自由を味わっているように思う。このことはこう考えればいい――これは宿命で、罪の赦しでもあるのだと。

わたしはゆっくりと自分の罪に溺れていた――まだルビーのものだったハンビンをほしがった罪に、彼のところへ行って身のほど知らずにも自分の気持ちを伝えた罪に。わたしは自分には向かない世界に住んでいたのだ。

ハンビンはいつも何かを差し出していた。わたしは受けとるのをいやがった。それがわたしの愛を彼に示す方法だと思っていたから。物やお金や、彼の住む世界や、くしゃみする間に出世の道を切り拓ける、あの一族のコネなどなくても、彼を愛していると示したかった。どんな形でも彼に負担をかけたくなかったし、わたしの決断が彼の家族にどう見えるだろう、どこの特別研究員がより立派に見えるだろうとさんざん悩んだ。

わたしの作品をハンビンに決して見せなかったのは、ルビーを題材にした作品しか創れなかったからだ。

いつかわたしの個展に来るハンビンを想像すると楽しい。どこを見てもルビーしかいないのだ――彼女の顔、彼女の体、彼女の憎しみと願望、彼女の冷淡さと高慢さ、彼女が大事にしていた宝物たち。

でも、わたしの作品に息づくルビーを彼が見る前に、わたしはハンビンから吸いとれるだけのものを吸いとるつもりだ。わたしは解き放たれた野獣になる。こうなったら彼から奪えるものは奪ってやる。いままでキュリの男性観をだてに聞いてきたわけじゃないのだ。

ハンビンにねだってジュエリーを買ってもらおう。

わたしの個展を買いあげてもらおう、それだけでまた新聞や雑誌に別の記事を載せてもらえるように。

女性誌――パパラッチが撮ったお金持ちや有名人の写真だらけのぶ厚いバイブル――に、ハンビンはわたしの恋人だとリークしよう。

瞬く間にのしあがって、彼がわたしを捨てるころには、荒ぶる稲妻に、無慈悲な破壊者になっていよう。

絶対に何かを手にして起きあがってやる。

ウォナ

　赤ちゃんがまたそっと叩いている。これをされると、わたしは心臓が飛び出しそうになり、何をしている最中でもそれをやめて、彼女を感じようとお腹に両手を置く。

　これがなんなのかはわからない――はじまったのは、つい今週の初めだ。赤ちゃんが〝蹴っている〟とよく言われるやつなのか、しゃっくりでもしているのか、判断がつかない。

　それがなんであれ、心の奥深くに希望がどっと湧いてくるほど嬉しくて、わたしは人前で泣き崩れずにいるのがやっとだ。このことをだれかと共有したい――だれでもいいから。地下鉄で隣にすわっている女性の腕をつかんで、その人に話したい。わたしのなかで小さな世界が芽吹きつつあることを知ってもらいたい。わたしの赤ちゃんがわたしに話しかけようとしていると。生きようとしているのだと。

この三カ月、わたしは自分とちょっとしたゲームをしていた。ゲームと呼んではいるけれど、一連の交渉と言ったほうが近い。交渉相手がだれかはわからない、わたしは神を信じていないから。

そのゲームはこういうものだ。もし赤ちゃんがもう一週生きてくれたら、わたしはこれをする。あるいは、何かをひとつ断つ。先週は、出産後も二度と煙草を吸わないと誓った——そんなに先のことを持ち出したら罰《ばち》が当たるんじゃないかと、ためらいはしたのだが。煙草をそれほど吸うわけでもないけれど、断つもののネタが尽きてきていた。その前の週は、鏡に映る自分を見てうんざりしても、二度とダイエットサプリを飲まないと誓った。さらに前の週は、もう記憶を失うほどの深酒はしないと誓った。

このゲームのことを夫に打ち明けそうになったが、かろうじて思いとどまった。彼はその行為が立派だとも、心を強くするとも、母親らしいとも思わないだろう、わたしはそう思っているのだけれど。

この前通院したとき、女医から、もう妊娠中期に入っていて、流産する確率はわずか二、三パーセントだから、あまり心配しなくていいと言われた。わたしは、その二パーセントまでの人は百パーセント流産を経験するわけで、やっぱり何かよくないことが起こる気がするんです、いつとは言えないけど、と返した。女医に妙な目で見られ、わたしは言わなければよかったと思った。その女医は石塔のような顔をしている。

夫は今週ずっと、また中国にいる。つまりわたしは夜、ベッドの全面に体を伸ばすことができ、肌にふれるシーツをいつもの倍ぐらい気持ちよく感じているということだ。ベッドのどちらの側へもごろんと転がれるから、心ゆくまで寝返りを打てている。

結婚の〝べし・べからず〟をまとめた手引き書がもしあったなら、第一章のタイトルは〝キングサイズのベッドを買うべし〟にするべきだ。

クイーンサイズのベッドだと、夫はいつも先に寝つくので、わたしは半分よりこっちへ侵出してくる彼を険悪な目でにらむことになる。しまいには夫の腕や脚が体の上に載ってきて、わたしは眠れないまま天井を見つめ、憎らしさのあまり背中を小突いてやると、彼は自分の側へ転がっていくが、ほどなくまたこちら側へ戻ってくる。それにいまは妊娠していて、もう睡眠薬は飲めないし、名なしの神々との赤ちゃんがらみの初期のやりとり以後、メラトニンも断っている。取引を小出しにしておけばよかった——一週間に一ミリグラムずつ服用量を減らしていくとかにして。もともとひと晩に十ミリグラム飲んでいたから、十週間は多少なりとも睡眠補助剤のお世話になれたのに。でも妊娠二週目あたりで完全に断ってしまったから、いまでは午前三時か四時に入眠できれば、夜のうちに眠れたと見なしている。

妊娠初期には、夫のせいで眠れないと頭に来ていた。彼の肩を揺すって「あなたのせいで寝つけないじゃない」と声荒く言ったものだ。夫はごめんごめんと離れていき、勢い余ってへりから落ちそうになるほど端のほうに横たわるのだが、ふたたび寝入るとやっぱりわたしのほうへ寝返りを打ってきて、また苛々のサイクルが繰り返される。

意識が変わったのは、不眠は避けようがなく、ずっと続くものだと——妊娠したら、二度とまともには眠れなくなるのだと——書かれたブログを読みはじめてからだ。赤ちゃんが眠っているときでも自分は眠ることができなくて、頭が変になるものらしい。

そのときから、眠れないのは夫のせいじゃないと努めて考えるようにした。そもそも結婚生活にこのクイーンベッドを持ちこんだわたしのせいだと。うちの父はわたしが結婚することに、しかも相手は仕事を持つ普通の男性だというのに驚嘆して、おそらく何かを売ったお金でわたしたちにこのベッドを買ってくれた。なけなしのお金を使わせるなら、キングサイズのを奮発させるよう仕向けるべきだった。でも父の接客をした販売員は、より高額な商品を勧めようともせず、このベッドは新婚さんにとって何より賢いお買い物になるでしょうと言ったのだ。そんな嘘っぱちを並べる販売員は絞首刑にすべきだ。

夫が出張に出る前、わたしたちは喧嘩になった。「今週末、SETEC《セテク》（ソウル貿易展示コンベンションセンターの略称）でベビー用品フェアがあるよ」夫は言った。わたしは仕事から帰って夕食のカルグクス（手打ちの平麺料理）を作っていて、夫はテーブルの上を片づけて配膳をしていた。「赤ん坊の服や哺乳瓶やベビーカーなんかを見にいかないか？　商品を試して何が必要か決めるには、何度か店にも足を運ぶことになるだろうけど。うちの親父がいくらか金を出してやるって言っててさ。来月、退職金が入るらしい」

わたしはくるりと振り返り、信じられない思いで夫を見つめた。「縁起の悪いこと、やめてよ」わたしは言った。「彼女のことは話さないで！　考えもしないで！」

夫はわずかに眉をひそめた。

「ウォナ、こんなのばかげてるよ」彼は言った。「もう妊娠期間の半ばに入ってるんだ。真面目な話、きみの上司にもそろそろ話さなきゃ。それに言っとくけど、思いこみをしてるのはきみのほうだぞ。女の子だって決めつけるのはよせ。男の子だったときにどれだけきみが失望するか、心配になってきてるんだ。もし男の子でも同じだけ愛情を注いでやれるならいいけど」

「やめてよっ」わたしは怒鳴った。「どうせあなたは男の子がほしいんでしょ！」

夫にそんな口のきき方をしたのは初めてだった。祖母がよくしていた、毒のこもった口のきき方を。夫を傷つけたとわかったのは、そのあと彼が普段にない態度を見せたからだ——夫はその夜ずっと、そして翌朝になってもわたしに話しかけなかった。ひと晩じゅう悲しげな目をわたしに向けている気配がしていたから、こちらが謝るのを待っていたんだろうけど、それは甘い。わたしは気にも留めず、夫はカルグクスの丼を寝室へ持っていって、わたしのドレッサーの前にすわって携帯を見ながら食べた。夫が寝入った夜中に、わたしは点々と飛び散ったスープを拭きとるはめになった。

近ごろ、わたしが唯一夫への愛情の名残を感じるのは、職場のそこかしこでお決まりの夫叩きがはじまるときだ。以前は、まわりに女性社員しかいないとき——昼食どきか、コーヒー休憩か、会議がはじまるのを待っているあいだ——によくあったのだが、ここ最近は男性がいるときでも、真面目な仕事の話にぽつぽつ交じるようになっている。

「もうほんとに我慢の限界よ」ボラ先輩が言う。「あの人、ゆうべ午前三時に帰ってきて、スンヨンは目を覚ましちゃうし、けさはけさで、わたしにヘジャングクを作ってくれって言うの。それでわたしが、もう仕事に行くから無理って言ったら、今度から母さんに作ってもらって、すぐ食べられるように冷凍しとく、だって。信じられる？ ただでさえお義母さんには妻と母親の務めを怠ってると思われてるのに」

ジュウン先輩が口をはさむ。「それぐらいなんでもないわよ。うちのお義母さんが今年になって何回、わたしたちの留守中に家に来たかわかる？ あのマンションを買ってくれたのが義理の両親なもんだから、あの人、自分の家も同然だと思ってるの。わたしたちが留守だって知るといつでも、〝ちょっと立ち寄って〟息子の好物を冷蔵庫に入れて、もちろんそこらじゅうを覗きまわるのよ！ この前なんか、避妊ピルを使ってるのかって咎《とが》める口調で訊かれたわ、きっとうちの寝室のバスルームにあるのを見たのね。鍵を替えることもできやしない。そんなことしたらこの世の終わりみたいに大騒ぎされて、わたしはたぶん路上に放り出されるから！」

そしてわたしはすわって、驚愕《きょうがく》と同情の面持ちでうなずきながら、都合よく母親を亡くしてくれている夫のことを、いつもより温かい気持ちで思い出すのだ。

でも、この先わたしたちが家を持てる見こみがどんなものか知っていたなら、わたしは死んでいる義母よりも生きていてお金のある義母をありがたがっていたかもしれない。夫と結婚する前、わたしはぼんやりした安心感を持っていた――ああ、この人は十本の指に入る複合企業での安定した仕事に就いてるから、ふたりの収入は確保されてる。お金を貯めて、数年したらマンションを買おう――みんなそうしてるんじゃない？

彼の月給がわずか三百万ウォンだとは知らなかった。いや、もっと正確には、三百万ウォンという月給がこれほど心許《こころもと》ないものとは知らなかった。結婚生活が長くなるにつれ、うちの預金通帳はわたしが抽斗から取り出すたびに痩せ細っていくようだ。

マンション購入が届かぬ夢なのはわかっている。それでも毎月毎月、わたしは生活費を切り詰め、夫婦で食事をおごってもらえる機会を探しまわっている。トイレットペーパーに加えて、会社の給湯室の食器洗い洗剤やスポンジまで家に持ち帰りはじめている。事務用品を転売できる方法があればいいのに。うちの戸棚には質のいいペンがだいぶたまっている。

しかし、認めたくはないけれど、夫の言うこともひとつは正しい。産休を申請するのなら、もう職場に伝えなくてはいけない。産休は一年以上はほしいが、一年以上だと無給になると聞いた。でもただの噂なので、たしかめる必要がある。とはいえ、わが社の人事部は情報を漏らすことで悪名高く、わたしがまず人事部に相談したと直属の上司に知られたら……そう考えるだけで膝ががくがくする。

この赤ちゃんは順調に育つかもしれないと思いだしてからずっと、上司にどう伝えるか悩みつづけている。未婚で、仕事中毒で、酷な女性上司にそんなことをどう話せばいい？　有給の産休をとろうなんて笑止千万だと言われそうでわたしは怖い、その上司が産休をとることはないだろうとみんなが思っているだけに。「だめ、だめ、だめ。働かないのになぜ有給でなきゃいけないの、ほかの人たちみんながあなたの倍も勤勉に働いてるのに？　あなたはおうちで赤ちゃんと遊んでいられるんでしょう？　あなたみたいな女性がいるから、企業は女性を雇いたがらないの。あらゆる会社の女性の妨げになってるのよ。あなたが男性なら、赤ちゃんが生まれたあと何日ぐらい休みをとるかしら？　そう、一日もとらない」そう言ってあの人は、わたしが職場復帰するとき降格されるよう力を尽くすだろう、どういうわけかフェミニズムの名のもとに。わたしがまともな時間に――たとえば、夕食どきより前に――帰ろうとしようものなら、あの人は凝縮させた怒りをバーナーのごとくわたしに噴射するだろう。わたしはあの人の戦術を知っている。その辛辣な、恨みがましい心を知っている。あんながみがみ女でなければ、あの人を気の毒に思っていただろう。けれど、わたしの嫌悪は胸の真ん中で重い岩と化している。日ごとにそれは、胃のほうへ少しずつ沈んでいく。

わたしの唯一の策は、ボラ先輩から情報を聞き出すことだ。彼女は最近うちの部署に異動してきたばかりなので、あまりよくは知らないのだが、三つか四つぐらいの息子がいる。前の部署の上司はチョンさんより優しかっただろうか、彼女は産休の話を持ち出すのにこれほどびくびくしただろうか。ランチのときに訊いてみようとわたしは決意する。なかなか聞けない私生活の情報を集められる時間だ。


午前十一時五十五分、フロアの全員がいっせいに立ちあがってエレベーターのほうへ向かい、下行きのボタンを押して、満員のエレベーター四基を行ったり来たりさせたあと、わたしたちは二十分後にようやくロビーにたどり着く。毎日毎日こうなので、自分はなぜほかのみんなより二十分早くランチに出て二十分早く戻ってくるようにしないのかと考える。みんなわたしと同じことを思っているはずだ。けれど、イ部長以外はだれもそうしない。

ロビーにおりてから、わたしは自分のまちがいに気づく。きょう、わたしたちのチームは〈サン・ツナ〉へランチに行くのだ。刺身、しかも鮪《まぐろ》だなんて、妊婦には最悪の食べ物だ。自分のデスクに残ってカップラーメンを食べていればよかった。心のなかで自分に蹴りを入れるが、そこで、六週間前にコンビニの食べ物を断つと誓ったのを思い出す。急用の電話が入ったふりをして抜け出す手もあるけれど、これは結婚式に来てもらったお礼にチョ主任がごちそうするランチ会で、チームの全員が集まれる日程の調整と再調整に三ヵ月もかかっていた。いま抜けたらひんしゅくを買うだろう。おごる相手がひとり減るわけだから、主任はひそかに喜ぶかもしれないが、それでも何週間かは憤慨したふりを続けるだろう。それでは割に合わない。

狙いすました動きで、わたしはテーブルの端の、ボラ先輩の真向かいの席に着く。鮪を食べていないのをだれにも気づかれませんようにと願いながら。だからこれ見よがしにもりもりとパンチャン（キムチなど、おかずの類）を食べ、給仕係におかわりを頼む。

「それで、楽しいですか？　結婚生活は？」だれかがお義理でその質問を投げかける。

チョ主任は自慢する。「そりゃな、毎晩家に帰って温かい手料理にありつけるのはいいもんだ。いまのところは大いにお薦めしとくよ」

「お子さんがほしいなら、すぐにでも取りかかったほうがいいですよ」グムさんが声高に言う。「歳とってから子供と走りまわるのはきついですから。腰が痛くなる」

そこでテーブルの向こう端にいるだれかが、近ごろとみに歳を感じるだの、体のあっちもこっちも痛いだのとぼやきはじめ、話題が子供からそれていきそうになる。だからわたしは急いで言う。「もっと子供を持つおつもりはありますか、ボラ先輩？」

ボラ先輩は鮪で口のなかがいっぱいなので、喉を詰まらせかけながら、激しく首を横に振る。「冗談でしょう？」彼女は大声で言い、全員の注意がそちらへ向けられる。「子供ひとりでわたしはいっぱいいっぱいよ」

ボラ先輩より三歳は年上のチョ主任が舌を鳴らす。「なあ、こうも言われてるぞ。若いうちは大変でも、子供は歳とってからかけがえのない財産になると。個人的には三人ほしいな」と破顔する。「若いきみらはみんな、さっさと動きだすべきだ。おれみたいに待つな。おれはもう後悔してる」

テーブルの向こう端で、チョンさんが箸で鮪をぶすぶす刺しているのが見える。

「子供ってお金を吸いこむ穴みたいよ」ボラ先輩が言う。「お金を投げこめば投げこむほど、どんどんその穴が大きくなるの」

みんなが笑う。ボラ先輩の皮肉な口調からすると、冗談と受けとっておいたほうがよさそうだ。彼女がそんなふうにお金のことを話せるのは、お金に不自由していないからだ。旦那さんは弁護士だし、そのお父さんはシンチョンで韓医院《ハニウォン》を営む有名な医師だ。

「なぜです?」軽く興味を引かれた感じの口調で、わたしは訊く。「なぜお子さんにそんなにお金がかかるんですか?」ベビーカーが思いのほか高価で、小学校にあがると塾や家庭教師への出費がはじまって、それが急激に増えていき、その後もちろん大学の授業料が要るのは知っているけれど、三歳児になぜそんなにお金がかかるのかは想像を超えている。たぶん先輩は将来の出費まで見積もっているのでは? それか、子供に朝鮮人参のエキスとか純銀のスプーン一式でも買い与えているんだろうか。人口を増やす必要があるから、保育所の費用は国が払ってくれるし、赤ちゃんを産むだけで毎月現金が給付されると聞いたけど。

ボラ先輩はわたしを見て笑う。「つまりね、このごろじゃだれも子供を持とうとしないのも無理はないってこと。責める気にはなれない。このひと月にあったことを話していい？　ええと――うちの子は保育所に行ってる、無料だから公立のところに申しこんだけどやっぱり入れなくて、イギリス人の保育所に行かせることにした、これが月に百二十万ウォン」うっと息を呑んでいるわたしにかまわず、先輩は続ける。「保育所は午前九時から午後三時まで、ということは子守のおばさんに朝八時に来てもらって、わたしが夜に帰宅するまでいてもらわなきゃならない。で、その人に支払うのが月に二百万ウォン。それと服ね。どうしてか、子供の服っていくらあっても足りないの。毎週何か買いにいってる気がする。それに食料品の買い物に子供を連れていくたび、おもちゃを買わされる。だめと言ったら店の真ん中でぎゃんぎゃん泣かれて、恥ずかしくて死にたくなるから。あと、絵本！　絵本がどんな値段するか知ってる？　子供の本って三十冊とか五十冊とかのセットで売ってるの。おまけに、クラスのみんなが持ってるからって、絵本を読みあげるキツネのロボットまで買わされたわ」まだまだ話は続き、わたしはどんよりした夢のなかで彼女の声を聞いている。

ボラ先輩が並べ立てている物のほとんどは必需品じゃないとわかっている。わたしの子供には、余分なおもちゃも本読みロボットも五十冊セットの絵本も買わない。ただ、そのときが来てもほしくならないと思うほど、わたしは単純でもない。娘に物を買ってやれないのはさぞかし胸が痛むだろう。

話題は休暇のことに移っている。ボラ先輩が、チェジュ島のホテルの子供用スイートと子供の体験プログラムを組み合わせたプランを予約〝しなきゃいけなかった〟と話しているからだ。明らかに、産休など問題にもならない別の惑星に住んでいる彼女に、それについて尋ねるのはやめておく。たぶん彼女は有給を求めさえしなかっただろう。

午後二時ごろ、わたしたちはオフィスに戻る。チョンさんがわたしを会議室に呼ぶ。なんの報告書を持ってこいとも、なんの進捗報告をしろとも指示がないので、どんな求めにも応じられるよう、いま取り組んでいるすべての仕事の書類をかき集めていく。

チョンさんはテーブルの向こう端にすわって、書類の束をむっつりと見おろしている。この人が好んでここに部下を呼ぶのは、これが自分のオフィスで、デスクもこのフロアのわたしたちみんなと同じサイズではないようなふりができるからだ。わたしは一礼して、上司からふたつ離れた席にすわり、報告書をがさごそしはじめる。

「待ってて」チョンさんはこちらに目もくれずに言う。そしてたっぷり五分かけて書類の残りをめくっていき、わたしはただ報告書の最初のページを見つめながら、書いてある文章に全然覚えがないけれど、わたしはいつこれを書いたんだろうと考えている。

「さて」チョンさんが言う。「ウォナさん」

「はい」

「遠まわしに言うのはやめておくわね。あなた妊娠してる?」

わたしはショックのあまり息を呑む。反射的にお腹に手がいく。

「どうしてわかりました?」わたしは訊く。

「わたしには目があるの」彼女はきつい声で言う。「それと脳みそも。それに、あなたの最近の報告書はひどすぎて読めたものじゃなかった。そこからも察しはつくというだけ。よく書けていたためしがないから」

わたしは報告書に目を落としてうなずく。「すみません」小声で言う。妊娠の件と報告書の件のどちらについて謝っているんだろうか。

「予定日はいつ?」きびきびした声だ。その目がわたしの頭蓋骨に穴を穿《うが》っているのが感じられる。

「九月九日です」

「人事部には伝えたの?」

「いえ……」

「けっこう」

わたしは不安になって目をあげる。チョンさんはまた椅子にもたれてため息を漏らす。

「これはいまはっきり言っておくわね」彼女は疲れた声で続ける。「あなたに抜けられると困るの、一連の大規模なレイオフに加えて全社的な雇い止めがはじまっているから。正直なところ、雇い止めがなければ、とうにあなたを馘《くび》にしていただろうけど、いまはあなたで間に合わせなきゃならない。あなたみたいな人でももし欠けたら、後任の補充はしてもらえないし、わたしたち全員の仕事が増えるの。わかるわね？」

わたしは無言でうなずく。

「来年の第二四半期に始動する新プロジェクトが四つもある。それらを完遂できなければ、この部署はまるごと解体されるの。わたしの上司が言うには、このプロジェクトはわたしたちを残すか切るかを決めるためのテストだそうよ。それで、部署が解体された場合も、わたしはこの地位にあるから残れる。別の部署へ異動になるだけ。でもわたしの部下は全員、解雇されるでしょう。だからね、同僚のみんなが生活を守るために働いているときに、あなたが長い産休をとるのは不公平だと思うわけ。特に、ほかの人を入れて頭数を揃えられないときには」

チョンさんはわたしを見つめると同時に、わたしを見透かしている。ドアを閉めるようわたしに言わなかったのはなぜだろう。わたしの本能は最初から、こういうことは内密に話すべきだと言っている。わたしの人生の一大イベントのことを、こうも淡々と理詰めで説いてくる上司のせいで、また息が苦しくなってくる。でも向こうは返事を待っている。

「はい」わたしは言う。

「何が〝はい〟なの？」

わたしは目で訴える。わたしに何を言わせたいのかはっきり言って、と。

チョンさんは目をしばたたき、またため息をつく。

「あなたに休んでもらえるのは長くても三ヵ月だと思う。いえ、言いなおさせて。休んでもらう余裕はまったくないんだけど、どうしても産休をとるのなら、そこはあなたの良心にまかせるわ。いま話したことを考慮して、あなたが三ヵ月以上の休暇は申請しないと信じてる。あるいは、こんなふうにも言える。わたしたちが成果をあげられず、部署がなくなってしまったら、好きなだけ長く産休をとれるわよ」その皮肉が空気を切り裂く。

「そうそう、ちなみにアメリカじゃ、産休の期間は三週間よ。たしかそのくらい。とにかく、悪いけどこういう状況だから」チョンさんは陰鬱な顔になり、わたしが黙っていると、手を振って出ていくよう促す。わたしは立ちあがり、深く頭をさげる。


その午後はもう、デスクでディスプレイをにらみながら、心のなかでお金の計算をすることしかできない。三ヵ月で仕事に復帰しなければいけないとしたら、娘が一歳になって公立の保育所に入れるまで、子守のおばさんを雇わなくてはならない。百五十万ウォンぐらいの安い賃金で来てくれる人もいるかもしれない。九ヵ月間だけだから、と自分に言い聞かせる。ボラ先輩はたぶん余分に払って評判のいい人を雇っているのだ。その子守は英語を話したりもするのかも。

もしこの仕事を失ったら、別の仕事を見つけることはできないだろう。まちがいなく無理だ。

だれもわたしなんか雇わない、この会社にだって、夫の父がまだ働いていたときにそのコネで入ったのだ。別の仕事を探しても無駄だろう。そしてもしわたしが失業したら、夫の三百万ウォンの給料だけでは、赤ちゃんやマンションの費用どころか、家賃や食費も払えなくなるだろう。わたしは過呼吸に陥りはじめる。

「大丈夫?」トイレに入って洗面台にかがみこむわたしに、口紅を直しているジョンさんが訊く。

「きょうはもう早退したほうがいいみたい」わたしは言う。「なんだか具合が悪くて」

わたしは九カ月の産休をあきらめようとしているのだ。きょう二、三時間早く帰ったからって、チョンさんはきっと何も言うまい。わたしは持ち物をまとめ、半休をとることを人事部に連絡もせず会社を出る。

赤ちゃんもひどい動揺を感じとったのか、またわたしを優しく叩いている。わたしは微笑んで叩き返しながら、ゆっくりとアパートへの階段をのぼっていく。ドアをあけると、夫が廊下に立っている。紺色のスーツを着て、おびえきった顔をしているので、わたしは驚きの叫びを呑みこむ。

「戻ってくるのは日曜日だと思ってた」荒い息をしながら、わたしは言う。「びっくりするじゃない!」

夫は答えず、ひどくびくついた様子で突っ立っていて、わたしは混乱してくる。

「ねえ、何してるの？」わたしは言う。

「具合がよくないから早めに帰ってきた」夫は言い、ポケットに両手を突っこむ。

「えっ、どこか悪いの？」わたしは言い、脇へ寄ってわたしを通してくれるよう手振りで促す。

「腹の調子がね」彼は言う。「あんまりよくなくて」

わたしは寝室へ鞄を置きにいき、夫のスーツケースがそこにないことに気づく。いつもなら彼が出張から戻ると、家じゅうに汚れた靴下や下着が散らばって、ハリケーンの直後みたいなありさまになるのに。ぼんやり引き返すと、居間にもスーツケースはなく、夫はさっきいた場所にまだ立っている。

「スーツケースはどこ？」わたしは訊く。

夫はキッチンのテーブルで、食べかけのチャンポン麺（韓国では唐辛子で味つけする）の丼を片づけている。そして鮮やかなオレンジ色のスープの残りをシンクに捨てる。

「お腹が痛いのにそんな辛いもの食べてるの？」わたしは言う。夫はシンクの前でわたしに背を向けたままだ。「早く帰ってくるんなら、どうして知らせてくれなかったの？」本気で心配しているわけではない。そういう連絡に関してはいつも必要以上にまめな人だから、ただとまどっているのだ。

夫は布巾で手をぬぐいながらゆっくりとこちらを向き、わたしはスープの飛び散ったテーブルを拭きはじめる。

「それと、ドレスシューズを持っていくの忘れたでしょう？　会議のためにどこかで買わなきゃいけなかったんじゃない？　向こうの人たちの服装はすごくきっちりしてるって言ってなかった？」夫の隣で布巾を洗いながら、わたしは訊く。

「ああ、ドレスシューズが要るんだ」夫は言い、大きく咳払いする。「実は、それで戻ってきた。きょうの夕方の面接で必要だから。きみも早かったね」声が先細りになる。

「面接？」わたしは言う。「なんの面接？」昇進の面接？　と期待をこめて訊きたいのを、ぐっとこらえる。

「ＢＰＮグループでの仕事の」夫は言う。

「どうしてあなたがそんな会社の面接を受けるの？」わたしは訊く。ＢＰＮグループは三流の複合企業だ。

夫はまたわたしを見つめ、それから深く息をつく。「もうこんなこと、続けられない」彼は言う。

「こんなことって？」わたしは訊く。

「聞いてくれ、ウォナ、すわったらどうかな？」夫は言う。そしてわたしをキッチンテーブルのほうへ導き、冷蔵庫から水を出してグラスに注いでくれる。自分のグラスにも注いだあと、彼は説明しはじめる。

これまで行ってきたと言った二度の出張には行っていないと。実は二ヵ月前に失業したのだと。出張に出たふりをしたときは、仕事に応募したり面接に行ったりできるよう実家に泊まっていたと。妊娠中のわたしに心配をかけたくなかったのだが、こんなふうにわたしに隠し事をしているのはつらかったから、たぶんこうなってよかったのだと。職場に無料の託児所がある仕事を探していたのだと。

「でもあれは――毎朝スーツを着て仕事に行ってるのはどういうこと？」呆然となって、わたしは言う。

すると夫は、あの格好をして出勤するかのように見せて、そのあとすぐに帰宅してずっと家にいたと話す。

言われてみれば、ほぼ毎晩、わたしが帰ると夫がもう家にいた。たいして気にもしていなかった――家族との時間を増やすよう会社が奨励していると彼が言うので、それを信じていたのだ。

「きみを心配させたくなかったんだ」夫は言う。その目も声も悲しげだが、体は後ずさりしている。夫はずっとわたしを怖がっていたのだ――ふたりともいまそれに気づいて、愕然《がくぜん》としている。

そして夫はわたしを、わたしは夫を見つめ、互いの荒い息遣いをじっと聞いている。ドアの外で、階段を駆けあがる足音がする。

「怒らないでくれ」夫は言い、わたしが次にどうするかを待ち受けている。「赤ん坊によくない」

＊＊＊＊

これは認めるしかないけど、あなたの幼少期がどんなふうになるか、わたしには見当もつかない。リボンのついた産着にくるまったあなたをわたしが腕に抱いている光景が、いくつかはっきりと見えるだけ。その光景のなかでは、カーテンが引かれているけれど、光は漏れてきている——きっとお昼寝の時間で、わたしは腕のなかであなたを寝かしつけようとしているのだ。あなたは身をよじって不安な顔をしているけれど、その目はわたしの目をとらえて離さず、わたしはあなたのなだめ方をちゃんと知っている。そこでは時間の概念が曖昧で、もうじき、あるいはたぶん何時間かしたら、あなたはすっかり落ち着いてまどろみはじめる。

わたしが子供のころに持っていなかったものを、あなたは持つだろう——大切な思い出の写真や、バースデーケーキや、海辺で過ごす日々を。

いちばんよく夢想するのは、もっと大人になってからのあなただ。あなたは若い女性、たぶん上の階に住んでいるあの女の子たちくらいの年ごろ——いまのわたしよりはけっこう若い——になっている。でもあの子たちとも、わたしともちがって、あなたは唇の端に笑みを絶やさない。幸せな子供時代を送ったからだ。

その夢想のなかで、あなたはわたしに会いにくる――それこそ飛んでくるのだ。何かいい知らせがあって、それをわたしにじかに伝えたいから、あなたとわたしはとても仲よしで、わたしの顔が喜びに輝くのをあなたは見たいから。あなたは呼び鈴を鳴らし、待ちきれずに足踏みしている。わたしがドアをあけると、王様の笏《しゃく》のように幸福をその手に握り、威風堂々たる自信をまとったあなたがそこにいる。そしてあなたの知らせがその口からこぼれ、あふれ出る言葉が押し合いへし合いする。それはあなたが懸命に努力した結果で、どうなし遂げたかをわたしに話すのが誇らしくてたまらないからだ。

そしてわたしは、なかですわって、もっとゆっくり、余さず話を聞かせて、と言ってあなたを招き入れ、あなたをここまで育てあげたことに感傷を覚えて泣きだすだろう。あなたを抱きしめ、あなたがなんて美しく、なんて背が高くて健やかでまぶしいのかと驚嘆するだろう。そしてあなたにまつわるすべての記憶が目の前で舞い踊るなか、わたしはあなたの言いたいことすべてに熱心に耳を傾け、あなたは笑ったりわたしの手を握ったり肩にもたれたり、子供のころしていたようにわたしの膝に頭を載せたりもするかもしれない。

やがて時間が来て、あなたはまたわたしのもとを去り、新たな志を胸に、ハミングしながら自分の生活へ戻っていく。わたしのことは心配しなくていい――たとえあなたを見送るのが少し悲しくても、わたしはかつてないほど幸せな気持ちでいるはずだから。

それにわたしは、あなたがいつでも戻ってきてくれると知っているだろう。そしてずっとわかっていたとおり、それがわたしの唯一の願いになるのだ。

アラ

はっと目が覚めて、わたしはまた机で眠りこんでしまったのだと気づく。テインが最後に出演したリアリティ番組、〈スローライフ、ハッピーライフ〉の古い録画を観ていた。キャンディとの交際をすっぱ抜かれて以来ずっと彼は身を隠しているので、わたしはテインの最新の出演番組をまとめてひたすら観るという週末のお楽しみに浸れずにいる。だから仕方なく、再放送を八十回も観る手段に出ているのだ。こんなことになったのはみんなキャンディのせいで、わたしはいつも、あの子が全国のあらゆるテレビ局から干されることを夢見ながら眠りに就く。

変な姿勢で寝ていたせいで、首と腰が痛い。それに寒い――ようやく春が来たものの、まだ夜には気温がぐっとさがる。立ちあがってストレッチをしていると、はるか彼方から響いてくるような、奇妙な音が聞こえる。わたしはストレッチをやめて耳をすます。するとまた聞こえる。おびえた泣き声の交ざった、くぐもった悲鳴だ。スジンがいるかなと思い、自室のドアをあけて居間へ出ていく。

キッチンの照明がついていて、スジンの部屋のドアはあいているけれどなかは暗い。ということは、帰ってきてからまた出かけたのだ。テレビの上方の時計によると、いまは午前三時二十二分。

そしてまた聞こえる。あの音が。まちがいなく、女の人が悲鳴をあげている。玄関ドアに耳をくっつけると、それはドアの向こうから聞こえてくる。外から響いてくる。そこでまた静かになる。ドアの覗き穴から外を覗いても、何も見えない。

わたしはこの階に住む女の子たち——キュリ、スジン、ミホ——のグループ・チャットにメッセージを書きこむ。

〝だれか起きてるか、家にいる？　ほかにもあの悲鳴が聞こえてる人いる？　ここの階じゃないと思うけど、それで目が覚めちゃって〟

わたしは携帯電話を見つめて待つ。きっとみんな寝てるか出かけてるんだ。キュリはたぶんスジンと一緒だろう。ミホはアトリエにいるのかな？　警察に電話しようか。でもどうやって情報を伝えればいい？　警察にメッセージって送れるの？　わからない。検索バーに〝警察にメッセージを送る方法〟と打ちこんでいると、着信音が鳴る。

〝いま帰る途中〟ミホがグループ・チャットに反応している。〝わたしが警察に電話しようか？〟

〝たぶん下の階のご夫婦が喧嘩してるんじゃないかな〟わたしは書く。

〝いや、きょう旦那さんが出ていくの見たよ〟ミホは書く。〝どでかいスーツケースを何個も持ってタクシーに乗りこんでた〟

〝ミホ、いまどのへん？〟わたしは書く。

〝あと二十分ほどで着くかな。地下鉄に乗ってる〟

二十分は長すぎる。人が死んじゃうかも。

〝じゃあ警察に電話してくれる？〟わたしは書く。〝わたしはどうなってるのか見てくる〟

すぐさまミホが、すごい勢いで書きこみだす。

〝いいから警察を待って。早まらないで。いま電話するから。見にいくにしても、せめてわたしを待ってて!!!〟

〝大丈夫、心配しないで〟わたしは書く。〝武器を持っていく〟

〝だめ!!!!〟

ミホは優しいな、わたしのことを心配してくれて。若いころわたしがさんざんいろんな喧嘩をしていた話は彼女も聞いてるはずなのに。問題は、この家にいい武器がないことだ。こういう状況に向いたやつが。あの屋敷に眠っている、わたしの祖父の長い木の杖《つえ》があればいいのに。しばしの間、今度チョンジュに帰ったときにそれを盗み出す方法を考える。杖の振り方なんて全然わからないだろうけど、絶対習おう。

キッチンナイフがいいかどうかはなんとも言えない。いままで使ったことがないし、瞬間的に敵の気をそらすくらいがせいぜいだろう。電気ケトルでお湯を沸かしながら、また家のなかへ目を走らせる。いざってときに、これじゃあね。通販で武器を買うこと、と心のメモに書きこむ。ハサミをつかみ取ってズボンのポケットに入れ――たぶんナイフよりは扱いやすいだろう――電気ケトルのランプが消えると、湯気の出ているそれを持って、玄関ドアをそっとあける。

廊下に立って悲鳴が聞こえるのを待ちながらふと思ったが、わたしは男と喧嘩したことは一度もない。見たことはある――中学時代と高校時代、不良少年たちが日常的に熾烈《しれつ》な喧嘩をしていて、不良少女たちがときどき遠くからそれを見ていた。その猛烈なスピードと力強さ――野球のバットがだれかの頭に打ちつけられる音、拳がバシッと顎をとらえる音――に、わたしはいつでも衝撃を受けた。最初の何度かは、ほとんどの女子が泣き叫んだ。体育教師に顔を六回連続で思いきり叩かれても倒れなかったことで知られていた、ノ・ヒョンジンでさえも。もし下の階に男がいて、だれかをレイプするか殺そうとしていたら、こちらの強みになるのは意外性の要素しかない。わたしは心も体もひ弱に見える――それはスジンがいつも言っていることだ。

廊下に出たいま、やんではまた聞こえるその悲鳴の出どころは下の階だとはっきりわかる。あの夫婦の部屋はわたしたちのすぐ下の階にあり、その階の別の部屋にはたしか、女の子がひとりで住んでいる。わたしは忍び足で階段をおりていき、三〇二号室の玄関ドアの真ん前で耳をそばだてる。

やっぱりここだ。そしていま、さらにうめき声が聞こえる。ぼそぼそとしたつぶやきも。赤ちゃんがどうとか言ってる？　もっと耳をくっつけると、女性の声だけが聞こえ、最初はだれかに話しかけているのかと思うが、やがてひとりごとを言っているだけだと気づく。そのときひときわ大きな苦痛の叫び声がして、わたしはびっくりして跳びあがり、ケトルを落としそうになる。

「だれかいるの？」突然女性の声がする。おびえきった声だ。なるべく優しく無害に聞こえるように、わたしはドアをノックする。

「だれなの？」女性はまた言い、直後にまたうめきだす。足を引きずる音とうめき声が続き、今度は目の前のドアから短い摩擦音がする。たぶん覗き穴からこちらを見ているのだとわたしは察し、もっとはっきり見えるよう少し後ろへさがって、笑顔で空いているほうの手を振る。

鍵があけられ、ゆっくりとドアが開いて、女性が顔を突き出す。

「どなた？」彼女は言う。あの既婚女性だ。ひどい形相をしている――目は血走り、苦しげにゆがんだ真っ青な顔に、涙の筋がついている。彼女はドアをもう少しあけ、わたしが電気ケトルを持っているのを目にする。

「それ何？」彼女は言う。「上の階に住んでる人よね？」

わたしはうなずき、それから喉を指さしてかぶりを振ってみせる。

「え？」彼女は怪訝な顔で言ったそばから、体をふたつ折りにして苦悶《くもん》のうめきをあげる。ドアの外の床にケトルを置き、わたしは彼女の肩を抱えて、一緒に部屋のなかへ入る。彼女はひどく苦しみながらも、どうにか居間にたどり着いて、ソファに倒れこむ。

わたしは彼女の腕をぽんと叩いて駆けだし、玄関ドアをまた開いてケトルを持って入る。そしてキッチンへ行ってマグカップを見つけ、彼女のためにお湯を注ぐ。

彼女はソファの上でお腹をつかんで、苦痛にもだえている。涙が頬を伝っている。わたしは彼女の前にひざまずき、その両腕を何度かさする。そしてポケットから携帯電話を取り出す。

〝耳慣れない音がしたので、何かあったのかと思って見にきたんです。救急車を呼びましょうか？〟わたしは電話にそう打ちこんで、彼女に見せる。

涙を拭いながら、彼女は電話を受けとって文面を読む。「しゃべれないの？」驚きに眉根を寄せて、彼女は訊く。初めて知ったときにだいたいの人がそうなる、大げさな口調だ。

わたしはうなずく。

すると彼女はしゃんとすわりなおし、いきなり手首をつかんできて、わたしはぎょっとする。「生まれつきそうなの？」妙に切実な声で、彼女は言う。そう訊く人は多いけれど、この人の場合、ただのふとした好奇心以上の何かがあるように聞こえる。わたしは目をぱちぱちさせ、一瞬置いてから首を横に振る。

彼女はひとつ息をついて、またソファに横たわる。なぜそうなったのかという続きの質問が来るかと身構えるが、それきりになる。

〝救急治療室に行かなくていいですか？〟わたしはまた打ちこむ。

彼女はそれを読んで、つらそうに目を閉じる。

「どうしよう」体を前後に揺らしながら、彼女は言う。「行ったほうがいいんだろうけど、どうしよう」そしてまた泣きはじめる。「こんなの無茶かもしれないけど、もうちょっと様子を見たいの。まだ早すぎるから、もし何かまずいことになってたら、あの人たちはこの子を無理矢理取り出して殺しちゃうに決まってる」

彼女は妊娠していて、赤ちゃんのことを話しているんだとわたしは察する。

「まずいことになってたら、あの人たちは赤ん坊より母体を守ろうとするって聞いたけど、そんなことわたしは望まない。赤ちゃんが死ぬなら、わたしも一緒に死にたいの」

わたしは彼女を見おろし、その気持ちを汲《く》む。うなずいて、キッチンテーブルの箱から何枚かティッシュを取ってくると、彼女は鼻をかむ。わたしはかたわらに膝をつき、汗で濡《ぬ》れた彼女の髪をなではじめる。これをすると、どんなに緊張しているお客さまもだいたいリラックスしてくれるので、少しは効くといいのだけど。

興味津々で室内をさっと見まわす。わたしたちの部屋より少し広いだけで、夫婦の部屋のようには全然見えない。考えてみれば、結婚している若い人の家に行ったことはないのだけど、テレビで見る若夫婦の部屋には、フリルのついたレースのカーテンや、引き伸ばした結婚式の写真や、お揃いのブルーとピンクのマグカップとかスリッパとかがある。

でもこの部屋には、写真も絵もフリルも何もない——病院の待合室並みに殺風景で地味で無個性だ。本も植物もない。私的なものと言えるのは、CDを収めてある隅の小さな本棚ぐらい。自分の家をひとつも飾らないなんて、ずいぶん変わった女性だ。美容師がそれぞれ鏡の前の椅子ひとつぶんの小さなスペースをあてがわれているヘアサロンでさえ、みんな鏡の前の三十センチメートルの棚を一生懸命飾ろうとしている。しかもこの人には赤ちゃんが生まれるのだ！なのに赤ん坊のものは何ひとつ見あたらない。まあ、はやばやとベビー用品を買いたがらない人がいるとは聞く。幸福を想定していると神さまを怒らせることになって、縁起が悪いからと。

わたしの携帯が鳴りだし、ふたりともびくっとする。ミホが電話をかけてきている。わたしに電話するなんて、きっとよっぽど疲れているんだ。「アラ、わたし。チャット見てよ!! それで返事して!!」わたしが応答するとミホはそれだけ言って、電話を切る。

チャットを開いてみると、ミホからのメッセージがたくさんある。〝どこにいるの??? 大丈夫???? いま部屋をノックしたけどいないじゃない!!〟

わたしは返信する。〝下の三〇二号室。奥さんがすごく痛がってて。わたしは平気！〟

十秒ほどして、ドアにノックの音がする。

「あれはだれ？」奥さんが力なく言い、わたしはドアに駆け寄ってあける。

ミホがわたしを見てほっとした顔をする。長い髪は二本のゆるい三つ編みにしてあり、いつものように手や腕に絵の具がついている。

「気が気じゃなかったよ！」ミホは咎《とが》める口調で言う。「あんなことやめて！　メッセージ書くだけ書いて消えちゃって！」

わたしは顔をくしゃっとゆがめて、悪かったと伝える。

「警察に電話したよ」ミホは言う。わたしは首を横に振る。「かけなおそうか？　やっぱり来なくていいって？」彼女は訊き、わたしはうなずく。

「どなた？」居間から奥さんが言い、ミホはわたしと一緒になかへ入る。

「こんばんは、大丈夫ですか？」横になっている奥さんを見て、ミホは優しく尋ねる。「ここにいる友達のアラが、悲鳴が聞こえるってメッセージを送ってきて、それきり書きこみが途絶えたから、どうなっちゃったのかと」

奥さんはゆっくりと身を起こし、お腹にそっとふれる。

「ものすごく痛かったの」彼女は言う。「夫は……ここにいないし」口ごもりつつそう言って、円を描くようにお腹をなでる。「だいぶよくなったと思う。まだ痛むけど、もうさっきほどじゃない。わたし妊娠してるの」最後のひとことをちょっと誇らかに言う。

「かかりつけのお医者さまに電話します？」ミホが訊く。奥さんは首を横に振ってわたしを見る。わたしはミホの腕に手を置き、やはり首を振る。

「まあとにかく、よくなってるみたいですね」ミホは言う。「よかった！　ところで、わたしはミホです。こちらはアラ。わたしたち上の階に住んでます」

「ええ、ごめんなさいね」奥さんは言う。「こんな夜更けに起こしてしまって。このオフィステルの人たちみんなながらうちのドアを叩いてこないのが不思議だけど」

「ああ、それは心配ないですよ」ミホが言う。「アラは特別ですから。彼女はたいていの人より聴覚が鋭いんです。ほかの人たちはみんな、きっと眠ってます」

〝ご主人はいつ戻ってくるんですか？〟わたしは打ちこむ。

奥さんはその文面を見て、一度だけ首を横に振る。そこでミホが、それ以上訊くなとわたしの背中を小突く。

わたしはキッチンテーブルへ行って、マグに注いであったお湯をたしかめる。もう飲める温度になっているので持っていくと、奥さんがそれに口をつける。

「白湯《さゆ》を持ってきてくれてありがとう。よく気がつくのね」彼女は両手で持ったマグをお腹の上に載せる。

わたしは小さく微笑む。暴行されてると思ったからレイプ犯の顔に熱湯を浴びせてやるつもりだった、とは伝えなくていいだろう。

「もう遅いし、起きててもらうのは申しわけないわ。どうぞ部屋へ帰って寝て。ほんと、もうだいぶいいから」それをはっきり示すように、彼女は立ちあがっておずおずと微笑む。

ミホとわたしが時計に目をやると、午前四時五分になっている。ふたりして肩をすくめる。ミホは生活時間が自由だから、好きなだけ遅くまで寝ていられる。わたしは九時半までに出勤しなくてはいけない。あの夜以後、チェリーがぱったり来なくなったので、わたしには専属のアシスタントがいないままだ——いまはおとなしくしていて、まだ新しい人を頼んでいない。

わたしは奥さんの両手をとって、ぎゅっと握りしめる。その手は骨張っているけれど柔らかい。

「ありがとう」きまり悪そうに床に視線を落として、彼女は言う。ミホが小声でおやすみなさいと言い、わたしたちは一緒に部屋を出て、ドアを静かに閉める。

翌日の仕事中、わたしはあの女性のことを考えている。あの必死なまなざしが頭から離れない——あれだけ痛みにもだえながら、赤ちゃんを取り出されてしまうからと、救急治療室へ行こうとしないなんて。

そんな気持ちは想像もできない。子供が生まれて、その子から目を離せなくて、毎日の一瞬一瞬をその子に捧《ささ》げて、自分の時間がまったくない生活なんて想像できない。母性本能が働きだすとき、その移行はどんなふうに起こって、どんな感じがするんだろう。

お客さんのひとりが以前、この国の若年層の多くが抱える問題は、きょうを生きるのに精いっぱいなことだと言っていた。彼は社会学の教授で、うちのアシスタントたちに人生の計画について質問していたが、みんな明らかに困っていた。そんな質問に前向きな答えを返せるくらいなら、この子たちはヘアサロンで働いていない、とわたしは言いたかった。でももちろん、教授もほかの大人たちもそれは先刻承知だし、彼はただ意地悪をしてその話を持ち出していたのだ。「人は生活の質をどんどんあげていく親のもとで育つべきだ、人生をよりよくすることに労力を注がなくてはいけないと学べるように。しかし生活の質をどんどん落としていく人間のそばで育つと、その日暮らしでじゅうぶんだと考えるようになる。若い人たちにわたしは尋ねる——将来はどうするんだ？　あすが来たとき有り金を使い果たしてしまっていたらどうするつもりだ？　そうなったら死ぬだけだと彼らは言う。だから韓国は自殺率が世界一高いんだ」

教授は説教口調でそう言った。まるで、このサロンで働いている子たちみんなを叱りつけるかのように。

わたしは彼に、あなたの子供は優秀で親孝行で成功しているのか、と訊きたくなった。そんな子供は現実にいないから。

口がきけなくて助かることも、たまにはある。

夕食どきに、キュリがメッセージを送ってくる。

〝支配人の話じゃ、今夜テインが〈エイジャックス〉に来るかもしれないって！　マダムはあした年に一度の健康診断で、きょうの午後五時以降は絶食してておお酒も飲めないから、もうじきいなくなるはず。絶好のチャンスだよ。ひょっとして九時ごろまでに仕事を終えてここへ来られる？　マネージャーがテインの事務所のだれかと来るのは確実らしいから、それ絶対にテインだと思う。もしちがっても、彼のマネージャーには会えるよ〟

わたしはそのメッセージを穴のあくほど見つめたあげく、息苦しくてすわりこんでしまい、わたしの顔色を見たアシスタントたちがゴキブリみたいに散っていく。おおかたチェリーが、わたしにされたことをみんなに話したんだろう。

やっとこのときが来た。テインに会えるときが。これを何度思い描いたことだろう。空想のなかのテインはいつも、わたしに心奪われ、わたしとふたりきりで話したがり、彼の部屋へわたしを連れていって、リアリティ番組の〈マイ・ロンリー・ルーム〉でしていたように、ふたりで床にすわって夜どおし音楽を聴くのだ。わたしは椅子からはたと立ちあがり、鏡を見つめる。行かなくちゃ。ほんとうに見こみがあるのでなければ、キュリはわざわざ知らせてこない。

こんな格好じゃだめだ、それは考えるまでもない。あの三人のだれかから着るものを借りなくちゃ。みんなの持っているワンピースをざっと思い浮かべる。前にミホが渋めの濃いグリーンのワンピースを着ていたけど、あれは素敵だった。貸してもらえるかいますぐ訊いてみないと。

受付カウンターに走って、きょうはあと何人予約が入っているか訊くと、幸いにもふたりだけだった。パク・ミスン夫人とイム・ミョンサン氏だ。わたしは、急用ができて帰らないといけないから、おふたりに電話して、日程を改めるか手の空いている人に担当してもらうか要望を訊いてほしいと携帯電話に打ちこみ、受付のキムさんに見せる。パク夫人はパーマの予約をしていて、これを頼んでもらえるのは三ヵ月に一度なのだが、やむを得ない。イム氏は月に一度のヘアカットだ。キムさんがうなずき、何かあったんですかと訊くが、わたしはかぶりを振り、ロッカールームへ飛んでいって普段着に着替える。帰り際、キムさんの視線をとらえ、結果をメッセージで教えてくれるよう身ぶりで示すと、彼女はうなずき、行ってくださいと手を振る。

オフィステルに帰り着くとだれもいなくて、ミホも服の件のメッセージに返事をくれていない。わたしはミホとキュリの部屋の解錠番号を打ちこんでなかへ入り、ふたりのクローゼットをくまなく見ていく。

ミホのではなくキュリのクローゼットで、あのグリーン系のワンピースを見つけ、グループ・チャットにこう書きこむ。〝キュリのクローゼットから濃いグリーンのワンピースを借りるね、だれのかわかんないけど!!　ありがと!!　メイク用品と靴も!!〟

ただ、キュリのメイク道具を使ったところでキュリの顔になるわけもなく、わたしは自分の好みよりちょっと白すぎる肌と大きすぎる目をして彼女の部屋を出る。アイライナーはうまく引けたためしがない。でも髪型だけは完璧にできるだろう。わたしにはややきついワンピースを着たあと、髪を巻いていく。あいにく、キュリの靴はどれも大きすぎたので、自分の靴を履くしかない。遠目にならどうにか見られるのは、数年前の夏に買った、爪先が痛くなるヌードカラーのハイヒールだ。どの天気予報も今夜はにわか雨の恐れがあると言っているので、服を台なしにしないよう傘を持っていく。

タクシーをつかまえるころには、午後九時をすでに過ぎていて、十分近く渋滞にはまっているあいだ、不安で泣きそうになる。たったいまテインが着いたと、キュリがメッセージで伝えてくる。わたしが着くころ迎えに出ていく、とも。

スーツ姿の男たちがうろついている入口付近にタクシーがようやく止まり、こちらに手を振っているキュリを見て、わたしは胸が張り裂けそうになる。

「来たね！」キュリが甲高《かんだか》い声をあげ、わたしはその息にアルコールのにおいを感じる。彼女はすでに酔っていて、くすくす笑いながらわたしの手を握る。ふたりしてぐらつくヒールで階段をおりていく。「でね、テインは友達ふたりとマネージャーと来てて、事務所のCEOもあとから来るって。それとスジンも！　スジンはいま別の部屋にいるけど、じきにこっちへ来るよ！」

女の子やウェイターが部屋を出たり入ったりしている暗い廊下を、わたしたちは歩いていく。

ドアが開いて閉まるあいだに、笑い声や低い話し声や歌声の断片が聞こえる。ついにキュリが足を止め、ドアをあけてわたしをそっとなかへ押し入れる。

なかは暗く、部屋の真ん中に大理石の細長いテーブルが、隅にバスルームがある。四人の男たちがテーブルを囲んで飲んでいて、その右端に、ほんとうにテインがいる。

ここにもっと人がいないのが、みんながテインにうっとり見とれていないのが奇妙に思える。わたしは幻覚を見ているのではない――彼の肌はつやつやで、彼の顔は想像していたより小さい――夜な夜な画面で見ているその非の打ちどころのない顔が、腕を伸ばしてこの手で包めそうなほど近くにある。

「ほら行くよ、アラ」キュリが言い、テーブルまでわたしを押していって、テインの隣にすとんとすわらせる。

わたしは会釈して、顔じゅう真っ赤になる。

「とっとと出ていかれて、こっちは気分を害するとこだったぞ、キュリ」男のひとりが言う。ストライプのTシャツを着ていて、歳はテインと同じくらいに見える。

その向かいの男が言う。「そうだよ、そんなに売れっ子で、続けて十分もここにすわってられないんじゃ」丸顔で、汚い肌と意地の悪い表情をしている。「この店はえらく調子に乗ってきてるな」

「友達を迎えにいってたの、この子、テインの大ファンなのよ!」キュリが陽気に言う。「ほかの部屋になんか行ってませんって」

「うぇっ、ほんとかよ、ファンだって?」ストライプのTシャツの男が言う。「こいつはファンが大嫌いだぞ」

「そんなことないよ」ティンは早口に言い、相手の肩に偽のパンチを繰り出す。彼は向きを変え、わたしににっこり笑ってくれるが、見るからに警戒モードだ。

「で、きみの名前は?」ティンの巨漢のマネージャーが言い、わたしのほうを向く。大きな顔にはぼこぼこしたニキビ跡があり、この男のこともテレビのいろんなリアリティ番組で見た覚えがある。デビュー前からクラウンを担当している男だ。この男についていままでに——多くはテレビよりラジオで——語られたすべての逸話が、瞬時に頭によみがえる。自分の部屋に食べ物をためこんでいるのに、メンバーたちが一日じゅう練習したあとでお腹を空かせていても何もないふりをして、その日の一万ウォンの食費を使いきっていたとか。一度、飲みすぎたせいでメンバーたちを空港へ迎えにいくのを忘れ、彼らは自腹でタクシーに乗って帰宅するはめになった(彼らがまだ全然稼いでいなかったころのことだ)とか。

どうしてクラウンのメンバーはいまもこのマネージャーで我慢できるんだろう、売れなくてお金がなかったころ、さんざんひどい目に遭わされてきたのに。

「名前はアラよ」キュリが言う。「彼女は口がきけないの」

「なんだって?」テーブルから驚きの声がいくつもあがり、わたしはいっそう赤くなる。

「口がきけないやつなんて初めて会ったぞ！」友人連中のひとりが言う。「おいおい、このルームサロンは来るたびにどんどん面白くなるな。その子はどうやって接客してくれるんだ？」

「ボディ・ランゲージに決まってんだろ、ばか」マネージャーが言い、ひとりで笑いだす。

「きっと特殊な言語《ランゲージ》に堪能なんだ」

ずっとテインと会うのを夢見ていたけど、なぜこういう展開を覚悟していなかったのか、自分に呆れる。熱い涙が目ににじんでくるのと同時に、ドアが開いてスジンが入ってくる。

「ここにいるって聞いたから！」はしゃいだ声でキュリに言う。「こんばんは、みなさん！」

男たちがスジンを見やり、そのまま無視する。そこで彼女はわたしとテインを目にする。

「アラ？」スジンがわたしを見て言う。「嘘でしょ！」彼女はすぐさま状況を呑みこみ、小走りにやってきてわたしの隣にすわる。わたしをつねって、きゃあきゃあ言いはじめる。

「冗談じゃねえ」マネージャーがぼそっと言うのが聞こえる。そして彼がブザーを押し、ウェイターがさっと現れる。「マダムを呼べ」彼は言う。みんなが急に黙りこみ、キュリははらはらしているようだ。

ものの一分で、黒服に身を包んだ支配人がドアをあけ、するりと部屋に入ってくる。「いらっしゃいませ」彼は言い、深々とお辞儀をする。「何かお気に召さないことでも？　どのようにいたしましょう？」

マネージャーが指図する。「おれはな、マダムを呼べと言ったんだ。おまえじゃない。どこのどいつだ」

「マダムは本日不在ですが、わたくしがきっとお役に立てるかと。部屋を片づけましょうか？」支配人はキュリを見ていて、彼女を——ついでにわたしたちのことも——懸命に守ろうとしているのがわかる。あの人は明らかに、キュリのことが好きだ。わたしたちは全員息を詰めている。

「マダムを呼べと何回言わなきゃならないんだ？　マダムは携帯を持ってるだろうが？　いや、こっちも番号を知ってる。いまから電話する」

恐ろしいことに、彼はポケットから電話を取りだし、画面をスクロールして発信ボタンを押す。

キュリが小声で「最悪」とつぶやく。腰をあげたスジンが、わたしの手首をつかんで立たせ、わたしたち三人はゆっくりとドアのほうへ歩きだす。

これでおしまい。テインはわたしに話しかけもしなかった。わたしは彼への言葉を何も打ちこめなかった。ドアから出ていくときたまらず振り返ると、彼は友人たちと冗談を言っていて、わたしが帰るのに気づいてもいない。

ドアが閉まる直前、さっきの男が電話に向かって怒鳴っているのが聞こえる。「おたくの品質管理はどうなってるんだ！　ここは十パーセントの店だと思ってたがな！　いつから素人と珍種の館になった？　何年もここで散財してきたあげくにこんな扱いを受けるとはな！」

わたしはハイヒールで無理して速く歩きながら、脇目も振らずスジンとキュリについていく。

「ふたりとも帰ったほうがいい」キュリが穏やかに言い、別のドアの前で急に足を止める。「また家でね」ドアをあけ、室内へ滑りこむ。スジンがわたしの手をとり、ふたりでまた足早に歩きだす。わたしもスジンもお互いがどんな気持ちかわかっていて、いつしかふたりとも駆けだしている。


声を失った日も、こんなふうだった。わたしはスジンと走っていて、彼女はわたしの手をしっかり握って連れ出してくれた。そもそもスジンが、わたしをあそこへ連れていったのだった——日が暮れてから、未舗装道路近くのアーチ門の下へ、翌年学校のリーダーになれるよう非行グループに入ろうと言って。札付きの不良になりたいとは思えなくて、わたしは行きたくなかった。先生たち全員から疎まれ、少しでも規則違反をしたら見せしめにぶたれることになるからだ。一年上のイルジンのメンバーに、教頭に殴られて片方の耳の鼓膜が破れた男子がいた。

ほかの学校の不良たちがその夜の入団式のことを聞きつけ、過去数年の負け戦《いくさ》の報復に大挙してやってくることを、わたしたちは知らなかった。彼らは木の板を携えてきていて、舗道で瓶を叩き割って武器にしている連中もいた。わたしたちは取り囲まれてなお、彼らがほんとうに割れた瓶を振るおうとしているとは思わず、やがて先輩のひとりが「逃げろ！」と叫ぶや、そこらじゅうが大混乱に陥った。わたしを殴った女子の顔はまったく見ていないけれど、その子はバットを持っていたと、あとでスジンから聞いた。

屋敷の敷地まで戻ってくると、スジンはわたしの両親を起こしてから救急車を呼んだ。その夜のことはあまり覚えていないのだが、わたしを襲った子の顔を引っかいたスジンの爪に、血と皮膚が詰まっていたのは覚えている。「警察だ！」という叫び声でその子が気をそらされた瞬間に、スジンが爪で攻撃し、わたしを死に物狂いで引き離したのだ。頭のなかで爆発している痛みのせいで、わたしは前が見えなかった。

「ごめんね、ごめんね」スジンが号泣しながら言っていた。その夜の記憶で何より耐えがたいのはそれだ。スジンがわたしのことで苦しみもだえて嗚咽《おえつ》する音だ。

おとなしくふるまっていた長い三週間で初めて、わたしは仕事帰りに出かけたい気分になっていた。だからスジンがさっき、きょうは同じくらいの時間にあがれそうだとメッセージを送ってきたとき、わたしの行きつけのサムギョプサル（豚バラの焼肉）の店で会おうと返した。スジンはもう二十分も店のトイレに行ったきりで、わたしはひとりで肉を焼いて食べて飲んでいる。ほかのテーブルの人たちの同情する視線を感じる。

いまは木曜の夜の午前一時、当然店は混んでいて、店員はくたびれた顔で走りまわっているが、わたしは気にしない——若い給仕係を呼び止め、代わりに肉を焼いておいてと頼んで、スジンの様子を見にいく。トイレでは、スジンが鏡の前に立って、ラメ入りのネイルをした指先で自分の顔をつついている。

「もう、何やってんのよ？」わたしは嚙《か》みつくように言う。

「ああ、ごめんごめん」スジンが慌てて言う。「口のなかに食べ物がはさまっちゃって、それをかき出してたら、顎の右あたりの感覚がちょっと戻ったかもって思ったんだけど、やっぱりちがったみたい。いま行くよ！」

テーブルに戻ると、スジンは汗をかいている給仕係からトングを引きとって、豚バラ肉を引っくり返し、焼けたものをわたしの皿に載せていく。そのあとスジンがハサミで自分の肉を細かく切っているのを見ていて、わたしはなんとなく心なごむ。それがどんなふうかは、もちろん覚えている――毎回の食事がどんなに大変か――食べ物ははさまるし、ゆっくりとしか噛めないし、顎はコキコキ鳴るし、感覚がなくて気持ち悪いし。

「そのうち慣れるよ」わたしはまた、スジンに言う。自分の手術のあと、わたしは鶴みたいに首を伸ばしてしょっちゅう顎を押すのをなかなかやめられなかった。そうやっても感じないからだ。感覚はちっとも戻らなかったけれど、手鏡や携帯電話の自撮りモードが役に立ってくれた――食べ物や飲み物が顎に垂れていないかたしかめるのに。何も言わずに、わたしはバッグのなかに手を入れ、お気に入りの鏡をスジンに渡す――レースの縁飾りのついた小さなまるい鏡だ。

「わあ、いいのに」スジンは言い、小首をかしげてぱあっと笑顔になる。顔の腫れはほとんど引いていて、ここ一週間で劇的に美しさが現れ出ていた。ついに美が開花するときの唐突さには、いつもながらに驚かされる。

近くのテーブルの男たちが、こっそり彼女を、そしてわたしを盗み見ているのがわかる。スジンはこちらのアドバイスに従って、わたしの行きつけのまつげ専門サロンを探し出し、左右対称に生まれ変わったその目にゴージャスな魔法をかけてもらっていた。元のままの鼻さえ可愛く見える——顎の手術のよくある副次効果だ。顔が小さくなると、額や鼻などのいじっていないパーツも同時に美しく見えだすことが多い。

三週間前の、あのテイン事件の夜に、スジンがこれぐらいきれいだったらよかったのに。たぶん彼女は〈エイジャックス〉で雇ってもらえて、いまごろクラウンのメンバーたちとみんなで、どこか最新のクラブの個室でパーティでもしていただろう。そうはならずにスジンは、その夜女の子が足りないルームサロンへバスで運ばれていく、フリーランスのサロン嬢として働いている。それだって、カンソで働いていたころのわたしの旧友に頼みこんで世話してもらったのだ。

「いよいよ頭がおかしくなったの？」あの悲惨な夜の数日後、謝りにいったわたしにマダムは言った。午後の早い時間で、マダムはサロン内の一室のテーブルに着き、携帯電話を計算機代わりに使って、小さな黒い帳面に数字を書きこんでいた。

何がなんでもじかに謝りにいけと言い張ったのはミホだった。「いいから行って。効き目は絶大だから、ほんとに。年配の人たちは、それで満足するんだって——相手がごめんなさいと言って、まず態度で示せば」わたしはこのままずっと家にいるつもりだった。借金なんかどうとでもなれ。「ひどい状況がそのままになるほど最悪なことってないよ」彼女は言った。ミホは彼氏のことで悶々《もんもん》とするのをやめていて、前向きに殉教してるみたいなその気取った態度が鼻につきはじめていた。そうやってうるさく説得されても、わたしがまだ何日か引きこもっていたら、あの支配人さんから、わたしの名前を出してもマダムは何も言わない、とメッセージが届いた。〝いま戻ってくれれば、何事もなかったようにできるよ〟と。

「ほんとうに、心から、申し訳ありません」わたしは可能なかぎり深々と腰を折りながら、何度も何度も言った。「お詫《わ》びのしようもありません」

電話に目を戻すばかりで、マダムはわたしの存在を無視していた。帳簿をつけて何本か電話をかけるあいだ、もう半時間はわたしを待たせていたが、こちらも動かなかった。頭をさげつづけているのは苦にならなかった。マダムの大きな頭蓋骨のなかで脳みそがフル回転して、わたしに限界すれすれまで屈辱を与えるのに最適な時間を割り出しているところを想像していた。

ようやくわたしに声をかけたとき、マダムの声は苛立ちながらもあきらめたような調子だった。「あのね」マダムは言い、小さな帳面をぴしゃりと閉じて、わたしをひるませた。「これは秘密でもなんでもないけど、この業界はもう昔のようじゃないし、何から何まで厳しくなってる。だれもが苦労してる。わたしも苦労してるし、あなたもいずれ苦労するはず、ばかなあなたたちはだれひとり、ずっと先のことなんか考えられないだろうけど」

その痛ましいほど醜い顔はそのとき、老けて、やつれて見えた。これほど醜いままでいることで、どれだけ出費を抑えているのかとわたしは思った。マダムの目にはぬくもりがないが、それはいままでもずっとそうだった、わたしがどっさり指名をもらった日でも。「もう行って、エースらしく稼いできなさい」そう言って力なく手を振り、わたしを追い払った。それでわたしは、あっさり放免された。

目立たないようにナプキンに肉の一部を吐き出しながら、スジンが言う。「キュリは別の種類の仕事を見つけるべきだと思う」

わたしはショットグラスを口に運びながら笑う。「あんた、それだけ時間とお金と痛みを費やしてルームサロンに入ろうとしといて、今度はわたしに十パーセントの店を辞めろって言ってるの？」わたしは言う。「それでわたしに何をしろって？　トイレ掃除とか？」冗談めかして訊く。真剣に考えたこともない質問だ。どこを見渡したって、わたしには得られそうにない仕事ばかり。それくらいわかっている。ニュースを見ないようにしていても、失業にまつわる速報の見出しが街じゅうに流れているから。ついきのうも、渋滞で動きがとれなくて、シンサ駅の交差点の巨大なテレビスクリーンを仕方なく見ていたら、でかでかとしたテロップとともに映ったアナウンサーが、失業率が過去十年で最高だの、人々がただただ退屈で人を殺しはじめるだのという話をしていた。その失業者数には、ビルを所有しているから働きにいかない人なんかもみんな含まれているんだろうか。この街のあらゆる高層ビルやショッピングモールにはオーナーがいて、その人たちはホテルのジムや百貨店で日々を過ごし、一生のうちの一日も働きはしない。彼らがいちばん定期的に通うのは、たぶんルームサロンだ。

「でもあの店のマダムは、あんたにつらくあたってるよね」スジンが言い、わたしをさらに激しく笑わせる。スジンは歯がゆそうにかぶりを振る。「いや、ちがうの、あたしが言いたいのは、このごろキュリはストレスですごく参ってるように見えるってこと。いままであたしが見てきたよりはるかにね」給仕係が追加のボトルを運んできて、スジンがわたしのグラスを満たす。

「じゃあそっちはどうなの？」わたしは言う。「そのせいであんたもこの仕事を考えなおす気になってるわけ？」

「ううん、あたしは状況がちがう」スジンは言う。「あたしはいま、美人の日常を目いっぱい楽しんでるとこだから」そこで、だれかに聞かれたかとさっと周囲を見やり、男が無遠慮な目で見ているのに気づいて赤面する。「それにね、あたしはストレスで参るってことがないの。というか、ストレスを感じても気にしない方法を知ってる。アラに訊けばわかるよ。孤児院にいるとまだ小さいうちにそれを覚えるし、そうしないと完全に沈んじゃう。ここまで来られたからには、あたしは腹をくくるよ。それにこれが、いまが、ほんとうにあたしの人生の転換点だから」スジンは熱っぽい目でわたしを見つめる。まちがいなく、涙ぐみかけている。

「どうかな」わたしは急いで言う。「ミホはそんなにうまくストレスに対処できてなさそうだけど」

「ミホ？」かなり意外そうに、スジンは言う。「あの子なら大丈夫。心配要らないよ。いまは復讐《ふくしゅう》の計画を綿密に練ってるだけ。孤児は解決策を考える達人だから」

わたしは気をそそられてスジンを見る。「なんの復讐？」ミホが話したのかなと思いながら、わたしは言う。彼女なりの深い洞察というやつで、きょうのスジンはずいぶん楽しませてくれる。問題は、わたしのいまの境遇はそうストレスフルではないということだ。ミアリ時代のわたしを見ていればわかっただろうに。

「彼氏が浮気してたんだってさ」スジンは言い、焦げたバラ肉に手を伸ばす。「けど、しないなんて思うほうがばかだよね。付き合ってるって最初に聞いたとき、あいつは浮気するよって言ったのに」

「彼に会ったことあるの？」片眉を吊りあげて、わたしは訊く。

「ないよ、でも会わなくてもわかる」スジンは言う。「あんなハンサムで金持ちの男に、誠実なやつなんかいない」

「そうかもね」わたしはため息まじりに言う。急にどっと疲れて、ナミのことを考える。家に来た日以来、あの子とは話していない。何度かメッセージが来たけど、返信しないでいたら、そのうち来なくなった。ナミのことを考えるたび、自分のなかから光が漏れていくようだった。

「あたしもちょこっとミホの計画に協力してるんだ」スジンはあっけらかんと言う。「まずはいくつかたしかめないとね、どの記者があたしの言うことをちゃんと信じるか、どの人が代価を払いそうか、どの人が匿名の投稿を受けつけるか。ミホはこれに耐えなきゃいけないの、あの子は有名になる運命だから。孤児院の仲間はみんな、いつもそう言ってた」

わたしたちはグラスをカチンと合わせて飲む。顎にたれがついてる、とわたしが手振りで知らせると、スジンはそれを拭いとる。それから携帯電話を手にして、保存してある写真を遡って見ていく。

「あたしたちみんな、ミホに頼んで描いてもらった絵を持ってるんだ、あの子がいつか有名になるってわかってたから。ほら、これはミホが高校時代に描いてたやつ」スジンは電話をわたしのほうへ滑らす。画面に出ているのは、花咲く野原を一列に並んで歩く家族を鉛筆で細かく描いた絵だ。父親が先頭で、次が母親、そして本を何冊か胸に抱えた姉。その後ろには、韓服《ハンボク》を着た小さい女の子がいるが、その頭上には巨大なカエルが載っていて、ひんむいたまるい目をぎょろつかせて舌をちょろりと出している。

「うっ、わたしはこんなの持っていたくない」わたしは言い、電話をスジンに返す。「そんな絵がほしいって頼んだの？　ああ気持ち悪い」

「これはミホのヒキガエル・シリーズ」スジンが言う。「井戸のなかのヒキガエルをたくさん描いてたけど、これは明るいでしょ、花がいっぱいで。死んだ人もいないし！」笑顔で写真を見おろす。

わかってたけど、この子たちふたりともイカレてる。

「ニューヨークへ行くのはミホにとっていいことだと思ってた、だからあたしはローリング・センターであんなに大騒ぎしたんだ。けどそのせいでミホはハンビンと出会って、いま悲しい思いをしてるんだよね……」スジンは黙ってしまう。わたしは大騒ぎってなんなのと訊く。

「あたし、ソウルに初めて来たときヘアサロンのアシスタントをしてて、ある日お客さんが美容師に、ニューヨークへ行けるアートの奨学金を娘が申請中だって自慢してたんだ。で、すかさず聞き耳を立てて、あとで調べて、ミホのためにそれを申請しろってローリング・センターに電話したわけ」スジンは嘆かわしげにかぶりを振る。「だってあそこの大人たちは、あたしたちの将来のことまでは考えてくれないから――まあ、あたしみたいな問題児がいるから、火消しに忙しいっていうのもあるけど――とにかく、ソウルに出てきたあたしたちは、下の子たちのためになる情報をいつも探してるんだ。そのサロンの仕事もそれで見つけたんだよ、センター出身の姉さんがあたしに電話してくれて。というか、ろくな仕事じゃなかったけど、少なくともここへ来るきっかけはできたってこと！」

大どんでん返しの結末を明かしているみたいに、スジンはわたしににんまりする。

「それはそうと、けさシンデレラ・クリニックに検診に行ったら、事務長《マネージャー》のクさんが辞めたって聞いたんだ」歩いて帰る道すがら、スジンが言う。

「えぇっ?」わたしは驚く。クさんはシム先生がシンデレラ・クリニックを開業した当初からいたマネージャーだ。先生は彼女なしでいったいどうやってやっていくんだろう、新規の患者を連れてきたり、前からの患者を説得して最新の手術を受けさせたりしていたのはあの人なのに。自分の顔や体をちょっと自慢げに示してこう囁《ささや》くのがクさんの得意技だった——「ここだけの話、わたしは全身直してますんで、なんでも聞いてくださいね——どんなご質問にも嘘偽りなくお答えしますよ」控えめに言っても、驚くほどのやり手だった。

「そうなの、NVmeに移ったらしいよ、シンサ駅のすぐそばの、あの新しいでっかい病院」スジンは言う。「シンデレラ・クリニックはショック状態って感じで、あたしが行ったらみんなばたばたしてた。後任を見つけるとか、スタッフを教育するとか、なんにもしないで辞めたみたい、だっていちばん若いアシスタントがカウンセリングしてたもん!」

なるほど、NVmeね——最近ばんばん広告を打っているせいで、だれもがチェックしている新設の大規模クリニックだ。世界最大の美容整形医院だと何かで読んだ。写真に写っていたのは、大理石に覆われた二十階建てのビルで、地下にはスパが備えられ、最上階の数フロアはホテルになっていて、整形ツアーで韓国にやってくる外国人向けに豪華な客室が用意されている。

「とにかく、キュリはマネージャー職にうってつけの人材だってシム先生に話したら、同意してるみたいだったよ」スジンが言う。

「何したって？」わたしはぴたりと足を止めて彼女を見つめる。

「ともかく、あたしの見るかぎりじゃ同意してた」スジンは一瞬困った顔をするが、すぐに気をとりなおす。

「わかった、あんたと先生がどんな会話したのか一言一句教えなさい。スジン！　何考えてんの？　ああもう、二度とあそこへ行けないじゃん！」

シム先生のストイックで知的な顔が、アルコールで鈍った意識のなかに浮かんできて、わたしはぎょっとする。

オフィステルで、わたしはスジンを自分の部屋へ引っぱりこむ。ミホはまだ帰っていない――執念に燃えた目をして、また夜中にアトリエに行くようになっていた。あんたの気味の悪い絵をここへ持ちこまないで、とだけミホには言ってある。ナミの生首が棒からぶらさがっている絵も、ミホがいま取り組んでいるどんな猟奇的な作品も見たくない。

「入って」スジンにきっぱりと言う。

スジンはキッチンまで歩いていき、グラスに水を注ぎはじめる。「はいはい、シム先生にそんな話をしたのは悪かったけど、あたし考えてたんだ、キュリならあの仕事をどんなにうまくこなせるか、あのマダムがどんなに意地悪かって。それにあんたにとっても、いい経験になるでしょ？　最悪でもことわられるだけのことだし」スジンは言う。「あたしはこう言っただけ、キュリが転職を考えてて、ここのマネージャーみたいな仕事はきっと得意なはず——その証拠に、キュリはあたしを含めて何人も女の子を紹介してるじゃないですか、って。そしたらシム先生はうなずいてた、こんなふうに」賢そうな顔で淡々とうなずく先生の真似を、なかなかうまくやってみせる。

わたしは頬が火照りだすのを感じながら、スジンの言っていることを真面目に考えてみる。襟にスチールの名札を着けた、ピンクのブレザー姿のわたしが、温かな目で見てもらいたがっている不安そうな女性に微笑みかけている。どうしても、女性の扱い方はわからないと思ってしまう。でもそれを言うなら、男性の扱い方だってほんとうにわかっているわけじゃない。たまっているあれだけの借金のことを考える。

「いいからシム先生に会いにいって、どう言われるかたしかめてみなよ」いまやあくびをしながら、スジンは言う。立ちあがって帰ろうとしている。

「きっと千通は履歴書が殺到してるよ」わたしは関心なさげに言う。「一万通かな。わたしは履歴書なんか書いたこともない」

「まあね、でもキュリはあのクリニックの歩く広告だから」スジンは言う。「あそこでどれだけの手術と処置を受けてきた？　あそこの患者の何人がこの仕事に申しこんでくるかな？　絶対あんたひとりだよ。真剣に考えて」

スジンが入口へ向かうのと同時に、ミホの部屋の解錠番号が打ちこまれ、玄関ドアが開く音がする。

「ただいま」ミホが言い、わたしたちを見て首を軽く傾ける。スジンもわたしも息を呑む。伸ばしっぱなしだったミホの髪が肩まで切ってあり、まったくの別人みたいに見える。若返っている。いや、大人っぽくなった。いや、やっぱり若い。洒落《しゃれ》てる。つやもある。衝撃だ。

「うんうん、わかるよ、で、どんな決まり文句を言ってくれる？」わたしたちの表情を見て、ミホが笑いながら言う。「アラにハサミを入れられたときはほんと泣いちゃった。アラまで泣きそうになってた。本気で切りたいんだって、二十分もかけてわたしが説得したんだよ。ずっと前から切らせてほしそうだったのにね！」

ミホは短くなった髪を前後に振ってみせる。アイロンで見事なストレートになっていて、高級ショッピングモールの外壁を飾る広告のモデルみたいだ。「冗談抜きで学部長に殺されそう」ミホは言う。「ま、いっか」

「めっちゃ似合ってる！」スジンが言う。そしてミホに歩み寄ってその髪をなではじめる。

「解放感いっぱいな気分？」

ミホはうなずくが、唇が震えている。「切ってから一、二時間はすごく後悔してたけど、仕事してるあいだはすっかり忘れてて、そのあと鏡で顔を見たら、また泣けてきちゃって。でもいまはもう平気。それにアラが、ちょっとでもいいことした気分になるようにって、わたしの髪をヘア・ドネーションの団体に寄付してくれたから」

「アラはほんとにいい腕してるね」わたしは言う。「あんたを見てたらこっちまで気分が軽くなる」

「来週、新鋭アーティストを取りあげる新聞記事用の撮影があるんだ」はにかむように毛先をいじりながら、ミホが言う。「アラには言ってあるけど、あしたこの髪をブルーに染めるかも。エレクトリックブルーに。昔からやってみたかったんだよね、エレクトリックブルーの髪。パワーエイド（スポーツドリンクのブランド）のパッケージみたいな」

「ちょっと、ちょっと。勢いにまかせちゃだめ」わたしは言う。「最低でも一週間は考える時間をとらなきゃ。後悔しかねないから、そんな過激なことをいちどきにやるのはお勧めしないな」

スジンが後ろからわたしをつつく。

「ほらね？」スジンは言う。「やっぱりキュリはあの仕事にうってつけだよ。それとまったくおんなじことを、クさんがあたしの最初のカウンセリングで言ってたもん。で、そのあとじわじわと、あれもこれもやったほうがいいって勧めてきたんだよ」

何年も前、ほんとうに整形するかどうかまだ迷っていたころ、有名な占い師のところへ行ったら、顎を削ると老年期に入ってからの好運がすべて損なわれてしまうと言われた。ところがわたしの名前と生まれた年月日と時間を書き留めて、四柱占いで先天運と前途を割り出したとたん、占い師の顔色が変わった。そして、晩年にひどい悪運が続くから、運命を変えるためにできることはなんでもしてみるべきだと言った。

気の毒そうに顔をしかめつつ、占い師はこうも言った。その鼻の形のせいで、あなたの人生に流れこむお金はみな、すぐに流れ出ていくだろうと。さらに、いちばん運が弱いのは恋愛面で、もし結婚するのなら、遅い年齢でするのが最善だろうとも。わたしは有名な歴史上の指揮官と同じ四柱を持っていて、その人物は、自分の晩年の運勢を知っていたから、失うものは何もないという気持ちで戦闘に臨み、武勲を立てて栄誉ある死を遂げたという。

ほかに道がなければ、跳ぶのはたやすい。

土曜の朝、気がつけばわたしはシンデレラ・クリニックの待合室にすわっている。緊張でびくびくしながらここを訪れたのは初めてだ。貧乏揺すりを止めようと右膝に手を置くが、その膝はみずからの意志で激しく暴れている。

ここへ来るといつもは、ほかの患者を観察して時間をつぶす。大きすぎるサングラスをかけ、注入で高くしすぎた鼻をして、一心不乱に両手の親指で携帯に文字を打っている人たち——〝ヨハンをレゴ教室に遅刻させないで〟〝デスが××大学に入ったって聞いた?〟あるいは、夫宛の痛烈な言葉を打っている人たち——夫にメッセージを送るのがどんな感じかは想像もつかないけれど——〝ねえ、あなたの好物のテンジャンチゲをこしらえたから、一生に一度くらい夕食に帰ってきてちょうだい〟〝あなたのシャツの襟についた口紅の跡がどうしても落ちないから、そちらが鼾《いびき》をかいてるあいだにずたずたに切り刻んでおいたわ、きょうもがんばって！〟

でも、きょうのわたしは、受付カウンターの向こうのスタッフに視線を注いでいる。ピンクのブレザー姿のアシスタントが四人いて、そのうちの三人とは顔馴染みだが、四人目は新人にちがいない。見るからに若くて気を張っていて、両脇でタイピングしているほかのアシスタントたちをずっとちらちら見ている。わたしは彼女を厳しく値踏みする。あの子はなぜ採用されたんだろう？　ばかみたいにおどおどしていて、全然きれいでもない――まだそんなに整形していないのだ――わたしにわかるかぎり、やったのは目と、たぶん注入治療《フィラー》ぐらいだ。髪はきつく引っ詰めてポニーテールにしてあり、生え際に不揃《ふぞろ》いな産毛がまだらに生えていてみっともない。つい癖で、自分の髪にさわる。ヘアサロンにはもう二週間行っていないが、それでも毎晩のヘアパックのおかげで毛先は海藻並みになめらかだ。

ほかのアシスタントは、数年前、わたしがここへ来はじめたころからずっといる人たちだ。どの人もそれなりに親切で、シロップみたいな甘ったるい声と、前金で払わせる容赦ない強引さを兼ね備えている。彼女たちは独特のやり方で、ここの患者になれるのは幸運であるかのように思わせ、それでいて内心見くだしているような印象も与えるので、患者は彼女たちを見返すために大金を費やすことになる。

彼女たちがモニターから顔をあげるのを待ち望みながら、わたしはこの顔に賞賛の目を注がせようとがんばる。きりっとした微笑をずっと浮かべているので、頬の筋肉が痛い。

携帯電話にメッセージの着信があり、画面をたしかめる。支配人さんだ。〝おはよう！　いい朝を過ごしてるといいけど。これから何するんだい？〟コーヒーのクーポンとウィンクしているウサギの絵文字が添えてある。

わたしは柄にもなく照れ笑いする。最初は、あの人の優しさに気づいてもいなかった——わたしのために彼があちこちでしてくれる、たくさんの小さな気配りに。でもいまや、彼がわたしのことを好きなのは明らかだ。その気持ちは微笑ましくて、いまのところ迷惑でもない。〝ただのメイク・レッスンですよ〟とわたしは返す。いくらいい人でも、彼は男だし、マダムに雇われている人だから。それに、ここから何かがはじまるなんてこともないだろう。

受付係が名前を呼び、わたしの左隣にすわっていた女性が持ち物をまとめて立ちあがる。診察室に入っていくとき、今月は何が特価になるのかとその人が尋ねているのが聞こえる。なんでも値切ることができるので特別価格にたいして意味がないことぐらい、ここに長く通っているわたしは知っているのだが、それでもついついパンフレットのラックに身を乗り出し、最新のチラシを手にとる。

〝夏の準備をしよう！〟——真っ赤なビキニ姿の女の子がプールサイドでポーズをとっていて、

その下にセール価格が列記されている。特価になっているのはプチ整形——体にメスを入れない施術——のみだ。わたしは〝ストラップレス・パッケージ〟というのにいたく興味を引かれる。肩の後ろに打つボトックス注射と、腋《わき》の下の〝脂肪撃退〟注射、ヒーライトⅡによるLED光療法と寒冷療法のいずれかひとつがセットになっている。ヒーライト照射は昨夏に何度か試して、その美肌効果に満足していた。リストを下まで見ていき、腋の下のホワイトニングと、口角の注射をまたしなくてはと思い出す。唇の両端のきゅっとめくれた部分が垂れてきているからだ。そこでまばたきして、はっとわれに返る——きょうは、それどころじゃないんだった。バッグのなかから、あの既婚女性にもらったオフィス用品のスリムなノートを取り出し、ゆうべみんなでリハーサルした面談メモを見なおす。わたしがここに紹介した女の子たちのリストも書き出してある。そこにミホとアラも含まれているのは、わたしの名前を出してチャンスを強化するべく、今週のうちに予約を入れてくれたからだ。とりわけアラは、カウンセリングで勧められたさまざまな選択肢に興味津々で、鼻へのフィラー注射ぐらいの目立たない施術からはじめてみようかなと言っていた。

携帯電話が震える。また支配人さんだ。

〝ぼくの友達がカンナム駅に昼寝カフェをオープンするんだ。用事がすんだら一緒に行ってみない？〟

数秒後にまた着信がある。

〝いま気づいたけど、もしかして気味悪く聞こえたかな――ただ友達に挨拶しにいくって意味で、ほんとにそこで寝るわけじゃないよ！　それにたしか、ツインベッドしか置いてないし！添い寝禁止だから！〟

どうしてなのか、彼がいまだにこうも純粋なので思わず笑うが、そのときアシスタントのひとりがわたしの名前を呼ぶ。電話を取り落としそうになりながら、わたしはすぐさま立ちあがり、彼女の後ろから診察室に入る――何度も何度も来た部屋だ。電話をサイレント・モードに切り替え、親指を立てた絵文字を支配人さんに急いで送ってから、携帯のカメラで自分の姿をチェックして、姿勢をぴんと正す。

「シム先生はまもなく来ますので」アシスタントは歌うような声で言って退室し、外からドアを閉める。

この仕事は得られないだろうとわかっている――人生、そんな簡単にいくわけがないと。でも挑戦すること自体に、なんらかの意味があるんじゃない？　あの占い師のことを、きのう一緒に面接のノウハウをあれこれネット検索してくれた女の子たちのことを、わたしは思う。母のことを思い、架空のものではない、ほんとうの職場を母に見せることができたらどんなにいいか、どんなに喜んでくれるかと想像する。そしてなぜか、支配人さんの顔も意識に滑りこんできて、慌てて振り払う。もう一度ノートに目を通していると、脚がいっそう激しく震えてくる。

長い長い数分ののち、シム先生の声とその重い足音が聞こえる。まるでスローモーションのようにドアの取っ手がまわり、先生が入ってくる。

先生と対面しながら、わたしはばくばくしている心臓が許すかぎりの笑顔を作る。

その夜遅くに帰宅する途中、わたしは〈セヴァーランド〉にいるアラとスジンを迎えにいく。ブルースのインターネット・ゲーム会社、ベルセルク・ゲームズが新たに展開するeスポーツ・エンターテインメント・パークだ。正直に言うと、わたしはそこの〈ファンタジー・カフェ〉で売っているラム・ドリンクを買うためだけに来た。わたしがラム好きなのを知ったブルースがよく持ってきてくれた飲み物で、恐竜の卵みたいな容器に入っている。そのカフェで、わたしはつやつや輝く卵の列を見つめ、結局ひとつも買わないことにする。

ＰＣ房《バン》（韓国のインターネットカフェ）の隅でゲームに夢中になっているふたりをわたしは見つけ、スジンがあと十分待ってと手ぶりで伝えてくる。アラは目をあげもしない。おびただしい数の真剣な、集中した顔にわたしは見入る。その全員が、それぞれのゲームポッドで過ごす一分ごとに、ブルースのポケットにお金を投入しているのだ。ふたりを待つあいだ、わたしは迷路のようなゲームパークをただぼんやりとぶらつく。そこは子供っぽさと荒々しさが思いがけず同居した奇妙な場所で、地下聖堂の入口みたいなドアや、戦闘シーンを細緻《さいち》に描いた壁画や、小妖精やドラゴンやばかでかい胸の女戦士を描きこんだステンドグラスの窓がある。この凝ったディテールのひとつひとつに、どれだけの費用がかかっているんだろう。ブルースが一度〈エイジャックス〉に画家を連れてきて、このパークにどのシーンを描いてもらいたいか話していた。その画家は多くを語らず、ただ飲みまくって目をとろんとさせ、ブルースの言うことすべてにうんうんと生返事していた。

支配人さんからきょう聞いたところでは、ブルースはあれからまた何度か〈エイジャックス〉に来ているらしい。わたしと決して鉢合わせさせないよう、みんなが厳しく指示されているそうだ。

アラがギフトショップで見境をなくしたので、スジンとわたしは、帰り道にゲーム中のシーンのポスターをどっさり持たされるはめになる。アラはこのところ部屋の模様替えをしている。「あの子、テインの写真を全部ビリビリに破いちゃったんだ」わたしがショップの商品の値段を見て息を呑んでいたら、スジンがそう耳打ちしてきた。わたしが思いとどまらせなければ、アラはゲームに出てくる水の小妖精のコスプレ衣装一式まで買っていただろう。

今夜は空気がむっとしていて、わたしは雨降りの予報は出ていたっけと考える。面接はどうだったかと、ふたりが詳しく聞きたがるけれど、報告することはたいしてない。シム先生はいつもどおり無表情だったし、あれは面接の練習だったと思っておくと話したら、きっと連絡があるよと言われた。すごく気にしているふうに見られるのはなんだかいやだ。

オフィステルに着くと、既婚のウォナさんが、お腹に両手を載せて表の階段にすわっている。あの世から来た亡霊みたいに階段の暗がりにすわって、どんよりした目で通りを眺めている姿がどんなに不気味か、言ってあげたほうがいいんだろうかと迷う。でもまあ、別に心配ないか——道行く人たちは、浮かれ気分に浸っていて気づきもしない。土曜の夜のこの通りはいつもにぎやかだ——あらゆるバーの照明が煌々《こうこう》と輝き、人々は上機嫌で酔っ払って、次はどうするか言い争っている。

「そろそろあなたたちが帰ってくるかなと思って——部屋の電気が消えてたし、わたしは眠れなかったし」ウォナさんがわたしたちを見て声をかけ、急にほのぼのした顔つきになる。アラが駆けあがって彼女の隣にすわり、買ったばかりのポスターを見せはじめる。ウォナさんは親切にも一応の興味を示し、スジンもそこに加わって、各キャラクターの解説をしだす。

スジンの隣のひんやりした階段に腰をおろしながら、わたしが会釈して挨拶すると、ウォナさんも同じようにする。彼女と赤ちゃんの最新の状況はアラが逐一教えてくれている、正直言って、わたしはそれほど興味がないのだけれど。どうやら、ウォナさんは家を飾ることに熱中しているらしい。〝最近の赤ちゃん用品ってすごいんだよ〟と、アラは先週末、ウォナさんに頼まれて同行したベビー用品フェアの会場からメッセージを送ってきた。天幕付きのパステルカラーのバンパーベッドや、ベビーカー用の空気清浄機や、人形用のオーブンみたいな形の紫外線消毒器の写真も一緒に。

「忘れてた、おたくのご両親に頼まれて、ミホがあなた宛の荷物をいくつか預かってるそうですよ。きょうの昼間に来て、あなたが留守だったからミホの部屋へ行ってみたらしくて」スジンが言う。「彼女、あなたの電話番号を知らなかったから、わたしたちから伝えておいてって」

ウォナさんは黙っている。やがてため息をつき、ほんとうは家にいたけれど、両親と話したくなかったからバスルームに隠れていたのだと言う。

「あのふたり、もういまからこの子にかまいたくてしょうがないの、わたしを育てるのに大失敗したもんだから」ウォナさんはそっけなく言う。

あなたはどう見ても立派にやってるのに――定職に就いてて、正式に結婚してて、何も不足はないのでは？――とわたしが言うと、ウォナさんはただ微笑んで、フードデリバリーのお薦めを訊いてくる。「赤ちゃんが必ず午前一時にフライドチキンをほしがるのよ」彼女は言い、膨らんだお腹に手を置く。

「うん、いまからチキンって最高ですね」わたしは言い、アラが子供みたいに手を叩く。

「よかったらみんなでうちへ来て、それから注文しない？」ウォナさんがやや遠慮がちに訊く。「しばらく前からあなたたちを家に呼ぼうと思ってたの。夫が置いてったウィスキーを全部飲んじゃっていいわよ。あの人にはもう必要ないし」

ウォナさんは最後のひとことを、くっと顎をあげて言う。アラがうなずき、わたしはいいですよと言い、スジンは自分が注文してミホにも連絡すると言う。

「あっ」ウォナさんが突然鋭く息を呑み、両手でお腹を抱える。

「大丈夫ですか？」スジンがびっくりして訊く。

ウォナさんは何かに耳をすますみたいにじっとして、それから深く息をつく。「大丈夫。痛みが来たかなと思ったけど、消えたみたい」

わたしは自分のすわっているところから彼女を見つめる。寂しそうに見えるけれど、絶望してはいないし、あれだけ平静でいられるのはすごい。

アラが移動してウォナさんの後ろにすわり、その髪を両手にとる。そしてプロらしい手つきで髪に指を通しはじめる。ウォナさんはふうっと——長い一日の緊張を解き放つように——息を吐き、それでわたしまで気分が軽くなる。

「あの……赤ちゃんの写真を見る？」はにかんだ声でウォナさんが訊く。スジンが見たい見たいと騒ぎ、わたしでさえうなずく。ウォナさんは上着のポケットに手を入れ、縁のまるまった3Dの超音波画像の薄いプリントアウトを取り出す。そこには、目をつぶった乳白色のちっちゃな顔と、口のそばで握りしめたミニチュアサイズの拳が写っている。

「わあ」崇めるようにスジンがため息を漏らし、みんなでその顔に見入る。

「だれにも見せたことないの」ウォナさんが言う。「赤ちゃんの話をだれともしたことないの、ほんとに。だから慣れないとね」その思いを噛みしめるように小首をかしげる。

あっという間に、スジンが写真をまわしてきて、わたしは縁のまるまったその薄い紙を両手で持ちながら、しみじみ思う——きょうのことばかり考えるのはやめて、未来のことだけを考えるってこういう感じなんだと。

しばし無言ですわって、その新たな命の写真をなおもみんなで見つめていると、遠くのほうに、こちらへ向かって通りを歩いてくるミホの姿が見える。珍しくワンピースにハイヒールという装いで、ちょっとふらついているけれど、短くしたての髪を街灯の光の下でまぶしく輝かせ、通りすがりに男たちを振り返らせている。もっとも、本人は彼らの視線にまったく気づいていない。代わりに、わたしたちに虚ろな目を向けながら、流されていく死んだカエルとか、ヘビだらけのベッドとか、同じくらいグロテスクな何かを想像しているんだろう、そうに決まってる。

ミホは階段まで来ると、こちらを見あげて憂いを含んだ微笑を浮かべる。路上パフォーマンスの盛んな大学路《テハンノ》でやっているミュージカルの登場人物ばりに、わたしたちが外階段にすわっているのを見ても、怪訝《けげん》な顔もしない。

「ねえ」スジンが言う。「メッセージ送ったんだけど。どこ行ってたのよ、そんなおめかしして?」ミホのワンピース姿のことだ。クリーム色の繊細な生地で、ベルスリーブに刺繍《ししゅう》の施されたその服は、先週、女優のシン・ヨニが主演映画のプレミアで着ていたのと同じものだとわたしは気づく。

「わたしは謎に包まれた女なの」いたずらっぽく笑ってミホが言い、あの子のことなら心配要らないとスジンが言っていたのをわたしは思い出す。ミホはゆっくりと階段をのぼってきて、ウォナさんに打ち解けた調子でうなずき、それからわたしの空いた隣に腰をおろす。そして疲れきったように息を吐き、わたしはその肩に腕をまわす。「お腹空いたあ」ミホは言い、わたしは呆れた目つきで彼女を見る、いつものように。

大きな雨粒が落ちてきて、とっさにわたしは写真を手で覆い、急いでウォナさんに返す。スジンの電話が鳴りだし、本人が応答する。このオフィステルにたどり着けない配達人が、行き方を尋ねているようだ。雨粒がどんどん落ちてきて、いまや本降りになりかけている。だからいっせいに立ちあがり、みんなで階上へ向かうあいだに、わたしたちと千鳥足の酔っ払いたちめがけて、空が雷鳴をあげはじめる。

謝辞

わたしのすばらしいエージェント、テリーサ・パークと、パーク＆ファイン・リテラリー・アンド・メディア社の優秀なチーム――アレックス・グリーン、アビゲイル・クーンズ、エマ・バーンズ、マリー・ミシェルズ、アンドレア・メイ、エミリー・スウィート――に変わらぬ感謝を。彼らの並はずれた識見と尽力に助けられて、わたしは幸せ者です。会うたびに伝えているとおり、テリーサ、わたしの人生を変えてくれてありがとう。

わたしの編集者、ジェニファー・ハーシーの忍耐と、指導と、先見性に心から感謝します。彼女は編集を重ねるごとにこの本をずっといいものにし、それをどこか心和む、楽しい経験にしてくれました。カラ・ウェルシュ、キム・ハヴィー、クイン・ロジャーズ、テイラー・ノエル、ジェニファー・ガーザ、メリッサ・サンフォード、マヤ・フランスン、エリン・ケイン、そしてこの本に携わってくださったバランタイン・ブックス社とペンギン・ランダムハウス社のみなさんにも感謝を。また、わたしの英国の編集者、ヴァイキング・プレス社のイザベル・ウォール、わたしの初めての出版経験を夢見ていた以上にすばらしいものにしてくれてありがとう。

物語としてのこの作品は、コロンビア大学芸術大学院文芸創作科のビニー・キルシェンバウム教授の研究会で産声をあげました。彼女の思慮に富んだ見解と向上心をかき立てる励ましのおかげで、この作品は小説でありつづけたのです。ここまでの道のりでお世話になったすべての先生がたに、わたしにさまざまな本を薦めてくださり、時間と物語と〝不信の停止〟について熟考させてくださったお礼を申しあげます――キャサリン・テューディッシュ、クレオパトラ・マティス、ハイディ・ジュラヴィッツ、レベッカ・カーティス、ジュリー・オリンジャー、ジョナサン・ディー。韓国人と韓国系アメリカ人にまつわるあれこれについて、わたしに教え、紹介し、活発に議論してくれたエド・パークには特に感謝しています。

こうした若い女性たちのことを書くにあたって、わたしはCNNゴーの、のちにはCNNトラベルのソウル支局で編集者として手がけた多くの話題を下敷きにしました。上司のアンドリュー・デマリアとチャック・トンプスンは、わたしに夢だった仕事を与え、わたしの文章と編集がどうにか様になるよう日々厳しく指導してくれました。かけがえのないトレーニングをありがとうございました。

イ・ミンジョンは、わたしの小説がまだまだ準備段階のころ、歴史に名高いランダムハウス社の廊下へとわたしを導き、初期の草稿を読んだあと、まちがいなく近い将来に出版できるだろうと言ってくれました。彼女がいなければ、わたしは原稿を送る勇気を決して持てなかったでしょう。

十年前、わたしは韓国の診療所の待合室にあった《エル》誌のインタビュー記事で、初めてジャニス・リーについて読みました。彼女がわたしの執筆活動においてこれほど重要な人物になろうとは、知る由もありませんでした。ジャニス、あなたの励ましと寛大さに感謝します。

ニューヨークへまた戻ったあと、わたしはコロンビア大学の小説工房と、センター・フォー・フィクションでヴァネッサ・コックス・ニシクボとシンディ・ジョーンズと毎週おこなった研究会のおかげで、錆《さ》びついていた執筆をすみやかに再開することができました。コン・ス、そしてわたしを大いに支えてくれる、尊敬すべき延世大学のマイクル・キム博士とヘンリー・キム、ジェイセン・パーク、キム・ユイソン博士、ケヴィン・ウらが率いるダートマス・クラブ・オブ・コリアにも感謝しています。才能豊かな記者であるわたしのおじ、ウ・チョンギョンは、彼の思慮深い見解でもって、わたしの雑多な質問に必ず答えてくれ、韓国で最もクールな人たちにわたしを紹介してくれます。

テジョンのおじとおばの家を訪れ、滞在中に、家族のわくわくするような逸話に耳を傾けるたび、わたしは新たな小説の筋書きを思いつきます。これからはあの深夜の昔語りを録音する必要がありそうです。

さまざまな段階の原稿を読んで、困ったときに重要なフィードバックをくれた最愛の友人たち、ジーン・パクとヴァイオレット・キムに特別な感謝を。

ライフハック・コンサルタントであり、身近なセラピストでもある、母の友人のクリスティ・ロシュ――あなたを失ったら、わたしはどうなってしまうことか。わたしが正気でいられるのは、というか正気を少しは保っていられるのは、あなたのおかげです。日々交わすメールや突然の電話が減っていくことがありませんように。

家族の失意のとき、笑いと食べ物をどっさり届けてくれ、その素敵な心遣いと寛大さにわたしがしばしば言葉を失う、アニー・キムとジェフ・リンに感謝を。

父が他界したあともわたしたち家族とともにいてくれる、両親の友人たち――いつもお話を、心の支えを、お料理を、そして愛をありがとう。じかにお会いして感謝を示せたらいいのですが。

義理の両親のイ・ジュニョン、イム・ヘスクは、この本の執筆中に何度もあった正念場に、うちの子供たちを預かってくださいました。아버님《アボニム》（お義父さま）、어머님《オモニム》（お義母さま）、いつも愛情深く

子供たちを世話してくださって、わたしたち一家のために力を尽くしてくださってありがとうございます。マールトンのイム家のみなさんの温かいサポートにも大変感謝しています。イ・スニョクとミシェル・イの、その比類ない愛に、導きに、わたしたち一家の強固な柱としてのサポートに感謝を。姪《めい》のマイアとアスターは常にうちの娘たちのために道を開き、なすべきことをわたしたちに教えてくれます。

弟のクリスは、ずっと昔から、わたしの書くものをだれより熱心に読んでくれています。あなたを愛しているし、会えなくてとても寂しい――いつかまた同じ大陸で暮らせますように。わたしたち一家に優しさと元気をくれるジェニー・ジウン――友達だったあなたと義理の姉妹になれたことを、わたしはずっと嬉しく思っています。

幼いころのわたしに図書館数館ぶんの本を読み聞かせ、韓国での学生時代は全十三科目の準備をするわたしと一緒に徹夜し、わたしがついていけなくても高い水準の教育を授け、自分の子供たちのために大いなる犠牲を払ってくれた非凡な母、ソン・ミンギョン。いまのわたしがあるのは、すべてこの母のおかげです。母の語る魅力的な物語と人生訓を聞いて育ったわたしに、作家になる以外の道はありませんでした。父のことは、毎日恋しく思っています。人生のこの章を生きているわたしを、父がここで見守っていてくれたらいいのに。

わたしの小さな娘たち、コーラとアヴィ――わたしをこのうえなく必死にさせ、このうえなく恍惚《こうこつ》とさせるあなたたちは、永久に涸《か》れないインスピレーションの井戸よ。けさコーラがわたしに「何よりもママを愛してる」と言ったら、アヴィが「あいちてる!」と初めて言いました。これはまさしく、この子たちへのわたしの思いの要約です。

最後に、わたしの夫、イ・スンホに。していることをすべて脇へ放って深夜まで、そして朝の通勤中にも原稿の改訂版を読み、登場人物や言葉の選択や文化的ニュアンスについて何時間も議論し、言葉では説明できない、不動の信念をもってこの本の執筆をあらゆる面から支えてくれましたね——あなたはわたしが決して慣れることのないすばらしさを持った人。いつもありがとう。

訳者あとがき

韓国系アメリカ人、フランシス・チャのデビュー長篇小説『あのこは美人』*If I Had Your Face*の全訳をお届けする。現代のソウルに生きる、若い韓国人女性四人の日常と生い立ちから、美容整形、階級差、女性蔑視、学歴主義、貧困といった韓国の世相を切りとった作品である。

まず、ソウルの繁華街にある同じ賃貸アパートで暮らす、四人の語り手をご紹介したい。

アラは二十代前半の美容師。中学時代からの親友でネイリストのスジンと部屋をシェアしている。郷里にいたころのある事件以来、発話ができなくなり、筆談でコミュニケーションをとっているが、それゆえの仕事のしづらさに悩まされる毎日だ。K‐POPの人気ボーイズグループの推しメンバーを心の糧にしていて、そのファンダムの一員でもある。

向かいの部屋に住む同い年のキュリは、アラのヘアサロンの常連客で、ルームサロン――ビジネスマンやその商談相手を酒とカラオケでもてなす個室形態のクラブ――に勤めている。美容整形で手に入れた美貌を武器に、業界でも選りすぐりの美女が揃った高級店でエースの地位を得た。シニカルな現実主義者だが、プライベートな関係もある得意客の婚約話を知って、思いのほか動揺する。ルームサロン嬢への転身をもくろむスジンは、キュリに倣って大がかりな整形手術に踏みきろうとしている。

ミホは、奨学金を受給してニューヨークの芸術大学へ進み、卒業後に帰国した新進アーティスト。孤児院で一緒に育った同い年のスジンの紹介で同アパートに入居し、キュリのルームメイトになった。いまは、忘れがたいひとりの女性をモチーフにした現代アートの創作に没頭している。留学先で出会った韓国の財閥の御曹司と付き合っているが、キャリア面での援助はかたくなに拒んでいる。

アラたちのすぐ下の階で夫と暮らすウォナは、三十代前半の会社員。子供のころ冷酷な祖母に虐げられていた影響で自己肯定感がきわめて低く、見たところ自由を謳歌している上階の四人をまぶしく眺めている。何度も流産したすえの妊娠を維持することが目下の切なる願いだが、夫婦ふたりでもすでに家計は苦しく、女性が見くだされる職場に絶望してもいる。

そして、語り手ではないスジンも、周りに少なからぬ影響を及ぼしていて、物語の終盤で隠された一面を見せてくれる。

境遇はばらばらに見える彼女たちには、みなソウルではなく地方都市の生まれで、韓国の超競争社会において有利になるものを何も持たずに人生を歩みだしたという共通点がある。

どの人物のエピソードにも、貧困と富裕の対比が大なり小なり描かれている。物惜しみの激しい祖母の家に預けられていた子供時代のウォナは、米国で安楽に暮らしている親戚に羨望を抱く。アラは美容師として細々と自活してはいるものの、郊外に続々と建設されるマンション群を眺めながら、自分には一生縁がないだろうと考える。ニューヨークへ渡ったミホは、奨学生の自分とは世界がちがいすぎる、リッチな韓国人留学生たちの派手な暮らしぶりに圧倒される（ただそこには、享楽的に生きる彼らが抱えた虚無も見え隠れしているのだが）。そしてキュリは、早くから冷静に将来を見据え、高収入を得るための足がかりとして、つらいダウンタイムをともなう美容整形を繰り返してきた。

昨今では、女性のおよそ三人にひとりが三十歳までになんらかの整形手術を受けると言われる韓国。美しさの基準と美容に対する意識が信じがたいほど高く、容姿に気を配ること、メイクを含め、身なりを整えて人と接することが求められる文化もある。加えて、高学歴化が進み、名門大学卒でも就職の困難な世のなかでは、学力や縁故に恵まれていなかった場合、整形手術で飛び抜けた容姿を得るのも、チャンスをつかむためのひとつの手立てになる。こうした背景を知っていても、キュリやスジンが人生を賭けて選んだその手段はあまりに極端だと言えるのか。強い意志をもって美を追求する人はどれだけ自信を培えるものか。美しい顔さえ手に入ればうまく生きていけるといった考えが、いかに危ういか。ここで言う〝美しさ〟は、人それぞれが求める別の何かにも置換しうる。著者が探究を試みたこのテーマには、普遍性も見てとれそうだ。また、キュリとは対照的に、生まれもった美貌にまるで無関心だったミホは、ある転機に立ったとき、外見を磨くことをポジティヴにとらえはじめる。美容、ひいては美容業界に関しても、批判に寄った書き方はせず、一面的でない見方とリアルな実態を示そうとする著者の姿勢がうかがえる。
著者はまた、四人それぞれが持つ意外性をうまくストーリーにちりばめていて、読者をまったく飽きさせない。哀感に満ちた心のつぶやきからは想像もつかない行動に出るアラに驚かされたかと思えば、考え方が辛辣で言葉もきついキュリが実のところ人一倍情にもろいこともわかってくる。残りページが少なくなるころには、憎めない彼女たちとの別れが名残惜しくなっているはずだ。女性にとってひどく生きづらい世界が描かれているにもかかわらず、読み終えて印象に残るのは、ひとりひとりが底力を見せる瞬間や、気概をもって前へ踏み出す姿であることも付け加えておきたい。

著者のフランシス・チャは、米国ミネソタ州に生まれ、テキサス州、香港への転居を経て、韓国で中学~高校生活を送った。米国の名門アイビーリーグ校のひとつ、ダートマス大学で英文学を修め、さらにコロンビア大学の芸術大学院で文芸創作を専攻、芸術学修士号を取得する。ソウルのサムスン経済研究所で機関誌の副編集長を務めたのち、CNNインターナショナルのソウル支局と香港支局に赴任し、編集記者として世界各地のトラベル特集を手がけたほか、ニュース報道では韓国の大型旅客船セウォル号沈没事故の取材にもあたった。これまでに《アトランティック》誌、《Vマガジン》誌、《WWD》誌、《ビリーバー》誌、聯合《れんごう》ニュース通信社などに寄稿しており、梨花《イファ》女子大学校でメディア研究講座を、コロンビア大学と延世《ヨンセ》大学校で文芸創作講座を受け持った。現在は夫とふたりの娘とともにニューヨークで暮らし、夏期はソウルで過ごしている。

本書『あのこは美人』が米国で出版されたのは、二〇二〇年四月のこと。同年二月の第九十二回アカデミー賞でポン・ジュノ監督の映画《パラサイト 半地下の家族》が最多四部門で受賞を果たし、韓国カルチャーにぐっと注目が集まっていたなか、女性視点で現代韓国を活写した――しかも韓国語からの翻訳作品ではなく英語で書かれた――この小説も、英米でたちまち話題を呼んだ。多くの新聞・雑誌が書評や著者インタビューを掲載したばかりでなく、《ニューヨーク・ポスト》紙、《タイム》誌、《エスクァイア》誌、《イン・スタイル》誌、ナ《N》ショナル・パ《P》ブリック・ラ《R》ジオ、英《B》国放《B》送協《C》会、オンライン・マガジン《バサル》が、本書を二〇二〇年の年間ベストブックの一冊に選出した。

作中の女性たちには、先述のプロフィールからは見えない、著者自身のいくつかの顔も反映されている。父の看病のために休学していたつらい一時期、K-POPグループのBIGBANGにのめりこんでいた経験をアラに、敬愛してやまない母をときに重く感じてしまう気持ちをキュリに、韓国の地方都市から米国の大学へ進んでまごついた体験をミホに、妊娠中に襲われた不安をウォナに投影したという。見応えのある密着型ドキュメンタリーを思わせる本作の吸引力は、実感をもとに肉づけされた人物と、取材力を活かした克明な場面描写が生み出しているのだろう。

チャは多大な影響を受けた文学作品として、エィミ・タンの『ジョイ・ラック・クラブ』（一九八九年。邦訳は小沢瑞穂訳／角川書店／一九九〇年）を挙げている。アジア人を主要キャラクターにして英語で書かれたその小説に感嘆し、自分もいつか英語で韓国人の物語を書いてもいいのだ、と目を開かされたそうだ。本作がくだんの名作と同じく、四人の女性が順に語る形式になっているのは、特に意識したわけではなく偶然（もともと五人いた語り手を最終的にひとり削ってこのようになった）らしい。とはいえ、本作のアラ、キュリ、ミホ、スジンには、日々遠慮のないやりとりをしながらも互いを深く気遣っている、『ジョイ・ラック・クラブ』のたくましい中国系移民女性たちと重なるところがたしかにある。まさしく女性どうし《シスターフッド》の絆で結ばれたソウルの彼女たちは、持ち寄りの手作り中華ならぬ深夜デリバリーのフライドチキンを囲んで、あすへの英気を養うのだ。

　チャは現在、本作から削った養子のキャラクターを主人公に据えた長篇第二作を執筆中とのこと。米国のボストンと韓国を舞台にした、文芸ホラー調の小説となるようだ。世界文学の〝新たな声〟を引きつづきお届けしていけることを願いつつ、刊行を楽しみに待ちたい。

二〇二二年一月

訳者略歴　英米文学翻訳家，関西学院大学文学部卒　訳書『ウエスト・サイド・ストーリー〔新訳版〕』アーヴィング・シュルマン，『レイラの最後の10分38秒』エリフ・シャファク，『穴の町』ショーン・プレスコット，『荒野にて』ウィリー・ヴローティン，『夜が来ると』フィオナ・マクファーレン（以上早川書房刊）他多数

あのこは美人《びじん》

2022年2月20日　初版印刷
2022年2月25日　初版発行

著者　フランシス・チャ

訳者　北田絵里子《きただえりこ》

発行者　早川　浩

発行所　株式会社早川書房
東京都千代田区神田多町2－2
電話　03－3252－3111
振替　00160－3－47799
https://www.hayakawa-online.co.jp

印刷所　株式会社亨有堂印刷所
製本所　大口製本印刷株式会社

Printed and bound in Japan

ISBN978-4-15-210084-9 C0097

乱丁・落丁本は小社制作部宛お送り下さい。
送料小社負担にてお取りかえいたします。